STUART WILSON

PROMETHEUS HIGHSCHOOL

WIE MAN EIN MONSTER ZUM LEBEN ERWECKT

Aus dem Englischen von
Annette von der Weppen

CARLSEN

Für Caity, die gelernt hat, mit umgekehrter y-Achse zu spielen.
(Und mir, noch viel wichtiger, einen Schreibtag verschafft hat.)

VON DONNER UND DÄCHERN

Ein Blitz flammte auf, und Athena Strange fing an zu zählen.

Eins ... zwei ... KRAA-BUMMM!

Als der Donner über ihr losbrach, hätte sie auf den regennassen Dachpfannen beinahe den Halt verloren.

Ein Überbrückungskabel in jeder Hand, schaute Athena oben vom First in die schnell ziehenden Wolken hinauf.

Gleich ist es so weit.

Die Überbrückungskabel stammten aus dem Kofferraum des Autos ihrer Mutter. Vom Abpulen der Kunststoff-Ummantelung taten Athena jetzt noch die Finger weh. Die nackten Drähte hatte sie dann mit einer Kabeltrommel verbunden, die sie in der Garage gefunden hatte.

Ein weiterer Blitz flammte auf und erhellte den behelfsmäßigen Operationstisch, der auf der Dachgaube stand. Halb kletternd, halb rutschend machte sie sich an den Abstieg, während ihr Regenmantel über die Ziegel schleifte. Immer schneller schlitterte sie auf die Dachrinne zu – mit dem dreistöckigen Abgrund darunter –, und das Herz schlug ihr bis zum Hals. Im letzten Moment fand ihr Fuß einen Halt am Fensterbrett.

Auf allen vieren krabbelte sie zum Tisch zurück, auf dem Mrs Mallorys tote Katze lag – noch kein Jahr alt, eher ein Kätzchen. ERWIN, war in großen, schnörkeligen Buchstaben auf das lilafarbene Metallschild graviert. Am Montag war er von einem Auto überfahren, am Dienstag begraben und am Mittwoch von Athena exhumiert worden. Ihre Näharbeit sah eigentlich ganz passabel aus, aber an dem verdrehten Hinterbein hatte sie nicht viel ändern können. Ganz zu schweigen von dem fehlenden rechten Auge.

Athena schaute wieder in den Himmel. Das Gewitter war fast schon durch. Sie musste sich beeilen.

Hastig zerrte sie an den Überbrückungskabeln, um etwas Spiel zu haben, und mühte sich ab, die Krokodilklemmen an den beiden Polen der Autobatterie zu befestigen, die neben Erwin stand. Fluchend hantierte sie mit den dicken Gummihandschuhen im strömenden Regen.

Wieder krachte der Donner, und Athena kam es so vor, als würde das ganze Haus erzittern.

Schnell!

Sie betätigte die Kurbel an dem kleinen Generator, und hörte, wie er stotternd in Gang kam. Drehte den Regler am Oszillator auf elf und sah, wie die Welle auf der Anzeige erst gedehnt und dann gestaucht wurde. Ein Summen ertönte, das die meisten bei diesem Sturm kaum gehört hätten, aber für Athena war es die schönste Begleitmusik.

Dutzende von Drähten waren an Erwin befestigt. Athena musterte sie alle noch mal prüfend, folgte den Leitungen, die zur Batterie und zum Generator führten, und den Überbrückungskabeln, die sich übers Dach bis zum Schornstein hinaufschlängelten … neben dem der Blitzableiter in den Himmel ragte.

Dann schaute sie wieder auf Erwin und atmete tief aus. Es kribbelte sie am ganzen Körper, nicht nur vor Anspannung, sondern auch vor freudiger Erwartung. *Nicht mehr lange, mein Kleiner*, dachte sie, *dann bist du wieder auf den Pfoten. Und ich hab endlich das Unmögliche vollbracht.*

Wirbelnde Wolken rasten über sie hinweg. Athena drückte den Hebel an der Autobatterie nach unten.

Sie wartete.

Und wartete.

Regen rann ihr übers Gesicht.

Hatte sie ihre Chance verpasst?

Ein Blitz schoss herab, direkt in den Blitzableiter.

KRAAA-BUUUUUM!

Die Batterie explodierte, die Überbrückungskabel schlugen hin und her wie wild gewordene Wasserschläuche. Ein weiterer Knall, als nun auch der Operationstisch explodierte. Athena hob schützend die Arme vors Gesicht. Holzsplitter bohrten sich in ihre Unterarme.

Notiz an mich selbst: Nächstes Mal eine Schutzbrille tragen.

Sie öffnete die Augen. Ihr gesamter Versuchsaufbau war … weg. Die tagelange Vorbereitung … umsonst. Nur ein paar ausgefranste Kabel waren noch übrig.

Und das Dach stand in Flammen.

ANKLAGEN UND ANGEBOTE

Blaulicht erhellte flackernd die Schmutzschicht auf Athenas Gesicht. Sie stand in der Haustür und sah zu, wie die Feuerwehr ihre Ausrüstung wieder im Wagen verstaute. Hinter ihr im Flur sprachen zwei Polizisten mit ihrer Mutter.

»Sie hat *ein Grab geschändet?!*«, rief ihre Mutter gerade. Ihr Bademantel öffnete sich und drohte, der ganzen Welt ihren Schlafanzug mit Einhorn-Muster zu enthüllen.

»Um genau zu sein, Mrs Strange«, erklärte die Polizistin, deren rote Locken nur mühsam von ihrer Mütze in Schach gehalten wurden, »handelt es sich bei dem ›Grab‹ um das Petunienbeet Ihrer Nachbarin.«

»Mrs Mallory liebt ihre Petunien!«, rief Athenas Mutter.

»Sind das überhaupt Petunien?«, fragte der andere Polizist, eine Bohnenstange von einem jungen Mann.

»Seh ich aus wie eine Gärtnerin?«, fragte seine Kollegin zurück.

»Wenn sie ihre Petunien lieben würde, hätte sie ihr Beet wohl kaum in ein Grab verwandelt, oder?«, wandte Athena ein, ohne ihre Mutter anzusehen.

»Gerade *weil* sie ihre Petunien liebt, hat sie ihre Katze dort begraben und die Blumen danach sogar wieder eingepflanzt«, versetzte ihre Mutter, die Hände in die Hüften gestemmt, die Einhörner jetzt für alle sichtbar.

»*Calibrachoa*«, sagte der junge Polizist. »So heißen die, glaube ich. Die werden oft mit Petunien verwechselt, obwohl es gar keine sind.«

»Und gerade weil sie ihre Katze so geliebt hat, hab ich versucht, ihr zu helfen«, gab Athena zurück.

»Und wie genau hat das Abfackeln unserer beiden Häuser Mrs Mallory *geholfen?*«, entgegnete ihre Mutter.

»*Cali*-was? Also ehrlich, Gary, das ist jetzt wirklich nicht der Moment«, sagte die Polizistin. »Wäre es Ihnen recht, Ma'am, wenn wir uns kurz mal im Zimmer Ihrer Tochter umschauen? Nur um sicherzustellen, dass sie dort kein Gefahrengut lagert, Sprengstoff zum Beispiel, oder ...«

»Sprengstoff?«, rief Athena.

Die Augen ihrer Mutter weiteten sich. »Natürlich, nur zu.«

»He, das ist eine Verletzung meiner Privatsphäre!«

»Athena Strange, du gibst jetzt sofort den Weg frei!«, befahl ihre Mutter. »Wenn die Polizei dein Zimmer durchsuchen will, werden wir sie nicht daran hindern.«

Athena gehorchte, und die beiden Polizisten stiegen die Treppe hinauf.

»Ich dachte, das hätten wir alles schon mal durchexerziert, als Omas Wellensittich gestorben ist«, fuhr ihre Mutter etwas leiser fort.

»Damals hatte ich aber noch ein paar Fehler in meinen Berechnungen«, erklärte Athena.

»Ach, dann war das Feuer diesmal also *kein* Fehler in deinen Berechnungen? Ich weiß wirklich nicht mehr, was ich mit dir machen soll, Athena. Wir haben nun schon so viele Umzüge und Schulwechsel hinter uns, und trotzdem gerätst du immer wieder in Schwierigkeiten.«

»Mum«, sagte Athena seufzend, »ich *suche* doch nicht nach Schwierigkeiten.«

»Aber irgendwie scheinst du sie anzuziehen.«

In der Stimme ihrer Mutter lag eine Resignation, die Athena beunruhigend fand.

»Sieh dir *das* an, Gary«, erklang eine Stimme von oben.

Athenas Mutter hastete mit wehendem Bademantel die Treppe hinauf.

Als Athena ihr Zimmer betrat, sah sie zu ihrem Entsetzen, dass die Polizistin ihr Versteck bereits entdeckt hatte.

»Hier ist mein Nähzeug also gelandet!«, murmelte Athenas Mutter von der Schwelle aus.

»Nicht nur das Nähzeug, Ma'am. Ich hab auch noch so einiges an medizinischer Ausrüstung gefunden – und einen Satz ziemlich scharfer Skalpelle.« Die Polizistin hielt ein geöffnetes Lederetui in die Höhe und die Klingen schimmerten im Licht der Deckenlampe.

Athenas Mutter schnappte nach Luft.

»Das ist aber noch nicht alles.« Der Polizist beugte sich aus dem Zimmerfenster. »Hier draußen führt eine Leiter zu dem Tisch hinauf, von dem das Feuer ausgegangen ist.«

»Ich dachte, wir hätten uns geeinigt, dass du nicht mehr aufs Dach rausgehst«, sagte Athenas Mutter.

Du *hast dich geeinigt. Ich hab nur zugehört*, dachte Athena.

»Als wir hier runter an den Strand gezogen sind, war meine größte Sorge, dass dich eine heimtückische Strömung aufs Meer hinausziehen könnte, aber nicht, dass du auf unserem Dach vom Blitz getroffen wirst. Noch dazu *mit Absicht*!«, klagte ihre Mutter und betupfte sich mit einem Taschentuch die Wangen. »Und als ich dir verboten habe, in der Garage mit toten Ratten zu experimentieren, sollte das nicht heißen, dass du stattdessen aufs Dach umziehst und dort Gott weiß was mit einem armen Kätzchen anstellst! Das hat alles mit deinem Vater zu tun, stimmt's? Seit seinem Tod …«

»Mum …«, flüsterte Athena eindringlich.

Die Polizistin hüstelte und ihr Kollege musterte interessiert die Wand, die Decke – eigentlich alles, außer Athena und ihre Mutter.

»*Ähem.* Ich denke, wir sind hier fürs Erste fertig, Ma'am«, sagte die Polizistin schließlich. »Das Nähzeug und die Skalpelle müssen wir leider konfiszieren. Ich würde Sie beide bitten, sich morgen Mittag auf der Wache einzufinden, damit wir eine etwas umfassendere Aussage zu Protokoll nehmen können. Es steht Ihnen natürlich frei, einen Anwalt mitzubringen.« Sie räusperte sich erneut und hatte es offenbar eilig, das Haus zu verlassen.

Der jüngere Polizist trat vom Fenster zurück. »Vielleicht sollte Ihre Tochter mal eine Nacht bei uns in der Zelle verbringen, Ma'am.«

Athena rutschte das Herz in die Hose.

Ihre Mutter machte Augen so groß wie Suppenteller.

»Sag mal, geht's noch, Gary?«, rief die Polizistin.

»Damit sie ein bisschen Zeit zum Nachdenken hat«, fügte ihr Kollege noch hinzu.

»Schluss jetzt!«

»Aber …«

»Kein Wort mehr!« Und dann leiser: »Du kannst von Glück sagen, dass sie sich noch keinen Anwalt genommen haben. Herrgott noch mal, in welchem Jahrhundert lebst du eigentlich? Los jetzt, wir gehen!«

Mit sanfter Gewalt schob sie Gary aus der Tür.

»Mrs Strange. Miss Strange.« Sie lüftete ihre Mütze. Ihr Haar, plötzlich befreit, explodierte in einer Wolke aus roten Locken.

Die Polizisten eilten die Treppe hinunter und ließen Athena und ihre Mutter im Zimmer zurück, dessen Luft von mütterlicher Enttäuschung erfüllt war.

Die Frau mit der Augenklappe stand auf der anderen Straßenseite, im Schatten zwischen zwei Laternen. Hinter ihr lag die Strandpromenade. Und dahinter das Meer – dunkel und glänzend unter dem tief hängenden Mond. Die Frau beobachtete, wie die beiden Polizisten das Haus verließen. Die kleinere Gestalt versuchte gerade, ihr rotes Haar wieder unter ihre Mütze zu stopfen, während sie gleichzeitig mit ihrem Kollegen schimpfte, bis beide in ihren Streifenwagen stiegen und verschwanden. Die Frau mit der Augenklappe hantierte mit einem Gerät, das wie eine Mischung aus Smartphone und Kurzwellenradio aussah.

Ein Rauschen wie von Blättern ertönte – obwohl es hier gar keine Bäume gab – und dann eine Stimme.

»Na, kannst du das Spitzeln nicht lassen, Frankie?« Eine Stimme wie ein honigsüßer Herbst.

Die Frau mit der Augenklappe musterte finster die schmale, hübsche Person mit dem dunklen Wuschelhaar, die neben ihr aufgetaucht war.

»Ganz richtig, Ged, ich beobachte jemanden. Und du hast mich dann wohl beim Spitzeln … bespitzelt?«

»Man sollte nie von sich auf andere schließen …«, kicherte Ged und musterte das verkohlte Dach auf der anderen Straßenseite. »Was ist denn so interessant an diesem Haus?«

»Außergewöhnlich hohe elektrische Spannung. Hat mich neugierig gemacht.«

Ged blickte die Strandpromenade entlang in Richtung Hafen. »Wir sind hier gar nicht so weit von der *MS Prometheus* entfernt …«

»Und trotzdem haben die Messgeräte auf dem Schiff weit weniger atmosphärische Elektrizität angezeigt, als bei einem solchen Unwetter zu erwarten gewesen wäre.«

»Natürliche Abweichung? Starke Winde? Falsch ausgerichtete Messantennen?«

Die Frau namens Frankie runzelte die Stirn. »Warum so zynisch, Ged? Um davon abzulenken, dass deine Kaffeesatzleserei anscheinend völlig versagt hat?«

»Uuh, das tut weh, Frankie«, sagte Ged und klopfte sich den Sand von der Hose. »Ich hab doch nur einen Scherz gemacht. Während ich mich frage, wie lange es wohl noch dauert, bis du mal nach unten schaust …«

Und im nächsten Moment hatte Frankie es auch schon entdeckt: ein geschecktes kleines Kätzchen, das über die Straße auf sie zugehumpelt kam. Ein Hinterbein war verdreht, das Köpfchen völlig verunstaltet, ein Auge von einer herabhängenden Braue verdeckt. Vor ihren Füßen ließ es sich nieder und begrüßte sie mit lautem Maunzen.

Die Frau lächelte. »Na, so was! Da hat wohl jemand das Beste aus diesem Unwetter gemacht!«

»Allerdings«, sagte Ged. »Das muss ja ein echter Geistesblitz gewesen sein.«

Zum ersten Mal in ihrem Leben wünschte sich Athena, ihre Mutter hätte sie zur Strafe einfach ins Bett geschickt.

Stattdessen jammerte sie in einer Tour: »Nicht zu fassen! Die Polizei ermittelt gegen meine Tochter!«

Athena saß mit versteinerter Miene am Küchentisch. Die Reaktion ihrer Mutter kam ihr reichlich übertrieben vor, aber sie war klug genug, das für sich zu behalten.

»Sie haben doch nur gesagt, dass sie morgen mit mir sprechen wollen«, murmelte sie.

»*Verhören* wollen sie dich, Athena. Verhören. Was man so macht, bevor man jemanden anklagt.«

»Vielleicht klagen sie mich ja gar nicht an.« Der Satz war nur noch ein Flüstern.

Athenas Mutter fuhr sich durch das wirre, blonde, mit grauen Strähnen durchzogene Haar und nahm einen Becher aus dem

Schrank. Wenn sie über irgendetwas aufgebracht war, machte sie sich immer einen Tee. Athena verkniff sich den Hinweis, dass ihre Mutter schon drei weitere Becher auf den Tisch gestellt hatte. Als wäre sie im Ich-tu-mir-was-Gutes-Modus hängen geblieben und würde jetzt ständig die gleichen Handgriffe wiederholen.

»Deine Unterrichtssperre wurde auch erst vor zwei Wochen aufgehoben. Ich dachte, nach dem Vorfall im Schullabor würdest du dich ein bisschen am Riemen reißen.«

»Ich hab's dir doch erklärt, Mum. Mr Currys Experiment war komplett ineffizient. Meine Methode erforderte sehr viel weniger Aufwand für sehr viel mehr Ergebnisse.«

»Ah, *richtig*«, sagte ihre Mutter und ihre Stimme hob sich. »Sehr viel mehr Ergebnisse! Die worin bestanden? Dass der Pullover deines Laborpartners mit dem Tisch verschmolzen ist. Und der dann seinerseits mit dem Boden.«

»Bei dir klingt das so, als hätte er den Pulli noch angehabt. Dabei lag der doch nur auf dem Tisch, gleich neben dem Versuchsaufbau. Vielleicht hat der Typ jetzt wenigstens gelernt, für eine sichere Arbeitsumgebung zu sorgen.«

Ihre Mutter wandte sich zu ihr um, den Teebecher so fest umklammert, dass ihre Fingerknöchel weiß hervortraten. »Wer gerade um ein Haar unser Haus abgefackelt hätte, sollte lieber keine schlauen Tipps zur Arbeitssicherheit geben.«

Die Zeiger der Wanduhr sprangen auf Mitternacht. Athena und ihre Mutter schmollten schweigend vor sich hin.

Und waren deshalb fast schon erleichtert, als es plötzlich an der Haustür klingelte.

Ihre Mutter lief durch den Flur und öffnete die Tür nur so weit, dass sie den Kopf durch den Spalt stecken konnte.

»Guten Abend, Mrs Strange«, hörte man eine energische Frauenstimme, die vor Autorität nur so strotzte.

Athena trat in den Flur, neugierig, wer da wohl gekommen war.

»Ja bitte? Wie kann ich helfen?«, fragte ihre Mutter.

»Frances Stein, Majorin der Marineinfanterie im Ruhestand, zu Ihren Diensten. Und das ist Ged Hollybow.«

»Aha?«

»Wir sind hier, um Ihnen ein einmaliges Angebot zu unterbreiten.«

»Sie wollen mir etwas verkaufen? Um diese Zeit?«

»Was? Nein, Verzeihung, da hab ich mich wohl missverständlich ausgedrückt. Ich versuch's noch mal. Wir sind hier, um über Ihre Tochter zu sprechen.«

Athenas Mutter fuhr zu ihrer Tochter herum, und als die Tür dabei aufschwang, konnte Athena die beiden seltsamen Gestalten auf der Schwelle sehen.

Eine von ihnen war klein, mit breiten Schultern und einer schwarzen Augenklappe. Kerzengerade stand sie da, in einen dicken, grauen Mantel gehüllt, die Hände hinter dem Rücken verschränkt. Die andere Person war dünn, trug einen scharlachroten Anzug und modisch verwuscheltes Haar.

»Was hat sie denn nun wieder angestellt?« Erneut schwang Ärger in der Stimme ihrer Mutter mit.

»Nein, nein.« Die Frau mit der Augenklappe seufzte. »Das meinte ich damit nicht ... tut mir leid. Ich kann so was nicht besonders gut.«

»Lassen Sie mich das erklären«, mischte sich die Person im roten Anzug ein. »Wir möchten mit Ihnen über die Zukunft Ihrer Tochter sprechen. Dürfen wir vielleicht reinkommen? Wir bleiben auch nicht lange, versprochen.«

»Es ist wirklich schon ziemlich spät ...«, hob Athenas Mutter an, aber da hatte die Person im roten Anzug bereits den Flur betreten, mit einer zwar forschen, aber doch so anmutigen Bewegung, dass es irgendwie nicht bedrohlich wirkte. Die Frau mit der Augenklappe folgte ihr und ihre Kampfstiefel polterten dumpf über den Dielenboden. Als die beiden an Athena vorbeikamen, fiel ihr auf, dass die Person im Anzug nach warmem Honig roch, die Frau mit der Augenklappe dagegen nach verbranntem Fett.

Ihrer Mutter blieb kaum Zeit, die Tür zu schließen und ihnen durch den Flur hinterherzueilen.

»Oh, Sie haben sogar schon Tee für uns vorbereitet. Wie nett!«, sagte Ged Hollybow.

Überrascht entdeckte Athenas Mutter die vier Becher auf dem Küchentisch. »Oh, äh ... stimmt. Nehmen Sie Milch?«

»Nur einen Schuss, bitte. Und keine für Majorin Stein.«

Athenas Mutter griff nach den Teebeuteln. »Gern, Mr ... äh, oder ... Miss Hollybow?«

»Mx Hollybow«, erklärte die Person im roten Anzug.

»Mix?«

»Genau, nur ohne das ›i‹. *Mx* Ged Hollybow. Das reicht an Milch, vielen Dank. Perfekt!«

»Aber bitte, nehmen Sie doch Platz«, murmelte Athenas Mutter, immer noch verwirrt.

»Sehr nett von Ihnen«, sagte Ged Hollybow und zog einen

Stuhl heran. »Also, wie Majorin Stein schon sagte, sind wir hier, um über Ihre Tochter zu sprechen.«

»In letzter Zeit wollen alle nur noch über Athena sprechen. Wie's scheint, sorgt sie überall für Aufsehen.«

»Kann ich mir vorstellen. So hochintelligent und strebsam, wie sie ist«, sagte Ged Hollybow lächelnd.

Athena spürte, wie sie rot wurde.

»Ich ... äh ... Das hatte ich eigentlich nicht gemeint«, sagte ihre Mutter.

Eine verlegene Pause entstand.

»Also«, sagte Ged Hollybow, an Majorin Stein gewandt, »kommen wir gleich zum Punkt?«

»Jepp«, erwiderte Majorin Stein.

»Ich bitte darum«, sagte Athenas Mutter.

»Das ist dein Gebiet, Frankie«, sagte Ged Hollybow, lehnte sich zurück und nippte am Tee.

Alle Blicke richteten sich auf Majorin Stein. Die räusperte sich und sagte: »Mx Hollybow und ich unterrichten an einer privaten Schule für hochbegabte Kinder, und wir sind hier, um Athena einen Platz an dieser Schule anzubieten.«

Athenas Mutter verschluckte sich fast an ihrem Tee. »Sie *möchten*, dass Athena an Ihre Schule kommt?«

»Ja.«

»Haben Sie nicht gesehen, was sie gerade mit unserem Haus angestellt hat? Den halb verkohlten Dachstuhl?«

»Athenas Experimentierfreude ist uns durchaus bekannt. Genau dieser Forscherdrang soll auf unserer Schule, die nicht zufällig nach Prometheus benannt ist, gefördert werden. Wir ermutigen die Schüler sogar zu Experimenten, sowohl in den Naturwissenschaften wie auch in eher … abseitigen Belangen.«

Athenas Mutter verengte die Augen. »Und was für eine Schule soll das sein?«

»Eine, die ihren Schülern einen sicheren Rahmen bietet, in dem sie ihre Stärken voll entfalten können«, warf Ged Hollybow ein.

Majorin Stein räusperte sich erneut. »Ganz genau. Viele von unseren Kindern haben Schwierigkeiten, sich in den üblichen Lehrplan an Schulen einzufügen.«

»Eine Schule, die schwierigen Schülern einen sicheren Rahmen bietet …« Die Augen von Athenas Mutter wurden noch schmaler.

»Ganz recht«, bestätigte Majorin Stein. »Bei uns könnte Athena ihre Experimente durchführen und ihre Forschungen vorantreiben, ohne sich oder andere in Gefahr zu bringen. Sprich: unter strenger Kontrolle.«

Athenas Mutter schaute zwischen ihren beiden so unterschiedlichen Gästen hin und her. »Was denn nun? Eine Militärschule oder eine alternative Hippie-Schule?«

»Ah …«, setzte Majorin Stein an.

»Genau genommen beides«, antwortete Ged Hollybow an ihrer Stelle. »Eine Mischung aus strenger Disziplin und alternativen Unterrichtsmethoden.«

»Verstehe.«

Athena hatte die ganze Zeit über geschwiegen. Sie war nicht sicher, was sie von alldem halten sollte. Das Angebot erschien ihr ebenso verlockend wie beängstigend.

»Eine winzige Kleinigkeit sollte ich vielleicht noch erwähnen«, fügte Ged Hollybow hinzu.

»Ja?«

»Die Schule fängt gleich morgen an.«

»Morgen?«, riefen Athena und ihre Mutter im Chor.

»Ja, das ist leider nicht zu ändern. Das Halbjahr hat schon vor zwei Wochen begonnen, und morgen früh werden die Anker gelichtet.«

»Moment mal, Anker lichten? Sie meinen, wie bei einem Schiff?«, fragte Athena.

»Ja, genau«, antwortete Ged Hollybow und wedelte lässig mit der Hand. »Unsere Schule befindet sich an Bord eines umgebauten Ozeandampfers.«

Das war doch wohl ein Scherz, oder nicht? Athena hatte sich – zugegebenermaßen – gefreut, als diese beiden Fremden plötzlich in der Tür standen und sie in den höchsten Tönen lobten, aber alles andere, was sie seither gesagt hatten, ergab nun wirklich überhaupt keinen Sinn.

»Ein Schiff«, wiederholte ihre Mutter tonlos. »Warum in aller Welt ist diese Schule auf einem Schiff?«

»Aus verschiedenen Gründen«, erklärte Majorin Stein. »Aus juristischer Sicht ist es für uns durchaus ratsam, in internationalen Gewässern zu operieren …«

Es rumste unter dem Tisch, und die Majorin verstummte mitten im Satz.

Athenas Mutter starrte erst Ged Hollybow, dann die Majorin an. »Alles klar«, sagte sie schließlich und stand auf. »Vielen Dank für Ihren Besuch, aber Athena hat bereits andere Verpflichtungen, deren erste darin besteht, sich morgen Mittag auf der Polizeiwache einzufinden, deshalb müssen wir Ihr Angebot leider ablehnen.«

Athena sah, wie ein Ausdruck von Panik über das Gesicht der Majorin huschte. Im selben Moment neigte Ged Hollybow den Kopf und das Handy auf dem Tresen fing an zu vibrieren.

»Wer kann das sein, noch so spät in der Nacht?«, murmelte ihre Mutter, während sie hinlief und abnahm.

»Hallo?«

Dann folgte ein wiederholtes *Ja* und *Wie bitte?* und *Wirklich?* und *Danke*, in zunehmend ratlosem Tonfall. Keine Minute später hatte sie wieder aufgelegt.

»Das war Sergeant Black, die Polizistin von vorhin«, sagte Athenas Mutter. »Wir brauchen morgen nicht zur Wache zu kommen, und sie hofft, dass das spezielle Schulprogramm Athena auf den rechten Weg zurückführen wird.«

Athena klappte die Kinnlade herunter. Wer waren diese Leute? Wie hatten sie das fertiggebracht?

»Tja, das wär dann wohl geregelt«, sagte Ged Hollybow mit auffallend selbstzufriedener Miene.

»Oh nein, ganz und gar nicht!«, widersprach Athenas Mutter. »Ich weiß ja nicht mal, was diese ... *Kreuzfahrt* kosten soll!«

»Gar nichts, Mrs Strange«, sagte Majorin Stein. »Sämtliche Schulplätze werden von wohlhabenden Gönnern finanziert. Und natürlich von unseren Auftraggebern, die gutes Geld für die Daten bezahlen, die wir bei unseren Experimenten sam...«

Wieder rumste es unter dem Tisch.

Ged Hollybow lächelte breit. »Ich kann Ihnen versichern, Mrs

Strange, dass es sich, auch wenn wir uns an Bord eines Schiffs befinden, nicht um eine Vergnügungsfahrt handelt.«

»Ich … also … kann sein, aber das alles ist trotzdem sehr merkwürdig. Außerdem ist Athena noch an der Schule hier gemeldet.«

»Auch das haben wir sicherlich bald geklärt, nicht wahr, Ged?«, fragte Majorin Stein.

»Natürlich. Bin schon dran. Mrs Guthridge unterschreibt gerade die letzten Unterlagen.«

Irgendwie hatte Athena das sichere Gefühl, dass Ged Hollybow die Wahrheit sagte.

»Woher kennen Sie Athenas Schulleiterin?«, fragte ihre Mutter überrascht.

»Mrs Strange«, sagte Majorin Stein energisch, »letztlich läuft es doch auf zwei ganz simple Fragen hinaus. Erstens: Ist Athena glücklich mit ihrer Schulsituation? Und zweitens: Sind *Sie* glücklich mit Athenas Schulsituation?«

Athenas Mutter schwieg einen Moment. Ihr Blick wanderte von Majorin Stein und Ged Hollybow zu Athena und wieder zurück.

»Wunderbar. Auch das wär dann also geklärt«, sagte Ged Hollybow und die beiden Besucher standen auf. »Wir ankern nur ein paar Kilometer von hier. Morgen früh um Punkt neun geht es los.«

»Vielen Dank für den Tee, Mrs Strange«, fügte Majorin Stein hinzu, schob ihren Stuhl an den Tisch und folgte Ged Hollybow in Richtung Flur.

Athena und ihre Mutter eilten den beiden hinterher.

»Warten Sie noch kurz«, sagte ihre Mutter, als ihre Gäste schon die Stufen vor dem Eingang hinunterstiegen.

»Oh, sehen Sie mal!«, rief Ged Hollybow und lief zum Briefkasten am Tor. »Das muss schon die Abmeldung von Athenas alter Schule sein!«

»Wirklich?«

»Am besten bringen Sie die morgen früh einfach unterschrieben mit. Die Post hier bei Ihnen ist ja wirklich auf Zack.«

Athenas Mutter nahm den Briefumschlag entgegen. Athena hatte sie noch nie so sprachlos erlebt.

»Einen Moment noch!«, sagte Athena. Schrie sie, um genau zu sein. Ziemlich laut.

Alle Blicke richteten sich auf sie.

»Bisher hat noch keiner gefragt, was *ich* eigentlich will.«

Majorin Stein machte einen Schritt auf sie zu. »Entschuldige, Athena, das stimmt natürlich. Aber ich habe hier etwas dabei, das dir die Entscheidung womöglich erleichtert.«

Sie schob eine Hand in die Manteltasche und zog ein kleines Kätzchen hervor. Ein *lebendiges* kleines Kätzchen.

»Erwin?«, keuchte Athena und drückte den Kater an sich.

Das unförmige, zusammengeflickte Katzenvieh schnurrte laut, noch ganz warm von seinem Platz in der Tasche.

»Es hat funktioniert?«, fragte Athena ungläubig.

»Wie du siehst«, bestätigte Majorin Stein.

»Ich hab es wirklich geschafft?«

»Du hast es wirklich geschafft. Meine Frage wäre vor allem: Warum? Warum hast du Erwin zurückgeholt?«

So genau hatte Athena noch nie darüber nachgedacht. Es war ihr einfach richtig erschienen.

»Ich fand das irgendwie unfair«, sagte sie. »Er war doch noch ganz jung, als er überfahren wurde. Das kam mir wie Verschwendung vor. Und ich dachte, wenn ich ihn zurückholen kann, hat er vielleicht noch die Chance, eine wirklich gute Katze zu werden.«

»Durchaus ehrenwerte Gründe«, sagte die Majorin lächelnd.

Athena wandte sich zu ihrer Mutter um. Die stand vor der Haustür und blätterte in den Unterlagen, als könne sie kaum glauben, was da stand.

Majorin Stein schien Athenas Gedanken zu lesen. »Es ist leider so, dass diese Art von Experimenten« – sie nickte zu Erwin hinüber – »die Aufmerksamkeit sehr gefährlicher und dunkler Elemente auf sich zieht. Wesen an der Grenze zwischen Leben und Tod. Das ist einer der Gründe, warum wir uns draußen auf hoher See aufhalten, weit entfernt von jeder Zivilisation. Um unsere Angehörigen zu schützen, aber auch unsere Geschöpfe.«

»Was genau wird denn nun an Ihrer Schule unterrichtet?«

Majorin Stein neigte den Kopf und streckte den Arm aus, um Erwin zu streicheln. Sie lächelte, als das Kätzchen den Kopf in ihre Handfläche drückte. »Einfach gesagt, wollen wir den Tod besiegen. Wir alle müssen sterben, manche früher, manche später, aber das macht es noch lange nicht gerecht. An unserer Schule lehren wir die Kunst der Reanimierung. Manchmal bedeutet das, mit einem ganzen Leichnam zu arbeiten, wie bei Erwin, manchmal aber auch, neues Leben aus vereinzelten Körperteilen zusammenzusetzen. Und wir wollen unsere Geschöpfe nicht nur zum Leben erwecken – wir wollen sie auch optimieren. Sie stärker und widerstandsfähiger machen. Gelingt es uns nicht, sie zurückzuholen, versuchen wir wenigstens, den Toten eine Stimme zu verleihen, damit sie von jenseits des Grabes zu uns sprechen können. Und wir sind sogar in der Lage, Leben künstlich zu erzeugen, quasi aus dem Nichts, entweder mit magischen oder technologischen Mitteln. Zu diesem Zweck bleibt unsere Schule immer ein wenig abseits der Gesellschaft, denn bei vielen Menschen ruft unsere Arbeit Unbehagen hervor. Sie nennen das, was wir tun, unmoralisch. Ein Verbrechen wider die Natur, sagen manche. Worauf ich immer entgegne, dass der Tod das eigentliche Verbrechen ist. Und wir uns vorgenommen haben, die Balance wiederherzustellen. Wo der Tod zu zerstören versucht, wollen wir *erschaffen*.«

Obwohl Majorin Stein kaum die Stimme erhoben hatte, war Athena wie gebannt von ihrem leuchtenden Blick und der entschlossenen Miene. Immer noch hielt sie Erwin an sich gepresst, der schnurrend sein Kinn an ihrem Unterarm rieb.

»Du hast heute Nacht etwas sehr Ungewöhnliches vollbracht, Athena«, sagte die Majorin sanft. »Etwas, das nur sehr wenigen Menschen gelingt. Hättest du nicht Lust, noch mehr solche ungewöhnlichen Dinge zu vollbringen?«

Vorsichtig schob sich der Heimliche Späher, vom Laub gut verborgen, den Ast entlang. Wenige Meter unter ihm redete Majorin Stein mit gedämpfter Stimme auf das Mädchen ein, während Mx Hollybow sich nicht weit davon entfernt mit der Mutter unterhielt.

Der Heimliche Späher war ihnen gefolgt, weil er den Eindruck hatte, dass die beiden etwas Wichtiges vorhatten. Was sie jedoch an diesem unscheinbaren Mädchen fanden, konnte er nicht ganz verstehen.

Die Majorin trat einen Schritt beiseite, und der Späher zuckte überrascht zurück. Das Mädchen hielt eine kleine Katze im Arm. Aber nicht irgendeine Katze, sondern ein *Geschöpf*! Irgendwer hatte dieses Tier aus dem Jenseits zurückgeholt.

Sollte das wirklich dieses Mädchen vollbracht haben? Diese kleine, graue Maus?

In dem Fall hatten sie ihr wohl gerade einen Platz an ihrer Schule angeboten. Und nach dem seligen Lächeln des Mädchens und der bedrückten Miene ihrer Mutter zu schließen, hatte sie das Angebot auch angenommen. Voll Schrecken erkannte der Heimliche Späher, was das bedeutete.

Das war nicht gut. Überhaupt nicht gut.

Lautlos huschte er den Ast entlang, ließ sich zu Boden fallen und machte sich durch die Schatten davon. Zurück in seinen Unterschlupf, wo er bisher unentdeckt geblieben war.

Zurück zum Schiff. Zurück zur *MS Prometheus*.

AN BORD DER MS PROMETHEUS

Athena hasste ihre Mutter nicht. Nur das Zusammenleben mit ihr klappte einfach nicht so richtig gut. Also, genauer gesagt: überhaupt nicht.

Und so hatte sie am nächsten Morgen gleich als Erstes ihre Koffer gepackt und saß jetzt mit ihrem Müsli am Tisch. Als ihre Mutter in die Küche schlurfte und erst die Koffer auf dem Boden und dann das schnurrende, missgestaltete Häufchen Erwin auf dem Tisch entdeckte, stieß sie einen tiefen Seufzer aus und sackte in sich zusammen wie ein Ballon, aus dem man die Luft ablässt.

Athena fand es schrecklich, der Grund für diese Traurigkeit zu sein, aber sie wusste einfach, dass sie fortgehen musste. Nachdenklich kaute sie an ihrer Unterlippe. Dann stand sie auf und machte ihrer Mutter eine Tasse Tee.

Und das war dann für lange, lange Zeit auch die letzte Tasse Tee, die sie ihre Mutter trinken sah.

Als sie die Küstenstraße entlangfuhren, zogen immer noch dunkle Gewitterwolken über den Himmel. Erwin hatte sich in Athenas Jackentasche zusammengerollt, und sie streichelte ihm sanft über den Kopf, während sie durch die Schlieren auf dem Autofenster in den peitschenden Regen hinaussah. Athena konnte sich nicht erinnern, wann es schon mal so lange am Stück gewittert hatte.

Doch das düstere Grau konnte ihre Laune nicht trüben. Endlich eine Schule, an der alle etwas lernen wollten, statt immer nur darüber zu reden, welche Serie sie gestern geschaut hatten und welche Klamotten sie morgen anziehen würden. Eine Schule, die in Bio und Physik nicht auf dem üblichen Anfängerniveau herumdümpelte, sondern sich nichts Geringeres zum Ziel gesetzt hatte, als den Tod zu besiegen. Athena schwirrte der Kopf bei dem Gedanken an all die bahnbrechenden Experimente, die sie dort würde durchführen können, um im Namen der Schöpfung die Grenzen der Wissenschaft zu verschieben!

Diese erhebende Vorstellung erhielt jedoch einen harten Dämpfer, als das Schiff nun in Sicht kam.

»Ach du Schande!«, sagte Athenas Mutter.

Und ihre Tochter dachte genau dasselbe.

Der riesige Ozeandampfer ließ das Hafenbecken geradezu winzig erscheinen. Seine Größe war allerdings das einzig Beeindruckende an ihm. Der weit über die Wasserlinie aufragende, einstmals schwarz gestrichene Rumpf war völlig verrostet. Darüber zählte Athena acht Reihen von Kabinenfenstern. Drei mächtige Schornsteine wuchsen aus dem obersten Deck empor.

Ihre Mutter bog auf den Parkplatz ein, und Athena drückte die

Nase ans Fenster. Ein so großes Schiff hatte sie hier noch nie gesehen. Das Hafenbecken schien gar nicht tief genug zu sein.

»Ist dieses Ding überhaupt seetüchtig?«, murmelte ihre Mutter.

Sobald das Auto zum Stehen, sprang Athena heraus, ohne auf den Regen zu achten. Diese Schule hatte doch sicher mehr zu bieten als nur einen rostigen, alten Kahn, beruhigte sie sich selbst. Über dem Bug sah sie eine Reihe leuchtend bunter Formen im Wind tanzen. Ließ dort jemand Drachen steigen?

»Athena, du wirst doch patschnass!« Ihre Mutter drückte ihr einen Regenschirm in die Hand, bevor sie zum Kofferraum ging, um das Gepäck auszuladen.

Erst jetzt wurde Athena bewusst, dass ihr vom Regen schon die Haare an den Wangen klebten, und sie beeilte sich, den Schirm aufzuspannen, der jedoch wegen des starken Winds immer wieder umklappte. So abgelenkt war sie davon, dass sie die Gestalt, die neben ihr aufgetaucht war, gar nicht bemerkte.

»Mädchen Athena?«, sagte eine Stimme, die wie ein zersprungener Tontopf klang.

Athena schaute auf. Vor ihr stand ein gedrungener, ockerfarbener Humanoid, fast so breit wie hoch und offenbar aus Lehm geformt. Sein Kopf, der direkt auf den Schultern saß, erinnerte an einen umgedrehten Blumentopf, in dem zwei gelbe Augen glühten.

»Ähm, hallo. Ja, das bin ich«, sagte sie.

»Schön da sein«, sagte die Gestalt.

Hinter Athena ertönte ein Schrei, gefolgt von einem platschenden Geräusch. Als sie sich umwandte, stand ihre Mutter mit entsetzter Miene hinter ihr und hatte das Gepäck in die Pfützen fallen lassen.

»Was ist *das?*«, keuchte sie.

»Ich glaube, ein Golem«, erklärte Athena.

»Ein was?«

»Eine Figur aus Ton, der Leben eingehaucht wurde.«

»Athena recht. Name Tony«, sagte der Golem. »Schön da sein, Mutter Athena.«

Dabei zeigte er etwas, das vermutlich ein Lächeln sein sollte, in seinem Fall aber nur einem schwarzen Spalt quer über seinen Terrakotta-Schädel entsprach. Falls er Athenas Mutter damit beruhigen wollte, ging das gründlich daneben.

»*Eingehaucht?* Was soll das heißen?«

»Keine Ahnung.« Athena zuckte die Achseln. »Bis eben wusste ich noch nicht mal, dass es Golems wirklich gibt.«

Ein Golem! Sie haben einen echten Golem! Hatte Majorin Stein nicht gesagt, dass an der Prometheus-Highschool neben der Wissenschaft auch *Magie* zum Einsatz kam? Dann musste dieser Golem wohl aus Letzterer hervorgegangen sein, denn Athena war keine wissenschaftliche Methode bekannt, mit der man einen *Klumpen Lehm* zum Leben erwecken konnte. Ihre Bedenken wegen des rostigen alten Kahns schwanden immer mehr. Das hier war besser als alles, was sie sich je erträumt hatte.

»Tony Koffer tragen«, sagte der Golem und bückte sich nach Athenas Gepäck. »Folgen bitte.«

Er nahm je einen Koffer zwischen Daumen und Zeigefinger und setzte sich in Gang. Seine Schritte klangen, als würde man Blumenkübel über eine Terrasse schleifen.

Sie liefen den Kai entlang und das gewaltige Schiff ragte neben ihnen auf, der Rumpf mit Muscheln und Seepocken übersät. *MS PROMETHEUS*, stand in verblasster Farbe am Bug. Die Gangway war fast so steil wie eine Leiter. Vorsichtig lief – oder eher: kletterte – Athena sie hinauf. Tony war direkt vor ihr, und unter seinem Gewicht bog sich die ganze Konstruktion bedenklich weit durch.

»Das scheint mir aber ziemlich gefährlich«, hörte sie die ängstliche Stimme ihrer Mutter hinter sich.

Von oben ertönte ein Scheppern und aufgeregtes Piepen, und als Athena das Deck betrat, schwebten zwei Flugdrohnen vor ihr in der Luft. Beide bestanden aus einer grauen Metallplatte, etwa so groß wie eine Pizza, deren Rand von blinkenden Lämpchen gesäumt war und an deren Unterseite eine Traube von Metallteilen herabbaumelte. Eine der Drohnen stieß einen Schwall elektronisches Gezirpe aus und krachte dann erneut mit lautem *Klonk* gegen die andere.

»Was in aller Welt …?«, setzte Athenas Mutter an.

»Tesla! Edison! Benehmt euch!«, hörte man eine strenge Stimme.

Ein Mann in einem weißen Laborkittel eilte auf sie zu. Er machte einen etwas verwirrten Eindruck.

»Ich hab doch gesagt, ihr sollt euch vertragen! Edison, notieren: Den Drohnen einen Verweis erteilen, sobald ich wieder in der Werkstatt bin. Stopp.«

Eine der Drohnen flog laut piepend auf ihn zu.

»Ich will gar nicht wissen, wer angefangen hat. Ich will nur, dass ihr aufhört!«

Athena war fasziniert. Die beiden Drohnen wirkten sehr viel

massiger als die Modelle, die man üblicherweise in den Parks herumfliegen sah.

»Wie halten die sich überhaupt in der Luft?«, fragte sie.

Der Mann zuckte zusammen und blinzelte durch dicke Brillengläser in Athenas Richtung. Dann drückte er auf einen Knopf am Gestell und ein zweiter Satz Gläser wanderte über seinen Kopf nach vorn und schob sich vor die anderen.

»Ah, du musst Athena sein. Ich bin Doktor Paras Singh.«

Er hatte einen dichten Schnauzbart, aber nur noch gespenstische Reste von Haaren auf dem Kopf. Athena reichte ihm die Hand, die er für einen Sekundenbruchteil schüttelte, als wollte er es möglichst schnell hinter sich haben.

»Was hast du mich gerade gefragt?«, erkundigte er sich. Durch die mehrfachen Brillengläser wirkten seine Augen viel zu groß für seinen Kopf.

»Wie sich diese Drohnen überhaupt in der Luft halten«, sagte Athena. »Ich kann gar keine Rotoren sehen.«

»Gut beobachtet. Sie sind beide mit einem kleinen Äther-Generator ausgestattet. Auch wenn man bei ihnen durchaus auf die Idee kommen könnte, sie würden von purem Starrsinn angetrieben.«

Er tippte eine der Drohnen mit dem Zeigefinger an, sodass sie schräg in der Luft hing und ihre Unterseite sichtbar wurde. Athena sah dort einen leuchtend grünen Ring, der die Luft zum Flimmern brachte.

Die Drohne zirpte empört.

»Ach komm«, sagte Doktor Singh. »Ist ja nicht so, als hätten wir so was noch nie gesehen.«

»Äther gibt es also doch?«, fragte Athena und ihre Gedanken überschlugen sich. Vor Jahrhunderten hatte man eine Zeit lang angenommen, Äther sei die unsichtbare Substanz, mit deren Hilfe sich das Licht im Raum ausbreiten würde. »Dann lag Newton doch richtig mit seiner These? Hätte er sie bloß nicht aufgegeben!«

Erst der Golem, und jetzt das! Allmählich wurde ihr klar, wie wenig sie im Grunde wusste.

Ihre Mutter hüstelte dezent.

Doktor Singh fuhr erschrocken zurück und stieß mit dem Kopf gegen eine der Drohnen. »Wer ist denn da noch?«, fragte er. Wieder schoben sich neue Gläser vor seine Augen und nach vier Versuchen hatte er schließlich die richtigen gefunden. »Ah! Kleiner. Aber *älter*. Sie sind bestimmt Mrs Strange.« Auch ihre Hand schüttelte er mit der gleichen Hast. »Sie schauen sich noch ein bisschen um, bevor wir ablegen? Das ist gut! Wir lichten sicher gleich die Anker.«

»Lassen die Kinder da vorn etwa Drachen steigen? Mitten im Gewitter?«

Athena folgte dem Blick ihrer Mutter. Am Bug rannte ein Dutzend Kinder kreuz und quer durch den Regen, alle mit Seilrollen in der Hand.

»Kinder?«, fragte Doktor Singh.

»Ja. Also Schüler, meine ich.«

»Ah ja, Schüler!«, rief er, als wären sie ihm eben erst wieder eingefallen. »In der Tat. Die Stunde wird sogar von zwei Schülern geleitet. Die haben die Klasse sehr gut im Griff, auch wenn der Lehrstoff nicht gerade anspruchsvoll ist.«

Athena sah einen blonden Jungen und ein Mädchen mit Zöpfen an der Reling stehen und Befehle rufen. Pfeilschnell schnitten die bunten Drachen durch den tosenden Wind.

»Und wenn sie vom Blitz getroffen werden?«, fragte Athenas Mutter.

Im nächsten Moment fuhr tatsächlich ein gewaltiger Blitz herab, und die Schüler jubelten laut auf.

»Aber das ist doch der Sinn der Sache«, sagte Doktor Singh stirnrunzelnd.

»*Was?*« Die Stimme von Athenas Mutter stieg um mindestens eine Oktave.

Doktor Singh wedelte mit der Hand, als wollte er eine Fliege verscheuchen. »Sie tragen natürlich Gummihandschuhe.«

Wieder gab es einen Blitz, krachenden Donner und lautes Gejubel.

»*Gummihandschuhe?* Sind Schiffe denn nicht sowieso gegen Blitzschlag geschützt?«

»Doch, natürlich. Alle Schiffe dieser Größe verfügen über eine Art Faraday'schen Käfig, der regelmäßigen Sicherheitskontrollen unterliegt.« Er blinzelte. »Edison, notieren: Datum der letzten Sicherheitskontrolle des Faraday'schen Käfigs überprüfen. Stopp.«

Die andere Drohne – Tesla, nahm Athena an – piepste ungeduldig.

»Was?«, sagte Doktor Singh. »Ach ja, richtig.« Er wühlte in der Tasche seines Laborkittels und verstreute dabei ihren Inhalt an Deck: zerknüllte Zettel, eine Stimmgabel, einen Schraubendreher, einen zwanzigseitigen Würfel.

»Ah, na bitte!« Er hielt eine orangefarbene Schlaufe aus Stoff in die Höhe, etwa zehn Zentimeter breit und anderthalb Meter lang. »Die ist für dich.«

Er drückte sie Athenas Mutter in die Hand, schüttelte dann irritiert den Kopf und reichte sie stattdessen Athena.

»Was ist das?«, fragte diese.

»Hmm? Die Schulschärpe. Haben die anderen auch.« Er deutete auf die Schüler am Bug.

Erst jetzt bemerkte Athena die orangefarbenen Schärpen, die alle schräg über dem Oberkörper trugen.

»Wie eine Uniform«, erklärte Doktor Singh, »nur ... nicht so umständlich.«

Athena legte sich die Schärpe über die Schulter. Sie kam sich ziemlich albern vor, aber Doktor Singh hatte recht: immer noch besser als die üblichen Schuluniformen, die nie für normale menschliche Maße gemacht zu sein schienen.

»Die musst du immer tragen. Zur Sicherheit.« Er zog einen Stift und ein Notizbuch hervor und begann zu schreiben.

»Dann ist da wohl ein ... äh ... Mikrochip oder so was eingenäht?«, fragte Athenas Mutter.

»Hmm, was?« Doktor Singh zuckte wieder zusammen, als hätte er ihre Anwesenheit schon völlig vergessen.

»Die Schärpe. Ist da ein Mikrochip eingenäht, um die Schüler zu orten? Sie wissen schon, damit man immer sehen kann, wer sich gerade wo auf diesem großen Schiff befindet?«

»Ha. Hahahahaha!« Doktor Singh brach in lautes Gelächter aus. »Ähem. Nein. Natürlich nicht. Klingt ja fast wie Science-Fiction. Nein, nein. Die Leuchtfarbe ist einfach besser zu sehen, falls ein Schüler über Bord gespült wird.«

Das wurde ja immer noch schlimmer! »Okay, Mum«, sagte Athena hastig, »ich glaube, wir sollten uns jetzt verabschieden.«

»Meine Therapeutin hat mir zwar geraten, dir ein bisschen mehr Freiraum zu lassen, aber ob sie *das hier* damit gemeint hat?«

»Ich bin sicher, sie hat *genau das hier* damit gemeint«, sagte Athena.

»Vielleicht«, erwiderte ihre Mutter. »Aber du meldest dich täglich, verstanden?«

»Klar!« Athena versuchte, sie Richtung Reling zu schieben.

»Es gibt doch WLAN an Bord?«, wandte sich ihre Mutter an Doktor Singh.

»Selbstverständlich, Mrs Strange«, antwortete Doktor Singh. »Ständiger Kontakt.«

Die Schultern ihrer Mutter entspannten sich ein wenig.

»Edison, notieren: WLAN-Ausfälle untersuchen, über die immer alle meckern. Stopp.«

Das Schiff ließ einen schrillen Pfeifton hören.

»Du musst jetzt wirklich gehen, Mum«, sagte Athena mit einem erzwungenen Lächeln. »Das Schiff kann jeden Moment ablegen, und dann sitzt du hier fest. Ich melde mich, versprochen. Also, habdichliebundtschüss!«

Ihre Mutter wollte noch etwas sagen, überlegte es sich dann aber offenbar anders. Mit ausdrucksloser Miene wandte sie sich um und verließ das Schiff. Ohne sich noch einmal umzusehen, kletterte sie die Gangway hinunter, überquerte den Parkplatz und stieg ins Auto. Athena wusste nicht, ob das ein gutes oder ein schlechtes Zeichen war.

Unter grässlichem Quietschen wurde die Gangway eingezogen.

Doktor Singh achtete nicht darauf, sondern machte kehrt und lief das Promenadendeck entlang Richtung Heck. Tesla und Edison umkreisten seinen Kopf wie zwei kleine Satelliten.

»Ich zeig dir noch deine Kabine, Athena, aber wir dürfen nicht trödeln, der Unterricht hat schon begonnen.«

Der Unterricht hatte schon begonnen? Athena schluckte. Dann kreuzte sie hier nicht nur mit zwei Wochen Verspätung auf, sondern musste sich gleich auch noch vor versammelter Klasse vorstellen.

Sie folgte Doktor Singh und stellte dabei fest, dass seine seltsame Brille eher eine Art Kappe war, deren Zusatzgläser alle am Hinterkopf saßen. Eilig trat er durch eine Tür ins Schiff und hastete einen Flur hinunter, wurde dann aber langsamer, bis er schließlich stehen blieb, sein Büchlein hervorzog und zu schreiben anfing.

Verwirrt schaute Athena sich um. Die Türen in diesem Gang waren alle mit angelaufenen Messingbeschlägen verziert. Von Spinnweben gerahmte Gemälde hingen an den einstmals cremefarbenen, inzwischen aber fleckigen Wänden. Irgendwann musste die *Prometheus* einmal das gewesen sein, was ihre Mutter als ›ziemlich schnieke‹ bezeichnen würde.

Eine ganze Minute verstrich, begleitet vom Summen der Drohnen, Doktor Singhs Gemurmel und dem Kratzen seines Stifts auf Papier.

Athena räusperte sich. »Die *Prometheus* war früher mal ein Passagierschiff, oder?«

»Aaaaagh!« Doktor Singh hüpfte vor Schreck in die Luft und ließ das Notizbuch fallen. »Wo kommst *du* denn her?«

»Ähm, Sie wollten mir doch meine Kabine zeigen?«

»Ah ja, richtig.« Er hob sein Notizbuch vom Boden auf und lief wieder weiter. »Hast du mich gerade etwas gefragt?«

»Ich wollte wissen, ob die *Prometheus* früher ein Passagierschiff war«, sagte Athena, während sie ihm wieder folgte.

»Oh ja, früher war das mal ein richtiger Luxusdampfer! Sehr exklusiv und sehr teuer.«

Athena stoppte abrupt, als zwei fehlende Stufen vor ihr auftauchten, ein klaffendes Loch, durch das man das darunterliegende Deck sehen konnte.

»Die Betonung liegt natürlich auf ›früher‹«, sagte Doktor Singh. »Edison, notieren: Tony bitten, die kaputten Stufen mittschiffs, Deck D, zu reparieren. Stopp.« Er reichte Athena die Hand, um ihr über die Lücke zu helfen. »Es mag vielleicht etwas abschreckend wirken, aber für den Lehrplan des ersten Halbjahrs ist die Ausstattung der *Prometheus* vollkommen ausreichend. Wozu Touchscreens und VR-Brillen, wenn man ohnehin nur Leichenteile zusammennäht?«

Ein lautes *Wrooommmmmmm* erschütterte das Schiff und der Boden unter ihren Füßen bebte.

»Wir legen ab«, sagte Doktor Singh.

Nachdem Athena ihm eine weitere Treppe hinunter gefolgt war, durch eine Luke und nochmals um mehrere Ecken, war sie überzeugt, ohne einen Deckplan nie mehr den Rückweg zu finden.

Im letzten Flur holten sie Tony ein, der gerade auf seine bedächtige Art mit Athenas Gepäck durch eine Kabinentür verschwand. Der Golem war so breit, dass er nur seitwärts durch die Öffnung passte.

Athena folgte ihm in einen Raum, der ungefähr halb so groß war wie ihr Zimmer zu Hause. Zwei Schreibtische standen links an der Wand, zwei Kleiderschränke an der Wand gegenüber, mit einem kleinen Bullauge dazwischen, und an der letzten Wand ein Etagenbett. Bei seinem Anblick sank Athenas Laune auf den Nullpunkt.

Die obere Liege war frisch bezogen und unberührt, die untere hingegen völlig zerwühlt. Athena presste die Lippen zusammen. Eine neue Schule war doch nun wirklich schon stressig genug, aber anscheinend musste sie sich jetzt auch noch mit irgendeiner Unbekannten das Zimmer teilen.

Tony war wieder verschwunden, aber Doktor Singh stand noch neben ihr und musterte sie besorgt, während seine Brillengläser sich leise ratternd übereinanderschoben. »Das Zimmer ist wohl kleiner, als du erwartet hast?«

»Nein, nein«, sagte Athena. »Es ist sehr schön. Richtig gemütlich. Aber ... das Schiff ist einfach so riesig.«

»Oh ja, aber den Großteil davon darf man sowieso nicht betreten. Der wird nicht mehr genutzt. Das Schiff ist zwar seetüchtig, aber viele der Räume sind nicht mehr sicher. Außerdem behält man besser den Überblick, wenn alle ein bisschen zusammenrücken, verstehst du?«

»Klar, logisch«, sagte Athena, aber im Stillen bedauerte sie trotzdem, wie wenig Privatsphäre sie hier haben würde.

»Für dich ist eigentlich nur wichtig, dass die Kabinen der Schüler sich alle hier hinten auf Deck E befinden, die Unterrichtsräume mittschiffs auf Deck C und die Bibliothek gleich unter der Kommandobrücke vorn am Bug.«

In diesem Moment steckte Erwin den Kopf aus Athenas Jackentasche, sprang zu Boden und schnupperte neugierig in der Kabine herum.

»Ach, nun sieh dir diesen pelzigen Gesellen an!«, rief Doktor Singh.

»Oh, Verzeihung … Ich hab gar nicht gefragt, ob Haustiere hier erlaubt sind«, sagte Athena hastig.

»Haustiere nicht. Aber eine *Schöpfung*? Unbedingt!«

Erwin schnupperte kurz am unteren Stockbett, bevor er dann auf das obere sprang.

»Und Katzen sind auf einem Schiff sowieso willkommen. Halten die Rattenpopulation in Schach.« Er unterbrach sich und starrte ins Leere. »Aber diese Biester finden immer einen Weg zurück. Immer.«

Er holte wieder Stift und Notizbuch hervor und fing wieder an zu schreiben.

Athena sah sich selbst in dem fleckigen Spiegel gleich neben der Tür. Latzhose, schwarzer Pulli, schwarze Doc Martens. Ihre Mutter hatte behauptet, diese Latzhose sei *topmodern*, aber gerade eben fielen Athena nur die Fettflecken an den Knien ins Auge. Sie hob den Arm, um den Scheitel in ihrem schwarzen Haar nachzuziehen. Vor drei Wochen war es zu einem eckigen Bob geschnitten worden, aber irgendwie saß der immer schief, sie konnte machen, was sie wollte.

Mit einem Seufzer rückte sie ihre Schärpe zurecht und wandte sich wieder an Doktor Singh.

»Und wer ist nun meine Mitbewohnerin?«

»Aaaaaagh!« Doktor Singh zuckte zusammen. »Was? Oh, die

wirst du sicher bald kennenlernen. Marceline ist … äh … *einmalig*. Ihr beide werdet euch sicher glänzend verstehen.«

Was soll das nun wieder heißen?, dachte Athena verwundert.

TOTE FRÖSCHE

Athena hatte schon öfter die Schule gewechselt, aber erst jetzt, vor diesem Meer von Gesichtern, wurde ihr klar, dass sie natürlich nicht die einzige Schülerin von Majorin Stein sein würde und auch hier in eine Klasse kam, in der sich alle schon kannten.

Allem Anschein nach hatte man die ehemalige Spielbank des Dampfers zu einem Labor umfunktioniert. Überall standen die Schüler zu zweit hinter den halbrunden Tischen.

»Entschuldigen Sie die Verspätung, Majorin Stein«, sagte Doktor Singh von der Tür aus. »Tesla ist schuld.«

Hinter ihm erhob sich entrüstetes Gezirpe.

Majorin Stein stand vor einer großen schwarzen Tafel, an der diverse Schaltpläne aufgezeichnet waren.

»Danke, Doktor Singh. Alle mal herhören: Das ist Athena Strange. Sie konnte leider erst jetzt dazukommen.«

Athena nickte knapp in die Runde.

»Setz dich, Athena, die Vorstellung sparen wir uns heute.«

Gott sei Dank! Das läuft ja besser als befürchtet.

»Neben Godfrey ist noch ein Platz für dich frei«, sagte Majorin Stein und wies auf den hinteren Teil des Raums.

Athenas Blick folgte ihrem ausgestreckten Arm. Aus der letzten Reihe winkte ihr ein Junge lebhaft zu. Er war offenbar sehr klein, sein Kopf ragte nur gerade eben über die Tischkante.

Mit gesenktem Blick schob sie sich durch die Reihen. Bei Godfrey angekommen, stellte sie fest, dass er in einem Rollstuhl saß. Deshalb hatte er so klein ausgesehen.

»Hi!«, flüsterte Godfrey, sichtlich erfreut.

Athena lächelte kurz zurück, bevor sie sich dem Tisch vor ihr zuwandte. Die Oberfläche war mit grünem Stoff bezogen, auf dem noch verblasste gelbe Zahlen und Linien zu erkennen waren. Offenbar hatte man auch die alten Casino-Spieltische einfach weiterverwendet. Athena runzelte die Stirn. Alles ganz schön provisorisch, aber ihre eigene Ausrüstung war ja auch nicht gerade der neueste Stand der Technik gewesen. Vor Godfrey lag ein Gewirr aus Kabeln und Transistoren, daneben entdeckte sie eine große, eckige Batterie sowie mehrere Zangen und Seitenschneider.

Und einen toten Laubfrosch, der auf dem Rücken in einer Metallschale lag.

Athenas Blick glitt über die Schaltpläne an der Tafel.

Galvanismus? Tote Frösche? Jetzt im Ernst?

Ihre Nervosität verflog. Ebenso wie ihre Angst davor, die Neue zu sein. Stattdessen war sie enttäuscht. Elektrischen Strom durch tote Tiere zu schicken, damit ihre Muskeln kontrahierten, das war ... nun ja ... Anfängerniveau.

»Wie ich vorhin schon sagte«, fuhr die Majorin fort, »kommt es bei Reanimierungen vor allem auf die Dosierung der Stromstärke an. Hier das richtige Maß zu finden, erfordert Jahre der Übung.«

Jahre? Ach komm! Sie hatte genau eine Woche gebraucht, um das hinzukriegen. Bereits einen Tag, nachdem ihr in der Bibliothek ein Buch über Galvanismus in die Hände gefallen war, hatte eine tote Ratte zuckend auf dem Labortisch in ihrer Garage gelegen. Und nur fünf Tage später hatte sie ein verschmurgeltes Opossum von einer Stromleitung gepflückt und für ganze acht Sekunden wiederbelebt. So schwierig konnte das wohl kaum sein.

Die anderen Schüler waren jedoch voll bei der Sache. Eifrig studierten sie die Schaltpläne und brachten Elektroden an. Zwei Mädchen quiekten albern, während sie vorsichtig die Beine ihres Froschs in die Länge zogen.

Athena sah zu, wie ihr Laborpartner, die Zungenspitze zwischen den Zähnen, sich abmühte, die nadelförmigen Elektroden zu befestigen. Immer wieder rutschte er an den dünnen Froschbeinen ab und stach sich in die Finger.

Er sah auf. »Oh Mann, das ist kniffeliger, als ich gedacht hätte«, sagte er gut gelaunt.

»Mmmh«, machte Athena.

Godfrey probierte es noch mal.

Athena war schon drauf und dran, ihm die Elektrode aus der Hand zu reißen und selber anzubringen, als sie plötzlich spürte, dass sie beobachtet wurde.

Sie fuhr herum und erhaschte gerade noch einen Blick in zwei verschiedenfarbige Augen, eins braun und eins grün, bevor sie sich abwandten. Die dazugehörige Person stand mehrere Tische weiter vorn und trug einen viel zu großen grauen Hoodie und dunkle Jeans.

»Hast du so was hier schon mal gemacht?«, fragte Godfrey.

»Was, Galvanismus?«

»Nein, elektrischen Strom durch Körpergewebe leiten.«

Das ist *Galvanismus*, dachte Athena. »Ja, so ansatzweise.«

»Cool. Willst du's dann nicht mal versuchen?«

Gott sei Dank. Sie zog die Gerätschaften zu sich heran und entwirrte erst einmal den Kabelsalat.

»Wie viele Klassen gibt es hier eigentlich?«, fragte sie währenddessen.

»Nur diese hier«, erwiderte Godfrey.

»Oh.« Sie hatte auf verschiedene Stufen gehofft, Anfänger, Fortgeschrittene und Experten oder so. »Und immer bei Majorin Stein?«

»Was? Nein, sie macht nur den Praxisteil am Vormittag, weil sie in diesem Halbjahr die Leitende Schöpferin ist. Nachmittags haben wir dann immer Theorie bei einem der anderen Lehrer.«

»Und in welchen Fächern?«

»Na, in allen. Hast du gar keinen Stundenplan?«

»Ich bin quasi ein *last minute*-Zugang«, sagte Athena.

»Ach so, ist ja komisch. Aber gut. Dieses Halbjahr sind wir auf der *Prometheus*, deshalb hat Majorin Stein die Leitung, und die anderen Lehrer unterrichten uns nachmittags in ihren Spezialgebieten: Mx Hollybow zum Beispiel in irdischer Magie, Doktor Singh in Robotertechnik und so weiter. Im zweiten Halbjahr, wenn wir das Schiff verlassen, übernimmt ein anderer Schöpfer die Leitung.«

»Wir verlassen das Schiff?« Athena sah überrascht auf.

»Ja, sicher!« Godfrey lachte. »Wow, du hast ja wirklich überhaupt keinen Schimmer, was?«

Athena ärgerte sich, sagte aber nichts.

Nach einem letzten Sicherheitscheck schaltete sie den Strom ein.

Das Bein des Frosches zuckte wild.

»Hey, du hast es geschafft! Super!« Godfreys Augen leuchteten.

Athena lächelte verkniffen. Wie gesagt, sie hatte sich schon mal ansatzweise mit Galvanismus beschäftigt. Und gerade gestern eine Katze ins Leben zurückgeholt.

Die Hälfte der Schüler konnte inzwischen erste Erfolge bei ihren Fröschen vorweisen. Ein Mädchen mit Zöpfen in der ersten Reihe quietschte vor Begeisterung, während ein kleiner dunkelhaariger Junge zwei Tische weiter leise vor sich hin schimpfte.

Athena stieß enttäuscht die Luft aus. Trotz der zwei Wochen Rückstand schien sie hier allen weit voraus zu sein.

Ich sollte dieser Schule mal zeigen, was ich wirklich draufhab, dachte sie. *Vielleicht kriege ich dann Begabtenförderung oder sogar Einzelunterricht. Und wenn Majorin Stein die Leitende Schöpferin ist, sollte ich wohl vor allem sie beeindrucken.*

»Was ist los?«, fragte Godfrey.

»Nichts.«

Die Majorin schrieb gerade etwas an die Tafel und wandte der Klasse den Rücken zu. Athena musterte die Wandregale ringsum, die mit jeder Menge elektronischem Zubehör vollgestopft waren.

»Suchst du was Bestimmtes?«

»Sekunde«, sagte Athena, flitzte zu einem der Regale, schnappte sich einen Arm voller Kabel und flitzte wieder zurück. Eines davon befestigte sie an ihrer eigenen Batterie und huschte dann zum Nachbartisch. Die beiden Mädchen dort waren so mit ihrem

Frosch beschäftigt, dass sie gar nicht bemerkten, wie Athena das Kabel an ihre Batterie anschloss, dann ein weiteres am anderen Pol befestigte und damit zum nächsten Tisch huschte, um dort das Ganze zu wiederholen. Die beiden Jungs, die dort arbeiteten, wechselten erstaunte Blicke.

Godfrey beobachtete von seinem Platz aus, wie Athena durch den Raum eilte. Keine zwei Minuten später hatte sie ein Spinnennetz aus Kabeln gewoben, das alle Batterien miteinander verband. Dann kehrte sie zu ihm an den Tisch zurück und fügte noch einige Bauteile in den Stromkreis ein.

»Was hast du denn vor?«, flüsterte Godfrey.

»Die Stromstärke erhöhen«, antwortete sie, ohne von ihrer Arbeit aufzusehen.

Nach weiteren dreißig Sekunden war alles bereit.

»So, das dürfte die Sache ein bisschen interessanter machen«, sagte sie und näherte sich mit dem noch freien Kabelende dem zweiten Kontakt an ihrer Batterie.

»Warte, Athena, ich glaub, das ist keine gute …«

Lautes Ploppen ertönte, als sämtliche Batterien im Raum parallel geschaltet wurden, Funken sprühten und einige Kinder schrien auf. Stühle wurden umgestoßen und Werkzeug fallen gelassen. Majorin Stein fuhr herum und musste sehen, wie alle Frösche auf allen Tischen zugleich vor sich hin zuckten, vom elektrischen Strom in Bewegung versetzt.

Wobei ›zucken‹ es nicht ganz traf: Sie tanzten förmlich auf den Tischen.

Da habt ihr euren Galvanismus. Athena lächelte.

Majorin Stein sprang zum nächsten Tisch, schnappte sich

einen Gummihandschuh und trennte den Stromkreis. Sofort platschten alle Frösche in ihre Schalen zurück, und im Labor erhob sich ein Gewirr aus Gelächter, ängstlichen Rufen und aufgeregtem Geplapper. Irgendjemand weinte.

»Athena Strange!« Die Stimme der Majorin durchschnitt den Lärm.

Sofort wurde es still.

»Können wir uns kurz mal draußen unterhalten?«

Alle Blicke richteten sich auf Athena. Die schluckte nervös. Aber sie hatte sich ja vorgenommen, die Majorin zu beeindrucken, oder nicht? Und das war ihr doch offenbar auch gelungen. Mehr oder weniger.

Athena schob sich gerade hinter ihrem Tisch hervor, als plötzlich eine Sirene losging.

»Achtung, Achtung«, ertönte gleich darauf eine sonore Stimme aus dem Lautsprecher an der Wand. »Alle Schüler und Schöpfer finden sich bitte unverzüglich zu einer außerordentlichen Versammlung im Ballsaal ein.«

Godfrey stockte der Atem. »Eine außerordentliche Versammlung!«

»Kommt das öfter vor?«, fragte Athena.

»Nein. Nur zwei Leute an Bord dürfen die überhaupt einberufen: Majorin Stein und die Kapitänin.«

Damit war klar, wer diese hier einberufen hatte, denn Majorin Stein wirkte genauso überrascht wie alle anderen.

»Okay, ihr habt es alle gehört. Los geht's, aber zackig!«, rief sie jetzt. Ihr Blick verharrte kurz bei Athena, dann öffnete sie die Tür.

Rettung in letzter Sekunde, dachte Athena, während die Klasse sich nach draußen schob. Schülergeschnatter erfüllte den Gang.

»Die Beine bewegen, nicht den Mund!«, befahl Majorin Stein von hinten.

Am Treppenaufgang teilte sich die Schar, eine Hälfte stieg die Stufen hinauf, die andere strömte rechts durch den Flur. Athena schloss sich der Gruppe nach oben an. Auf der nächsten Ebene trennte sich wieder ein Teil von den anderen, der Rest stieg noch eine Etage höher. Athena folgte Letzteren und betrat gleich darauf einen weiten Raum, der oben von einer riesigen Glaskuppel abgeschlossen wurde. Regenwasser rann über die Scheiben, aus denen sie zusammengesetzt war. Stimmengewirr erfüllte die Luft, aber die Köpfe vor ihr versperrten jede Sicht. Sie drängte sich zwischen ein paar größeren Schülern hindurch und stellte fest, dass sie auf einer Empore standen. Auf der zweiten Empore, um genau zu sein. Gleich unter ihnen befand sich ein weiterer Balkon, wo ebenfalls eine Gruppe von Schülern die Brüstung säumte, während Godfrey und der Rest der Klasse sich unten im Ballsaal versammelt hatte.

Der ganze Raum wurde von einer gewaltigen Bronzestatue beherrscht, die auf der gegenüberliegenden Seite stand: ein muskulöser Mann, der zum Glasdach hinaufsah, den Mund zu einem stummen Schrei geöffnet. In einer Hand hielt er eine zerrissene Kette, mit der anderen würgte er einen riesigen Adler. *Das muss Prometheus sein*, dachte Athena, jener Titan aus der griechischen Mythologie, der den Göttern das Feuer gestohlen hatte und zur Strafe an einen Felsen gekettet worden war. Der Sage nach kam jeden Tag ein Adler, um seine Leber zu fressen, die dann nachts wieder nachwuchs, und immer so weiter. Angesichts der zerrissenen Kette und der misslichen Lage des Adlers nahm Athena jedoch an, dass *dieser* Prometheus den Kreislauf durchbrochen hatte. Er war riesenhaft, sein Kopf reichte fast bis in die Glaskuppel hinauf.

Zu seinen Füßen waren folgende Worte in Bronzebuchstaben in den polierten Holzboden eingelassen:

ICH gab ihnen Hoffnung und so wandten sie ihren Blick vom Tode ab.

Doch nicht die Statue fesselte die Aufmerksamkeit der Schüler, sondern etwas, das in der Mitte des Saals auf dem Boden lag: ein etwa mannsgroßer, menschenähnlicher Roboter, mit einem Körper aus Messing und Chrom und mit Kabeln und Zahnrädern anstelle von Gelenken. Er lag auf dem Rücken, ein Bein unter sich gefaltet. Vollkommen reglos. Kein Funke von Leben erkennbar.

Ein gleichmäßiges *Tock, tock, tock* hallte durch den Saal. Es kam von einer großen, kräftigen Frau, die einen zerbeulten Dreispitz und einen schwarzen Mantel mit Messingknöpfen trug. Es dauerte einen Moment, bis Athena begriff, dass das Klopfen von ihrem Holzbein verursacht wurde. Mit verschränkten Armen baute die Frau sich vor den Schülern auf, und ihre Respekt gebietende Haltung verriet Athena, dass sie die Kapitänin war.

Eine Handvoll Schüler tuschelte immer noch aufgeregt miteinander.

»Ihr da, Klappe halten!«, bellte die Kapitänin.

Sofort war es still. Nur der Regen war noch zu hören, der auf das Glasdach trommelte.

»Schon besser«, sagte die Kapitänin mit angespannter Miene. »Ich habe schlechte Nachrichten … nein, bitte streichen. Ich habe völlig inakzeptable Nachrichten. Wie ihr seht, wurde heute Nacht ein Mitglied meiner Crew ermordet. Irgendwann zwischen Mitternacht und Null Achthundert wurde mein Quartiermeister Murdoch in diesem Ballsaal überfallen. Nach Aussage von Doktor Singh, seinem Schöpfer, ist er nicht mehr zu reaktivieren.«

Doktor Singh, der bei den anderen Lehrern stand, nahm seine Brillen-Kappe ab, um sich eine Träne aus dem Augenwinkel zu wischen.

Murdochs Gesicht erinnerte an eine Theatermaske: weiß, der Mund zu einem Lächeln erstarrt. Auch zu Lebzeiten konnte es nicht sehr ausdrucksvoll gewesen sein, aber durch die erloschenen Augen hatte es sich endgültig in eine Totenmaske verwandelt.

Ein Raunen ging durch den Saal. Die Schüler warfen sich verstörte Blicke zu.

»Ich weiß nicht, wer das getan hat«, sagte die Kapitänin, »aber eines weiß ich genau: Ich werde nicht ruhen, bis der Täter zur Rechenschaft gezogen wurde.«

Sie schniefte und schien einen Moment lang tatsächlich mit den Tränen zu kämpfen. Dann presste sie die Lippen aufeinander und fuhr in ihrem ruppigen Tonfall fort:

»Majorin Stein und ich werden sämtliche Schüler an Bord verhören. Ich hoffe, dass vergangene Nacht alle brav in ihren Betten gelegen haben.« Ihr Blick wanderte durch den Saal. »Ich *erwarte*, dass alle brav in ihren Betten gelegen haben.«

Majorin Stein trat einen Schritt vor. »Bis dahin findet der Unterricht wie gewohnt statt. Wir rufen euch auf, wenn wir euch brauchen. Wegtreten!«

Sofort brach lautes Palaver los. Gesprächsfetzen schwirrten durch die Luft, eine Mischung aus Misstrauen und Ratlosigkeit: ›Ob das wirklich ein Schüler war?‹, ›Oder jemand vom Hafen?‹, ›Wo warst *du* eigentlich letzte Nacht?‹

Athena verließ mit den anderen zusammen den Saal. Sie wusste nicht, was als Nächstes kam, also folgte sie einfach dem Strom.

Schließlich fand sie sich auf dem Promenadendeck wieder, ungefähr mittig zwischen Bug und Heck. Die übrigen Schüler verschwanden durch irgendwelche Türen und um irgendwelche Ecken, und so war sie schon bald allein, unsicher, wohin sie sich wenden sollte. Aber auch erleichtert. Ihre Schultern lockerten sich. Sie hatte gar nicht bemerkt, wie angespannt sie gewesen war. Ihre Mutter sagte immer, Athena würde sich in Gesellschaft von Erwachsenen wohler fühlen, weil sie ein Einzelkind war. Fest stand jedenfalls, dass sie den Kontakt mit Gleichaltrigen immer ziemlich anstrengend fand.

Die meisten Kinder gingen ja nur deshalb zur Schule, weil sie es mussten, aber auf der *MS Prometheus* sollte das doch eigentlich anders sein. Wer hier an Bord war, *wollte* doch lernen, oder nicht? Trotzdem waren ihr das Getuschel und die verstohlenen Blicke sofort vertraut gewesen. Wenn sie dann noch das Anfängerniveau bei Majorin Stein dazunahm, hatte sich an dieser Schule nicht viel für sie geändert.

Es nieselte leicht, ein Nachhall des inzwischen abgezogenen Gewitters, und die Decksplanken waren immer noch rutschig. Ringsum erstreckten sich grau-blaue Wellenberge, so weit das

Auge reichte, und der Salzgeruch des Meers erfüllte die Luft. Schlagartig wurde Athena klar, dass nirgends mehr Land in Sicht war. Sie war ja noch im Hafen unter Deck gegangen, deshalb hatte sie es gar nicht verschwinden sehen. Hätte sie lieber draußen bleiben und winken sollen? Hatte ihre Mutter womöglich im Auto gesessen und ihr nachgeschaut, bis die *MS Prometheus* nur noch ein Punkt am Horizont war?

Sie zog ihr Handy hervor. Kein Empfang.

»Na, schon Heimweh?«, fragte eine muntere Stimme.

Athena fuhr herum und entdeckte Godfrey, die Hände fest an den Rädern seines Rollstuhls, damit er nicht wegrollte.

»Ich? Niemals«, sagte Athena verlegen.

»Hier, für dich«, sagte Godfrey und hielt ihr ein in Folie gewickeltes Sandwich hin. »In der Mensa konnte ich dich nirgends entdecken, deshalb dachte ich mir schon, dass du irgendwo unterwegs verloren gegangen bist.«

»Danke«, sagte sie und steckte ihr Handy weg, um das Sandwich entgegenzunehmen.

»Hier hat man eh keinen Empfang«, erklärte Godfrey.

»Ach so?« Athena schaute zu den höher gelegenen Decks hinauf. »Ist es da oben besser?«

»Auch nicht. Das beste Netz hat man am Steuerbord-Bug und am Backbord-Heck, es sei denn, der Wind weht vorherrschend aus Nordnordwest oder Südost, dann ist das Sonnendeck der verlässlichste Ort. Bei Sturm wiederum hat man mittschiffs auf Deck D die besten Chancen.«

Athena musterte ihn ratlos. »Ich versteh kein Wort«, sagte sie.

»Ich auch nicht.« Godfrey kicherte. »Ich hab einfach nur auswendig gelernt, was Kapitänin Walton in ihrer Begrüßungsrede gesagt hat. Sie wirkt ziemlich einschüchternd, deshalb hab ich lieber mal aufgepasst.«

»Einschüchternd ist das richtige Wort. Aber Murdoch und sie haben sich wohl ziemlich nahegestanden, oder?«

»Kann sein.« Godfrey zuckte die Achseln. »Murdoch war halt oft mit ihr oben auf der Brücke. Hat immer die Nachtwachen übernommen und so.«

Athena hätte den Roboter zu gern in Aktion erlebt, seine Bewegungsabläufe und die Funktion seiner Gelenke studiert, aber dafür war es ja nun zu spät.

»Der Überfall auf ihn war jedenfalls ein ziemlicher Schock«, fuhr Godfrey fort. »Gleich zwei Überraschungen an einem ...« Er verstummte.

Athena runzelte die Stirn. »Zwei Überraschungen? Welche denn noch?«

Im nächsten Moment fiel es ihr wie Schuppen von den Augen. Sie selbst war die zweite Überraschung. Dann hatte sie sich die schiefen Blicke ihrer Mitschüler wohl nicht nur eingebildet.

»Ich ... äh, ich wollte nicht ...«, stammelte Godfrey.

Ist ja nicht so, als hätte ich es mir ausgesucht, hier erst zwei Wochen nach Schulbeginn aufzutauchen, dachte sie.

»Die Schule ist halt ... äh ... klein, und ... na ja ...« Er verstummte wieder und wechselte dann das Thema. »Weißt du inzwischen schon, mit wem du das Zimmer teilst?«, fragte er, während sein Erröten langsam verging.

»Ich hab sie noch nicht kennengelernt. Ich glaub, sie heißt Marceline?«

Godfrey riss die Augen auf, und Athena schaute hinter sich, weil sie dachte, er hätte dort irgendetwas entdeckt.

»Die?«, sagte er schließlich.

»Ja. Wieso? Stimmt was nicht mit ihr?«

»Äh, nein, nein. Sie ist sicher nett, wenn man sie erst mal kennenlernt. Nur … sie redet halt nicht besonders viel. Bleibt anscheinend lieber für sich.« Er drehte sich mit dem Rollstuhl um 180 Grad und fuhr los. »Komm, die nächste Stunde fängt gleich an.«

Athena musste rennen, um ihn einzuholen. »Wieder Galvanismus?«, fragte sie. Nicht, dass Majorin Stein sie doch noch zur Rede stellen würde.

»Was? Nein, wir haben jetzt bei Monsieur Renaître.«

»Und was unterrichtet der?«

»Pflanzliche und parasitäre Konservierungsmethoden.«

»Häh?«

»Kräuterkunde, Athena«, rief Godfrey über die Schulter zurück. »Jetzt kommt Kräuterkunde.«

FORSCHER UND VERHÖRE

Monsieur Renaître war ein großer Mann mit kurzen Haaren und einem breiten Lächeln, das Athena sofort für ihn einnahm.

Leider war *er* von *ihr* offenbar nicht besonders eingenommen. Keine fünf Minuten nach Unterrichtsbeginn hatte er sie schon auf dem Kieker.

»Athena, richtig?«

»Ja, Sir.«

»Auf deinem Pult herrscht ein ausgeprägter Mangel an Lehrbüchern.«

Athena musterte den Tisch vor ihr. Dort lagen nur ein Block und ein Stift. Mehr hatte sie heute Morgen nicht eingepackt.

»Äh, ja?«

»Hast du sie in deiner Kabine vergessen?«

»Ich wusste gar nicht … äh …« Sie blickte sich um. Auf allen anderen Tischen lagen ganze Stapel von Büchern. Von einer Bücherliste hatte ihr niemand etwas gesagt.

Monsieur Renaître schnalzte missbilligend mit der Zunge. »Ein Französisch-Wörterbuch, das Standardwerk *Kräuter sind mein Leben* und das *Liber Datura*. Das sollte fürs Erste genügen.«

Athena schrieb hastig mit.

»Okay«, sagte sie. »Besorg ich mir. Wo auch immer.«

»Die Bibliothek wäre sicher ein guter Anfang.« Monsieur Renaître seufzte. »Ich erwarte von dir, dass du den Rückstand aufholst, Athena. In meinem Fach hängt niemand hinterher.«

»Natürlich.« Athena hoffte, dass niemand sah, wie sie rot wurde.

Es klopfte und alle wandten den Kopf zu Majorin Stein, die in der Tür stand.

»Hideo Amadeus, kommst du bitte mit«, sagte sie.

Der genannte Schüler sprang auf und folgte der Majorin. Ein unterdrücktes Raunen ging durch die Klasse.

»Augen wieder zu mir, vielen Dank!«, bellte Monsieur Renaître. »Es wird heute sicher noch mehrere Unterbrechungen geben, aber ich erwarte trotzdem volle Aufmerksamkeit.«

Er setzte seinen Unterricht fort und warf mit Fremdwörtern nur so um sich. Athena konnte kaum folgen und notierte eine Seitenzahl nach der anderen, in der Hoffnung, sie würden ihr weiterhelfen, sobald sie die benötigten Bücher aufgetrieben hatte.

Zehn Minuten später kehrte Hideo in Begleitung von Majorin Stein zurück. Er schien erleichtert, wieder hier zu sein. Majorin Stein rief den nächsten Schüler auf.

»Wenn ihr jedes Mal stundenlang glotzt, sobald Majorin Stein in der Tür auftaucht, kriegen wir heute überhaupt nichts geschafft«, blaffte Monsieur Renaître. »Augen nach vorn, alle miteinander!«

Die Klasse gehorchte. Athena fragte sich, ob das Lächeln, das sie zu Beginn der Stunde auf seinem Gesicht gesehen hatte, nur eine Muskelzuckung gewesen war.

»Ich hab ein Recherche-Quiz für euch«, fuhr er fort. »Tut euch dafür zu zweit zusammen, aber schnell.«

Geschäftiges Summen erfüllte den Raum, während sich überall Zweierteams bildeten. Godfrey reckte den Hals und versuchte, Athenas Aufmerksamkeit zu gewinnen, aber die tat so, als würde sie ihn gar nicht bemerken. Nach dem, was er in der Stunde bei Majorin Stein geboten hatte, wollte sie ihn nicht schon wieder als Klotz am Bein haben.

Ihr Blick fiel auf einen großen blonden Jungen am Nebentisch.

»Wollen wir zusammenarbeiten?«, fragte sie.

»Klar«, sagte der Junge und lächelte. »Du bist Athena, stimmt's? Ich bin Drew. Drew Watson.«

»Super, danke.«

»Such dir jemand anderen, Emily«, sagte er zu dem Mädchen neben ihm und scheuchte sie mit einer Handbewegung weg.

Emily, das Mädchen mit den Zöpfen, das Athena schon vorher bemerkt hatte, zog einen Flunsch, schnappte sich ihr Schreibzeug und ging. Athena kam zögernd zu Drew herüber, irritiert von diesem merkwürdigen Austausch. Drew hatte das Mädchen weggeschickt, wie ein ungehobelter Gast einen Kellner wegschickt. Sie konnte jedoch nicht länger darüber nachdenken, denn Monsieur Renaître hatte schon eine ganze Liste von Suchbegriffen an die Tafel geschrieben.

»Dann müssen wir wohl mit *meinen* Büchern arbeiten«, sagte Drew.

»Ja, bitte«, sagte Athena, die schon in einem davon blätterte.

»Dir ist sicher klar, wie unschätzbar wertvoll die alle sind«, sagte Drew und wies auf den Stapel vor ihm. »Wahre Forschung findet vor allem *auf geistiger Ebene* statt. Praktische Übungen sind ja gut und schön, aber ohne das entsprechende Fachwissen reine Zeitverschwendung.«

Athena schaute nicht von ihren Seiten auf. »Aha.«

»Mein Onkel besitzt die größte Sammlung alternativer Forschungsliteratur der westlichen Hemisphäre«, fuhr Drew fort. »Die sind alle nur geliehen.«

»Super.« Athena bereute ihre Partnerwahl schon wieder. *Genau deshalb* hatte sie keine Lust, sich mit Leuten ihres Alters abzugeben.

»*Beziehungen* sind nun mal das A und O.«

»Ah ja.«

»Ohne die geht gar nichts.«

»Komisch«, sagte Athena, ohne den Blick zu heben. »Ich dachte, Begabung wäre auch ganz hilfreich.«

»Ähem, ja klar«, bestätigte Drew hastig. »Die natürlich auch.« Er musterte sie mit zusammengekniffenen Augen. »Ist deine Frisur mit Absicht so schief?«

»Ich glaub, hier hab ich das richtige Kapitel«, sagte sie, ohne auf seine Frage einzugehen. »Handelsrouten im 18. Jahrhundert – um die geht's hier doch, oder?«

Drew beugte sich vor und blätterte ein paar Seiten weiter. »Glaub ich auch. Hier, das folgende Kapitel geht noch etwas genauer darauf ein.«

»Ah«, sagte sie. *Kennt er das Buch etwa auswendig?* »Danke.«

Sie schaute zur Tür und sah, dass Majorin Stein zurückgekommen war. Offenbar ging sie die Klasse alphabetisch durch, denn Jessica Bathurst war als Nächste dran. Sie kam schniefend und mit rot geweinten Augen zurück. Fünf Minuten später trottete Marlow Ferrier mit gesenktem Kopf an seinen Platz zurück. In der nächsten halben Stunde kamen und gingen noch fünf weitere Schüler. Athena spürte, wie ihre Anspannung wuchs.

»Du bist Australierin, oder?«, fragte Drew.

»Ja.«

»Sydney?«

»Melbourne.«

»Ah! Dann warst du vielleicht auf der Nototherium-Akademie, bevor du hierhergekommen bist?«

Gibt es wirklich eine Schule, die so heißt? Oder will er mich nur auf den Arm nehmen?

»Strange ... Strange ... Irgendeine Verwandtschaft mit dem großen Alexander Strange?«

»Was? Mit wem?«

»Britischer Offizier, Forscher und Landvermesser, 1818 bis 1876«, schnurrte Drew herunter. »Zweiter Assistent bei der Großen Trigonometrischen Vermessung von Indien.«

Athena starrte ihn verständnislos an.

Drew verzog das Gesicht. »Offenbar nicht«, sagte er.

Athena ballte die Faust und wollte gerade etwas erwidern, als Majorin Stein erneut in der Tür auftauchte.

Larry Sheng war als Nächster dran. Athena konnte sich kaum noch konzentrieren. Jeden Moment würde auch sie vor den beiden Schulleiterinnen stehen.

Dann kam Larry zurück, und Majorin Stein rief den nächsten Namen auf.

»Amelia Stroud? Mitkommen«, sagte sie.

Athena fiel die Kinnlade herunter. Majorin Stein hatte ihren Namen übersprungen. Sie wurde nicht zum Verhör geholt.

»Na, so was.« Drew zog eine Augenbraue hoch. »Deine Beziehungen sind offenbar besser, als ich dachte.«

Drew und Athena waren natürlich nicht die Einzigen, denen das Alphabet vertraut war. Ein Großteil der Klasse hatte anscheinend bemerkt, dass sie ausgelassen worden war, und zahlreiche Köpfe wandten sich zu ihr um.

Auch der von Monsieur Renaître, der ein Gesicht machte, als hätte er in eine Zitrone gebissen. Unter seinem Blick schrumpfte Athena förmlich in sich zusammen.

»Und. Jetzt. Alle. Wieder. An. Die. Arbeit!«, brüllte er dann. »Ich bin diese ständigen Störungen leid!«

Athena vertiefte sich hastig in eines der Bücher, um möglichst beschäftigt zu wirken. So, wie er sie angefunkelt hatte, war *sie* offenbar die schlimmste von all diesen Störungen.

Nach diesem Ausbruch von Monsieur Renaître wagte keiner der Schüler, auch nur den Blick zu heben, als die Tür zum Klassenzimmer sich ein weiteres Mal öffnete. Nur Athena schaute verstohlen auf als der Name ›Godfrey Sugarman‹ aufgerufen wurde, und sah dem Jungen hinterher, wie er über die Schwelle rollte.

Godfrey folgte der Majorin den Korridor hinunter. Der Sturm hatte wieder zugenommen, und das Schiff schwankte von einer Seite auf die andere. Ständig musste er gegensteuern, um mit dem Rollstuhl nicht rechts und links gegen die Wände zu krachen. Die Majorin hingegen stapfte breitbeinig vor ihm her, unbeeindruckt vom Schlingern der *Prometheus*. Auf ihre Seemannsbeine war offensichtlich Verlass.

Schließlich blieb sie stehen und hielt eine Tür für ihn auf. Im selben Moment, in dem er über die Schwelle rollte, wurde er von einem grellen Licht geblendet.

»Wo warst du gestern Nacht?«, fragte jemand barsch.

»Also wirklich, Roberta, bist du diese Methode nicht langsam leid?«, hörte Godfrey die Stimme der Majorin hinter sich.

»Du hast doch gesagt, den hier soll *ich* übernehmen, und das tu ich gerade«, erwiderte die Kapitänin.

»Wie du meinst.«

»Wo warst du gestern Nacht?«, wiederholte die Kapitänin.

»Im Bett«, sagte Godfrey, die Hand schützend vor die Augen gehoben.

»Wie viel Uhr?«

»Wie viel Uhr was?«

»Um wie viel Uhr warst du gestern im Bett?«

»Um zehn.« Er überlegte kurz. »Das ist doch die übliche Zeit, oder? Ich frag nur, weil ...«

»Hast du deine Kabine danach noch mal verlassen?«

»Warum sollte ich meine Kabine verlassen?«

»Um zum Abort zu gehen, vielleicht?«

»Zum A-Bord? Ist das so was wie Steuerbord und Backbord?«

»*Abort*, nicht A-Bord«, sagte die Kapitänin.

»Abord, okay. Aber warum sollte ich dort hingehen, wo immer das ist?«

»›Abort‹ ist eine Toilette, Godfrey«, mischte die Majorin sich ein.

»Ach so. Nein. Ich bin nicht auf die Toilette … äh … ›abord‹ gegangen.« Er kratzte sich am Kopf. »Ist die irgendwie besonders, diese Toilette ›abord‹?«

Die Kapitänin fluchte genervt.

»Die Toilette *ist* nicht ›abord‹, die *heißt* ›Abort‹. Mit ›t‹«, erklärte Majorin Stein. »Früher, bevor die Wasserspülung erfunden wurde, war das quasi nur so ein Loch im Schiff. Aber wir schweifen ab …«

»Ein Loch im Schiff? Dann geht es doch unter!«

»Ein Loch *vorne oben* am Schiff, Godfrey.«

»Ach so, Sie meinen, am Bug?«

»Genau.«

»Müsste es dann nicht a*bug* heißen statt a*bord?*«

Es schepperte ohrenbetäubend. Als hätte jemand einen Blecheimer durch den Raum gekickt.

Godfrey, immer noch geblendet, fuhr zusammen, erholte sich aber schnell. »Ah, jetzt versteh ich! Abort mit ›t‹! Wie die Borte! Ich war übrigens mal in einem Nobelhotel, da hatte das Klo echt so eine Borte außenrum.«

»Zurück zu unserer Frage, Godfrey …«

»Die musste man erst mal abnehmen, bevor man den Deckel hochklappen konnte …«

»Um Tangaroas willen, du Dummbatz!«, brüllte die Kapitänin. »Kannst du dich nicht mal eine Sekunde lang konzentrieren?«

»Verzeihung«, sagte Godfrey. »Wie lautet Ihre nächste Frage?«

Die Kapitänin atmete tief durch. »Was ist mit deinem Zimmergenossen?«

»Mahari? Sie meinen, ob der schon mal eine Toilette mit Borte gesehen hat?«

»Nein! Ob der gestern Nacht die Kabine verlassen hat!«

»Ich glaub nicht. Aber ich hab ja geschlafen, deshalb kann ich das nicht mit Sicherheit sagen.«

»Wachst du denn nicht auf, wenn er aufsteht?«

»Nicht unbedingt. Er ist ja sehr viel leiser als ich. Mit dem Teil hier kann man kaum unbemerkt ein Zimmer verlassen.« Godfrey tätschelte seinen Rollstuhl.

»Das stimmt natürlich«, sagte Majorin Stein. »Außerdem hättest du erst mal durch das halbe Schiff fahren müssen, um den Aufzug zu Deck B zu nehmen. Damit scheidest du wohl aus dem Kreis der Verdächtigen aus. Sollen wir jetzt den Nächsten holen, Roberta?«

»Moment! Vielleicht hat er ja einfach irgendeine von den ganzen Kreaturen hier an Bord hingeschickt. So was bringt ihr den Schülern schließlich bei. Dann wäre sein Handicap kein Alibi mehr.«

»Auch wieder wahr«, räumte die Majorin ein. »Kann Mahari deinen Aufenthalt in der Kabine bezeugen, Godfrey?«

»Sicher.« Godfrey nickte. »Es sei denn, er hat ebenfalls geschlafen, dann wohl eher nicht.«

»Und kannst *du* bezeugen, dass Mahari die ganze Nacht in eurer Kabine war?«

»Klar. Außer, als ich geschlafen hab, da natürlich nicht. Das war dann allerdings fast die ganze Nacht.«

Die Kapitänin stieß einen Laut aus, der irgendwo zwischen einem Schrei und einem Stöhnen lag. Gefolgt von einem weiteren Scheppern des Blecheimers.

»Alles okay?« Godfrey blinzelte ins Scheinwerferlicht. »Wer lässt hier denn bloß überall diese Eimer rumstehen? Nicht, dass sich noch jemand an denen verletzt!«

Athena und Drew waren gut vorangekommen.

Genauer gesagt, war vor allem Drew gut vorangekommen. Er schien ein wandelndes Lexikon zu sein. Nur der letzte Begriff war noch nicht geklärt. Verbissen blätterte Athena im Wörterbuch, in der Hoffnung, hier noch irgendwo die Antwort zu finden. Vor lauter Eifer bemerkte sie gar nicht, wie Drew sich zum Nachbartisch hinüberschob.

Dort sprach er leise mit Emily, wobei ihre Blicke immer wieder zu Athena huschten. Dann kehrte er an ihren Tisch zurück und nahm seinerseits das *Liber Datura* zur Hand. Währenddessen beugte sich Emily zu ihrer Nachbarin hinüber und flüsterte ihr etwas ins Ohr. Die wiederum drehte sich zu den Schülern hinter ihr um und raunte ihnen etwas zu. Und so ging es immer weiter, wie bei einem Staffellauf.

Am Ende der Stunde, als die Schüler den Raum verließen, war

das Tuscheln schon lautes Tratschen geworden. Athena hörte Satzfetzen wie »erst heute Morgen hier aufgetaucht« und »wo kommt die eigentlich her?«.

Ein Kommentar traf sie jedoch besonders hart. »Du hast doch gesehn, wie sie bei Majorin Stein sämtliche Frösche gegrillt hat. Vielleicht hat sie Murdoch ja auch mit irgendeinem gescheiterten Experiment um die Ecke gebracht!«

Athena hastete weiter, den Kopf gesenkt. *Die Lehrer können mich nicht leiden, und für die Schüler bin ich entweder eine Niete oder eine Mörderin. Toller erster Tag.*

STEIN UND PAPIER

Vor lauter Eile, den Kommentaren und Blicken zu entkommen, achtete Athena gar nicht darauf, welche Gänge und Abzweigungen sie nahm. Und rannte dann auch prompt in jemanden hinein.

»Athena, stimmt's?«

Vor ihr stand ein stämmiger Junge mit schwarzen Locken und ersten Bartstoppeln hier und da.

»Ja?«, antwortete sie misstrauisch.

»Ich bin Radul, schön, dich kennenzulernen!«, sagte er und hob grüßend die Hand. »Hast du dich verlaufen?«

»Ich glaub schon. Eigentlich suche ich die Bibliothek.«

»Das ist leicht. Die ist ein Stockwerk höher und dann ein Stück Richtung Bug«, sagte er. Seine Stimme wechselte ständig zwischen hoch und tief hin und her. Ein STOCKwerk HÖher UND dann EIN Stück RICHtung BUG. »Gleich hinter mir geht eine Treppe nach oben.«

»Super, danke«, sagte Athena.

»Ist das eigentlich deine Katze?«

»Was?«

»Bei den Schülerkabinen hab ich vorhin eine Erschaffene Katze rumschleichen sehen.«

»Ach so, ja, das ist Erwin.«

»Gute Arbeit!«, sagte er. »Wann hast du ihn denn reanimiert?«

»Ähm, gestern.«

»Wow, dafür sieht er echt fit aus.«

»Danke.«

Radul trat näher an Athena heran, viel zu nahe für ihren Geschmack.

»Bei dem Bein kann ich dir übrigens gern helfen«, sagte er mit gedämpfter Stimme.

»Was?« Sie wich einen Schritt zurück.

»Das eine Bein, das so verdreht ist? Das könnte ich in Ordnung bringen.«

»In Ordnung bringen?«

»Ja.« Er blickte den Gang hinauf und hinunter, bevor er flüsterte: »*Transplantation.* Kann ich ziemlich gut. Ich könnte einfach ein neues Bein annähen. Ist kein Problem, ein gut erhaltenes Katzenbein zu finden.«

Athena öffnete schon den Mund, um etwas zu erwidern, klappte ihn dann aber wieder zu. Der Gedanke, schadhafte Körperteile einfach zu ersetzen, war zugegebenermaßen reizvoll. Aber die Beiläufigkeit, mit der er davon sprach, ein anderes Katzenbein ›zu finden‹, hatte auch etwas Beklemmendes.

»Oder wir tauschen gleich beide aus, verstehst du, verpassen ihm zwei Hundebeine. Oder Ziegenbeine, also von Ziegenbabys, mit denen könnte er super springen, oder …«

Sie hatte keinen Schimmer, ob so etwas überhaupt möglich war. Aber der Tonfall des Jungen gefiel ihr überhaupt nicht. Fast schon verschwörerisch. Außerdem hing sie viel zu sehr an Erwin, um ihm einfach irgendwelche ... Körperteile ... anzunähen.

»Nein, danke«, sagte Athena, sehr viel lauter als beabsichtigt. »Und ich muss jetzt wirklich weiter.«

»Alles klar. Wir sehen uns!«, sagte er fröhlich und seine Stimme kiekste wieder.

Athena schob sich an ihm vorbei und lief die Treppe hinauf, ohne sich noch einmal umzusehen.

Die Tür zur Bibliothek war ganz anders als die anderen Türen an Bord. Statt des üblichen Flickenteppichs aus Farbresten und Rostflecken hatte sie einen frischen Anstrich, polierte Messingbeschläge und eine nagelneue Gummidichtung.

Athena betrat den dämmrigen Raum. Hunderte von ledernen Buchrücken reihten sich an den Wänden aneinander. Die Regale – alle Bretter waren mit einer Kante versehen, damit die Bücher bei Seegang nicht rausrutschen konnten – bogen sich unter dem Gewicht der dicken Wälzer. Einige schienen nur deshalb noch aufrecht zu stehen, weil so viele Bücher in sie hineingequetscht worden waren, dass sie gar nicht zusammenbrechen *konnten*. Dahinter schob jemand in gebückter Haltung ein paar Bücher hin und her.

»Ähm, Entschuldigung?«, sagte Athena.

Die Bibliothekarin richtete sich auf und Athena hielt die Luft an. Die Frau vor ihr sah aus, als sei ihr Körper aus einem einzigen Block mattweißen Steins herausgemeißelt worden.

»Hallo«, sagte sie. »Du bist neu hier, oder?«

»Ja, ich heiße Athena.«

»Freut mich, Athena. Ich bin Ivory.«

Die Frau lächelte, und ihr steinerner Mund verzog sich in einer Weise, die physikalisch eigentlich unmöglich war. Ihre Augen waren leuchtend rot und das einzig Farbige an ihr.

»Ich suche nach ein paar Lehrbüchern für den Unterricht bei Monsieur Renaître.«

»Verstehe. Welche denn?«

Athena ratterte die Liste herunter, und Ivory schrieb mit. Ohne jedes Knacken oder Knirschen huschten ihre elfenbeinernen Finger über das Papier. Es sah aus, als trüge sie einen weißen Umhang, der wehend jeder ihrer Bewegungen folgte, zugleich aber auch Teil ihres Körpers war.

Ivory lächelte. »Lass mich raten: Die Schöpfer haben es versäumt, dich mit einer Bücherliste zu versorgen.«

Athena zuckte unsicher mit den Achseln. Wie verhielt man sich, wenn eine lebende Statue die Schulleitung kritisierte?

»Organisation war noch nie ihre Stärke. Hier sind jedenfalls die Signaturen.« Sie reichte Athena den Zettel mit ihren Notizen. »Erst die Regalnummer, dann die Buchnummer. Die Regalnummern beginnen hier links von mir mit der Eins und steigen dann im Uhrzeigersinn an.«

»Vielen Dank«, sagte Athena, und als sie den Zettel entgegennahm, berührte sie mit den Fingerspitzen ganz kurz den kalten harten Stein.

»Sag Bescheid, wenn du Hilfe brauchst.«

Athena schlenderte die Regale entlang und ließ ihre Hände über die Buchrücken gleiten. Die ersten beiden Bücher waren schnell gefunden, doch das letzte erwies sich als schwierig. Durch die merkwürdige Form des Raums wurden die Regalreihen an einer Stelle unterbrochen, was das Nummerierungssystem durcheinanderbrachte.

Athena wollte gerade umdrehen und Ivory um Hilfe bitten, als sie deren Stimme hörte.

»*Das Buch der Schöpfer?* Das ist zugangsbeschränkt«, sagte sie. »Für welchen Unterricht, sagtest du, wird das gebraucht?«

»Für keinen. *Ich* brauche es.«

Athena schlich auf Zehenspitzen zum nächsten Regal und lugte durch eine Lücke zwischen den Büchern. Aus diesem Winkel war zwar die Bibliothekarin zu sehen, nicht aber die Person, mit der sie sprach.

»Und wofür?«, fragte Ivory. »Dieses Buch darf die Bibliothek ohnehin nicht verlassen.«

Lautlos zog Athena drei Bücher aus dem Regal vor ihr, um die Lücke zu vergrößern. Doch auch aus dieser Perspektive blieb die Person am Tresen ein vager Schattenriss.

»Sind wir denn nicht hier, um von früheren und heutigen Schöpfern zu lernen? Warum sollte so ein Buch nicht öffentlich zugänglich sein?«

Die Frage, wer auch immer sie stellte, war durchaus berechtigt.

»Wenn du mir die Genehmigung einer Lehrkraft vorlegst, kann ich dir gern weiterhelfen«, sagte Ivory unbeeindruckt.

»Na gut«, sagte die Person vor ihr. Ihre Stimme war schroff und ziemlich kratzig, als wäre sie stark erkältet. »Nur noch eine andere Frage: Ist es möglich, eine Liste von allen Auftraggebern dieser Schule zu bekommen?«

Ivory zögerte einen Moment, bevor sie antwortete: »Das fällt leider nicht in meine Zuständigkeit. Ich bin hier, um euch bei der Literatursuche zu helfen.«

»Nur nicht bei dem Buch, nach dem ich gerade gefragt habe. Da wollten Sie mir ganz und gar nicht helfen.«

Ivory blinzelte, sagte aber nichts. Als Statue war sie sicher im Schweigen geübt.

»Na gut, auch egal«, fauchte die Person vor dem Tresen. Sie wandte sich um, und Athena tauchte schnell ab, um nicht entdeckt zu werden. Immer noch geduckt, schob sie die Bücher ins Regal zurück.

Zu blöd, dass sie das Gesicht des Fragestellers nicht gesehen hatte. Wer konnte das gewesen sein? Jemand aus der Schülerschaft, so viel war klar, aber wieso interessierte sich dieser Jemand für ein verbotenes Buch? Und warum gab es hier überhaupt verbotene Bücher?

»Ich muss mir endlich einen Deckplan besorgen«, murmelte Athena genervt.

Sie hatte sich verlaufen. Mal wieder. Hilflos stapfte sie die Flure entlang, auf der Suche nach Hinweisschildern. Es gab aber keine, nur hier und da ein vergilbtes Poster an den Wänden, auf dem die BADMINTON-NACHT 1969 angekündigt wurde (›Heiße Kämpfe & kühle Drinks!‹) oder das Marlon-Brando-Filmfestival (›Von *Endstation Sehnsucht* bis *Sayonara*‹). Sie kam an endlosen Reihen leerer Kabinen vorbei – eine muffiger als die andere, als wären die

Fenster seit Jahrzehnten nicht mehr geöffnet worden –, bis sie weiter vorn plötzlich Stimmen vernahm.

Sie blieb stehen. Wenige Meter vor ihr fiel ein Rechteck aus Licht auf den Gang.

»Tatsache ist, dass wir bisher noch nicht *einen* brauchbaren Hinweis haben«, sagte eine Stimme, die eindeutig Majorin Stein gehörte.

»Nicht auszuhalten!«, kam die dröhnende Antwort der Kapitänin. »Und das auch noch auf *meinem* Schiff!«

»Ich habe es dir versprochen, Roberta. Wir finden den Schuldigen, der Murdoch zerstört hat. Aber es war doch klar, dass bei einer Befragung der Schüler nicht viel herauskommen wird.«

»Wen sollen wir denn sonst befragen, Frankie? Mit der Besatzung habe ich längst gesprochen. Außerdem vertraue ich ihr mehr als meinem eigenen Bein.«

Ein dumpfes *Tock* ertönte. Offenbar hatte die Kapitänin zur Bekräftigung mit ihrem Holzbein aufgestampft.

»Es gibt durchaus noch einige andere Unbekannte in dieser Gleichung«, sagte Majorin Stein. »Es könnte doch auch sein, dass sich jemand von außen eingeschlichen hat. Diese Möglichkeit haben wir noch gar nicht in Betracht gezogen.«

»Lustig, dass ausgerechnet Sie das sagen«, kam jetzt die unverkennbare Stimme von Monsieur Renaître. »Wo Sie doch erst *heute früh*, kurz vor dem Ablegen, eine weitere ›Unbekannte‹ an Bord gebracht haben!«

»Das hatten wir doch alles schon, Guillaume«, seufzte Majorin Stein.

»Üblicherweise durchlaufen hier alle Schüler ein aufwendiges

Zulassungsverfahren«, fuhr Monsieur Renaître unbeeindruckt fort. »Es kann Monate dauern, bis eine Bewerbung angenommen wird. Und doch taucht Athena Strange hier jetzt einfach so auf, ohne jede Prüfung, nur auf Ihren Wunsch hin.«

»Wie es mein Recht ist, als Leitende Schöpferin in diesem Halbjahr.«

»Ein Recht, das seit Menschengedenken noch nie in Anspruch genommen wurde.«

»Irgendwann ist immer das erste Mal.«

»Was uns in die missliche Lage bringt, uns allein auf Ihr Wort verlassen zu müssen, dass Miss Strange ein passender Neuzugang ist.«

»Nicht nur auf meines. Ged war auch dafür.«

»Das zählt nicht – Sie beide sprechen sich bekanntlich bei jeder Entscheidung ab«, erwiderte Monsieur Renaître wegwerfend. »Und kaum ist das Mädchen dann hier, genießt es auch schon weitere Privilegien.«

»Was für Privilegien?«

»Warum, zum Beispiel, wurde sie nicht verhört, wie alle anderen Schüler auch?«

»Sie ist doch überhaupt erst heute Morgen an Bord gekommen!«

»Dieses Mädchen ist ein Fluch, das hab ich gleich gespürt«, mischte die Kapitänin sich ein. »Und wer kann schon sagen, ob sie sich nicht schon gestern Abend an Bord geschlichen hat, um Murdoch außer Gefecht zu setzen?«

»Soll das etwa heißen, dass deine Sicherheitskontrollen zu lasch sind, Roberta?«

»Du willst mich nur auf die Palme bringen, Frankie, aber das klappt nicht«, knurrte die Kapitänin.

»Wohl wahr.« Die Majorin nickte. »Wie soll man jemanden auf die Palme bringen, der schon längst oben sitzt?«

Das Geräusch von splitterndem Holz ertönte.

»Mäßigen Sie sich, Käpt'n«, mahnte Monsieur Renaître. »Und Sie auch, Majorin. Das bringt uns doch nicht weiter.«

»Stimmt, dieses Gespräch ist reine Zeitverschwendung«, sagte Majorin Stein.

»Dass Sie dieses Mädchen ständig in Schutz nehmen, *das* bringt uns nicht weiter«, erwiderte Monsieur Renaître.

»Es reicht jetzt, Guillaume!«

»Ich habe gehört, was in Ihrer Galvanismus-Stunde passiert ist. Es grenzt an ein Wunder, dass niemand zu Schaden gekommen ist. Und wir haben keine Frösche mehr.«

»Wir können jederzeit für Nachschub sorgen«, entgegnete die Majorin.

»Darum geht es nicht. Was, glauben Sie, ist noch wichtiger, als alle Schüler gleich zu behandeln?«

»Keine Ahnung ... genug Frösche zu haben?«

Monsieur Renaître ignorierte ihren Kommentar. »Der *Anschein*, man würde alle Schüler gleich behandeln.«

Die Majorin seufzte und sagte dann nach kurzem Zögern: »Hören Sie, ich hab vor, eines unserer Geschöpfe auf die Sache anzusetzen.«

»Ihren Jagdhund?«, fragte Monsieur Renaître.

»Das geht aber erst beim nächsten Vollmond, also morgen Nacht.«

»Verstehe.«

»Vielleicht könnte Ged bis dahin ein bisschen magische Unterstützung beisteuern?«, schlug die Majorin vor.

»Das wär zumindest schon mal ein Anfang.« Monsieur Renaître nickte. »Käpt'n?«

»Von mir aus«, sagte diese achselzuckend.

»Dann sprechen wir am besten gleich mal mit Ged.«

Hastig schlüpfte Athena durch die nächste Tür, um von den Schöpfern nicht auf dem Gang entdeckt zu werden. Gleich darauf hörte sie, wie sich ihre Stimmen in entgegengesetzter Richtung entfernten.

Sie lehnte sich an die Wand und stieß die Luft aus. Aber nicht vor Erleichterung. Alles in ihr zog sich zusammen. Hatte sie wirklich geglaubt, an dieser Schule wäre irgendwas anders als früher? Gehässige Mitschüler, missgünstige Lehrer und öden Unterricht gab es hier jedenfalls auch.

Vielleicht sollte sie ihre Mutter anrufen und fragen, ob sie wieder nach Hause kommen konnte? An ihrer alten Schule hatte man sie auch nicht verstanden, aber dort war wenigstens alles *vertraut* gewesen.

Aber nein. Sie durfte diese Chance nicht versäumen. Es gab ja durchaus spannende Dinge an Bord: Golems! Und Roboter! Und verbotene Bücher! Das alles würde ihr entgehen, wenn sie jetzt einfach aufgab.

Nur, wie konnte sie den anderen an Bord beweisen, dass sie hierhergehörte? Nicht, indem sie sich in Galvanismus-Stunden aufspielte, das hatte sich ja nun herausgestellt.

Wenn der Unterricht keine Herausforderung für sie war, würde sie sich eben Herausforderungen *außerhalb* des Unterrichts suchen. Sie würde nicht nur bessere Schulleistungen bringen als die anderen Schüler, sondern auch noch herausfinden, wer Murdoch auf dem Gewissen hatte!

Also, Kopf einziehen und an die Arbeit, Athena.

Aber jetzt musste sie erst mal den Rückweg finden. Am besten folgte sie der Richtung, in der die Stimmen der Schöpfer verschwunden waren. Schwungvoll trat sie aus der Kabine in den Gang.

Und stieß mit einem Monster aus Lehm zusammen.

IM SCHATTEN DES TITANEN

Athena schrie auf.

»Athena verirrt?«, fragte der Golem.

»Tony!«, rief sie erleichtert. »Und ja, ich hab mich tatsächlich verlaufen.«

»Tony helfen. Athena folgen.«

Er setzte sich auf seine gemächliche Art in Gang, und Athena folgte ihm. Wie es dieser tönerne Riese geschafft hatte, sich so geräuschlos anzuschleichen, war ihr ein Rätsel, denn nun klang jeder seiner Schritte, als würde ein Teller zerschlagen. Außerdem hinterließ er überall winzige Lehmkrümel auf dem Boden.

Was Athena auf eine Idee brachte: Womöglich hatte ja auch Murdochs Angreifer Spuren im Ballsaal hinterlassen, irgendetwas, das die Schöpfer übersehen hatten? Sie würde sich den Tatort bei nächster Gelegenheit noch mal anschauen.

»Athena Kabine hier«, sagte Tony mit einem dumpfen Grollen, das wohl ein Flüstern sein sollte.

Erst jetzt fiel Athena auf, dass sie das Abendessen verpasst hatte. Was Vor- und Nachteile hatte: Einerseits war ihr erspart geblieben, mit dreißig tuschelnden Mitschülern in der Mensa zu sitzen, andererseits musste sie nun hungrig ins Bett gehen. *Das gleicht sich wohl ungefähr aus*, dachte sie. Außerdem hatte sie gerade Wichtigeres im Kopf, als zu Abend zu essen.

Tony verabschiedete sich, und Athena ließ die Bücher aus der Bibliothek auf ihren Schreibtisch fallen. Aus dem Augenwinkel sah sie eine Bewegung und fuhr erschrocken herum. Aber es war nur ihre Mitbewohnerin, die schlafend im unteren Etagenbett lag. Wie hieß sie noch mal? Marceline …

Sie war fast komplett unter der Decke verschwunden. Selbst ihr Kopf war von einer lilafarbenen Mütze bedeckt.

Marceline warf sich herum, und Athena erstarrte.

Halt, was mache ich denn da? Das ist doch auch meine Kabine. Ich muss mich nicht verstecken.

Von oben kam ein klagendes *Miauuu* und sie zuckte erneut zusammen. Erwin kauerte auf dem oberen Bett und sah mit seinem einen Auge auf sie hinunter.

»Schsch«, ermahnte sie ihn und hob den Patchwork-Kater vom Bett. Laut schnurrend schmiegte er sich in ihre Armbeuge. »Ja, du hast Hunger, ich weiß.«

Heute Morgen, auf der Fahrt zum Hafen, hatte sie ihre Mutter gebeten, bei der Tierhandlung anzuhalten, um Trockenfutter, zwei Schüsseln, ein Katzenklo und Streu zu kaufen. Athena besaß nicht viele Kleidungsstücke, deshalb hatten diese Sachen noch problemlos in einen der Koffer gepasst. Den schleppte sie jetzt hinaus in den Flur und suchte dann nach der nächsten leeren Kabine auf dem Gang. Sie fand eine Suite, die deutlich geräumiger war als die kleine Kammer, die sie sich mit Marceline teilte. Die runde, in die Decke eingelassene Lampe war von drei konzentrischen Kreisen umgeben, die zu dem Kreismuster des modrigen Teppichs passten. Möbel gab es allerdings keine, und die Fenster waren mit Brettern vernagelt. Erwin machte sich sofort daran, in jeder dunklen Ecke und an jeder rostigen Schraube herumzuschnuppern.

Athena stellte ihm Futter und Wasser hin. Bis sie das Katzenklo aufgebaut und befüllt hatte, war er auch schon satt und folgte ihr in die Kabine zurück.

Aus dem unteren Bett kam kein Mucks, während Athena in ihre Schlafsachen wechselte und die Leiter hochkletterte. Erwin sprang zu ihr hinauf und rollte sich auf dem Bett zusammen, ein schwarz-weiß-orangefarbener Kringel. Athena schlüpfte neben ihm unter die Decke und war sich sicher, dass sie keine Ruhe finden würde, weil sie die ganze Zeit an leblose Roboter, schimpfende Lehrer und die erstaunliche Feststellung denken musste, dass sie ihr Bett vermisste. Doch da irrte sie sich, denn binnen Sekunden war sie eingeschlafen.

Am nächsten Morgen um sechs klingelte ihr Handywecker. Athena fuhr hoch, mit verquollenen Augen und vor Kälte zitternd. Die Luft war so eisig, dass sie ihren Atem sehen konnte. Hastig zog sie sich an und warf einen verstohlenen Blick auf Marceline, die wohl noch schlief, mit dem Gesicht zur Wand. Früh ins Bett und spät wieder raus, wie's schien.

Athena fühlte sich ein bisschen betrogen, als sie entdeckte, dass Erwin sich auf der Bettdecke ihrer Mitbewohnerin zusammengerollt hatte. Irgendwann in der Nacht musste er nach unten gewechselt sein.

Bei einem Blick durchs Bullauge war nur ein matter Schimmer am Horizont zu sehen – der einzige Hinweis darauf, dass irgendwo hinter den dichten, grauen Wolken die Sonne aufging. Als sie die Tür öffnete, sprang Erwin von Marcelines Bett und folgte ihr.

»Ach, jetzt bin ich dir wohl wieder gut genug?«, flüsterte sie, hielt ihm die Tür auf und zog sie dann leise hinter sich zu.

In der leeren Suite füllte sie ihm etwas Futter in die Schüssel. Erwin trabte hin und fing an zu fressen. Sie ließ ihn mit seinem Frühstück zurück.

Anscheinend war es unmöglich, in gerader Linie durch die *Prometheus* zu laufen. Sie wusste, dass sich der Ballsaal auf Deck B befand, von hier aus gesehen ziemlich weit vorn auf dem Schiff, aber als sie einfach den Ballsaal-Schildern folgte, landete sie vor einer vernagelten Tür. Sie machte kehrt, um nach einem anderen Weg zu suchen, stand aber schon nach wenigen Metern vor dem Schutthaufen einer eingestürzten Decke. Am Ende war es einfacher, über das Promenadendeck Richtung Bug zu laufen. Strömender Regen prasselte auf die abgewetzten Holzplanken unter ihren Füßen. Schließlich fand sie eine Außentreppe, eilte hinauf und schlüpfte durch eine unverschlossene Tür wieder ins Schiff.

Riesengroß ragte der Bronze-Titan über Athena auf, während sie über das Stäbchenparkett durch den Ballsaal ging. Das Schwanken des Schiffs ließ den Koloss noch bedrohlicher erscheinen, als könnte er jeden Moment umstürzen und sie unter sich begraben.

Zu ihrer Enttäuschung hatte man Murdochs Überreste bereits fortgeschafft. Athena ging auf die Knie. Durch das Glasdach über ihr drang inzwischen eine Andeutung von Morgenlicht. Zwischen den alten Kratzern und Scharten im Parkett bemerkte sie einige neuere. Murdoch war fast zwei Meter groß gewesen und sicher auch ziemlich schwer. Wenn so jemand auf den Boden krachte, hinterließ das bestimmt einige Spuren.

Und dann entdeckte sie, direkt vor ihren Füßen, eine Reihe tiefer Kerben.

Fünf parallele Linien. Wie von einer Kralle. Sie hatte die Hände des Roboters gesehen, als sie gestern auf der Empore stand, und das waren, selbst aus dieser Entfernung, eindeutig keine Krallen gewesen.

Also mussten diese Spuren von seinem Angreifer stammen.

Ein Blitz flammte auf. Athena fuhr zusammen. Ihre Nerven lagen blank, und plötzlich hatte sie das sichere Gefühl, beobachtet zu werden. Sie blickte sich um, suchte den Raum nach einer Bewegung ab. Nichts.

Laut krachte der Donner.

Der Ballsaal selbst war hoch und offen, aber die Emporen auf der einen Seite warfen lange Schatten. Jede Menge Ecken, in denen sich jemand verstecken konnte. Aber nicht viel Deckung für sie selbst. Athena hielt die Luft an. Wer auch immer in der Lage gewesen war, einen zwei Meter großen Roboter zu überwältigen, würde vor ihr sicher nicht zurückschrecken.

Warum war ihr das nicht eingefallen, *bevor* sie sich ganz allein in diesen verlassenen Teil des Schiffs aufgemacht hatte?

Mit klopfendem Herzen beschloss sie, lieber zu verschwinden.

Sie machte einen Schritt in Richtung Ausgang und musterte die Empore, die direkt darüber verlief.

Was, wenn der Killer sich von dort oben auf sie stürzen würde? Hastig schob sie den Gedanken beiseite.

Wieder erhellte ein Blitz den Saal. Athena stockte der Atem. Nicht wegen des dröhnenden Donners, der gleich darauf folgte, sondern weil sie weiter oben eine Gestalt gesehen hatte, vom grellen Licht in einen Schattenriss verwandelt. Sie kauerte am Rand der Kuppel und blickte direkt auf sie hinunter.

Der Heimliche Späher erstarrte.

Regen lief ihm übers Gesicht, aber er sah trotzdem, ohne zu blinzeln, auf das Mädchen im Ballsaal hinunter.

Und das Mädchen schaute zurück.

Erst das Krachen des Donners brachte ihn wieder zu sich. Hastig zog er sich vom Rand der Kuppel zurück und sah gerade noch, wie auch das Mädchen unten losrannte.

Er war wütend – und beschämt –, so leicht entdeckt worden zu sein.

Sollte er unter Deck gehen? Das Mädchen suchen und … *erledigen?*

Nein, besser nicht. Bisher war sie die Einzige, die ihn auf dem Schiff gesehen hatte. Wenn ihr etwas zustieß, würden die Schöpfer nur noch intensiver nach dem Schuldigen suchen.

Außerdem hatte sie im Moment genug damit zu tun, an Bord ihren Platz zu finden. Und als Außenseiterin – eine Position, die der Heimliche Späher nur allzu gut kannte – würde sie bestimmt nicht riskieren, sich mit dieser merkwürdigen Begegnung vor allen lächerlich zu machen. Nein, das Mädchen würde den Mund halten, und der Heimliche Späher würde ihr aus dem Weg gehen. Vorläufig jedenfalls.

Ziellos stürmte Athena durchs Schiff, hastete Treppen hinunter, schlitterte um Ecken herum, schaute sich immer wieder angstvoll um und ...

... rannte direkt in Doktor Singh hinein. In einem Knäuel aus Armen und Beinen landeten beide auf dem Boden.

»Hoppla, Miss Strange!«, rief Doktor Singh, während er sich mühsam hochrappelte.

Tesla und Edison wuselten um die beiden herum und zirpten besorgt.

»Tut mir leid, Mr ... ich meine, *Doktor* Singh«, stieß Athena atemlos hervor.

»Du hast es aber eilig«, sagte er und streckte ihr die Hand entgegen.

Sie griff danach, und er zog sie auf die Füße.

»Klar, Sie kennen mich doch. Ich will nicht zu spät zum Unterricht kommen.«

»Zum Unterricht?«, wiederholte er. Er schaute auf seine Armbanduhr, musste aber kurz warten, bis sich die richtige Gläserkombination vor seine Augen geschoben hatte. »Sollte ich mal wieder die Zeit vergessen haben?«

»Oh, das wollte ich …«

»Der Unterricht beginnt doch erst in einer Stunde.«

»Ah stimmt, ja!«, sagte Athena und versuchte, zerstreut zu wirken.

»Eher Zeit fürs Frühstück, würde ich meinen.«

»Ja, genau! Das wollte ich auch eigentlich sagen: Ich will nicht zu spät zum Frühstück kommen. Muss der Jetlag sein. Also Boot, meine ich. Der Boot-lag.«

»Wohl kaum«, sagte Doktor Singh lächelnd. »Wir haben seit gestern nur eine Zeitzone durchquert, da dürfte deine innere Uhr nicht allzu durcheinander sein.«

»Nein, stimmt, eigentlich nicht.« *Herrgott, Athena, halt einfach den Mund!*

»Andererseits …« Er räusperte sich. »Edison, notieren: Überprüfen, ob es einen Boot-lag gibt. Stopp.«

Sollte sie ihm erzählen, was sie gerade im Ballsaal gesehen hatte? Aber dann würde sie ihm auch erklären müssen, warum sie überhaupt dort gewesen war. Und was, wenn sie sich das alles nur eingebildet hatte? Sie hatte keine Lust, sich schon wieder vor allen lächerlich zu machen …

Geh einfach weiter. Bloß weg hier.

»Also, zum Speisesaal geht's jedenfalls da entlang«, sagte Doktor Singh und wies nach links.

Eine der Drohnen piepte ungehalten und schwang dabei nach rechts hinüber.

»Ähem, stimmt. Ich meinte natürlich, *da* entlang«, korrigierte Doktor Singh verlegen.

»Okay, vielen Dank. Dir auch, Tesla.«

»Oh, gutes Auge, Athena«, merkte er an. »Die meisten Leute brauchen Monate, um die beiden auseinanderzuhalten.«

Athena lächelte noch mal kurz und lief dann los, in der Hoffnung, er würde sich keine weiteren Gedanken über diese Begegnung machen.

Das Klappern von Metall auf Porzellan drang schon an ihr Ohr, lange bevor sie die Mensa betrat. Drinnen saß bereits ein gutes Dutzend ihrer Mitschüler beim Frühstück. Athena ging zum Buffet, goss Milch in eine Schale mit Müsli, nahm zwei Scheiben Toast und setzte sich auf den nächsten freien Platz. Am anderen Ende des langen Tischs saßen schon zwei ältere Jungs, die sie aber gar nicht beachteten. Sie machte sich über ihr Müsli her und merkte erst jetzt, wie ausgehungert sie war.

In Rekordzeit schlang sie ihr Frühstück hinunter und versuchte, nicht ständig an dieses Wesen zu denken, das sie im Ballsaal gesehen hatte. Doch das Bild schwebte beharrlich über ihr wie die Fratzen der Wasserspeier an alten Gebäuden.

Ein lautes Klicken und Scharren drang an ihr Ohr. Ein klobiger Automat durchquerte den Saal, ungefähr so groß wie eine Waschmaschine, die Füße wie Backsteine geformt. Er wanderte von Tisch zu Tisch, stellte saubere Teller hin und sammelte schmutzige ein, die er in ein Fach zwischen seinen Metallarmen schob. Bestimmt eine von Doktor Singhs Erfindungen.

Ob die Gestalt, die sie am Rand der Kuppel gesehen hatte, auch das Werk eines Schöpfers war? Vielleicht gehörte sie zur Besatzung und war gerade dabei, der Kapitänin von ihrer Begegnung zu berichten?

Der Gedanke machte Athena nervös, aber längst nicht so sehr

wie die andere Möglichkeit: dass dieses Wesen ein blinder Passagier war. Schließlich hatte es genauso die Flucht ergriffen wie sie selbst.

»Morgen!«, ertönte eine fröhliche Stimme neben ihr.

Godfrey hielt vor ihr an, sein Tablett auf dem Schoß. »Darf ich mich zu dir setzen?«

»Klar«, sagte Athena.

Nach und nach kamen weitere Schüler in den Speiseraum und setzten sich zum Frühstück hin. Zum Glück schien sich niemand für sie zu interessieren. Sehr angenehm, im Vergleich zu gestern.

»Und? Schon aufgeregt, vor deinem zweiten Tag?«

»Ein bisschen, ja«, erwiderte sie. »Haben wir vormittags wieder bei Majorin Stein?«

»Genau.«

Einen Moment lang war sie drauf und dran, Godfrey von der Gestalt im Ballsaal zu erzählen. »Hör mal, Godfrey …«

Aber was, wenn er ihr nicht glaubte?

»Ja?«, fragte Godfrey, den Mund voller Toast.

Nein, es ging nicht. Diese Geschichte über einen bedrohlichen Schatten, der sie beobachtet hatte, war einfach zu verrückt. Godfrey war ihr einziger Verbündeter an Bord, den wollte sie nicht auch noch verlieren.

Stattdessen sagte sie: »Was ist dieser Drew eigentlich für ein Typ?«

»Ach, *der*.«

»Zu Anfang war er ziemlich nett. Aber dann hat er mit diesem Mädchen getuschelt und …«

»Emily? Die mit den Zöpfen?«

»Ja, genau.«

»Die beiden sind befreundet.« Er überlegte einen Moment. »Oder nein, es ist eher so, dass sie ihn anhimmelt und er sie dafür etwas weniger herablassend behandelt als den Rest von uns.«

»Verstehe, *die* Art von Beziehung.«

»Genau. Emily ist eigentlich ziemlich schlau, aber das kriegt man gar nicht so mit, weil Drew sie kaum zu Wort kommen lässt.«

Athena fand es seltsam, hier mit Godfrey über andere Schüler zu lästern. Das war ihr noch nie passiert.

»Wie ist es gestern gelaufen, als Majorin Stein dich mitgenommen hat?«

»Das Verhör? Oh, ganz gut.«

»Worum ging es denn dabei?«

»Um Toiletten hauptsächlich«, sagte er, während er den letzten Rest Milch aus seiner Schale schlürfte.

»Was?«

»Und um Löcher und Borten«, ergänzte er wegwerfend.

Athena wollte gerade nachhaken, als ein Schüler vom Nachbartisch rief: »He, Godfrey, halt dich beim Frühstück mal lieber zurück. Bei der Stein müssen wir heute an Leichen rumschnippeln!«

Godfrey wurde blass. »Oh nein! Dafür hab ich bestimmt schon zu viel gegessen.«

NADEL UND FADEN

»Nachdem sich unser Bestand an Fröschen doch stark ... *dezimiert* hat, müssen wir ein bisschen im Lehrplan springen«, verkündete Majorin Stein.

Athena zupfte an den Fusseln auf ihrem Pullover herum und gab vor, die Blicke der anderen gar nicht zu bemerken.

Ja, ich bin's, das Froschmädchen. Die Froschgrillerin. Vielleicht können wir das jetzt mal abhaken.

»Deshalb werden wir uns heute mit Replantation befassen.«

»Yesss!«, kiekste Radul zwei Tische weiter.

Auch Athenas Laune hob sich. *Replantation? Das ist doch mal was Richtiges!* Vielleicht hatte ihr kleines Experiment bei Majorin Stein ja doch etwas Positives bewirkt.

Die Stunde fand in einem umfunktionierten Kühlhaus statt. Hier waren früher vermutlich ganze Schiffsladungen Fleisch gelagert worden. Der Raum war klirrend kalt und an einigen Stellen hatte sich sogar eine Eisschicht gebildet.

»Während manche Schöpfer nur vollständig erhaltene Körper reanimieren«, hob die Majorin an, »braucht es für mein Spezialgebiet auch chirurgische Fähigkeiten. Schließlich hat man es, wenn's um Wiederbelebung geht, nicht immer mit unversehrten Körpern zu tun, sondern muss mit dem arbeiten, was man vorfindet. Im Gegenzug bietet der Schaffensprozess aber auch die Möglichkeit zur Optimierung. Viele Auftraggeber der Prometheus-Highschool suchen nach Geschöpfen, die stärker oder schneller, kleiner oder größer sind als normale Menschen – je nach Verwendungszweck. Wir *erschaffen* also nicht nur, wir *optimieren* auch.« Majorin Stein blickte kurz in die Runde und fuhr dann fort: »Was ist also das Entscheidende bei einer Replantation? Nimm die Hand wieder runter, Radul, die Frage war rein rhetorisch. Zum einen natürlich die Auswahl der richtigen Teile, vor allem aber ihre möglichst kunstvolle Verbindung.«

Hinter ihnen *wuschte* eine Schwingtür auf und Tony schob einen Rollwagen herein, der in etwa die Maße einer Kühltruhe hatte und mit einem fleckigen Laken abgedeckt war. Das Quietschen der Räder hallte von den kahlen Fliesenwänden des Kühlraums wider. Wie gebannt starrte Athena auf das Laken und die seltsamen Formen darunter. Einige Schüler kicherten.

»Nur damit das klar ist«, sagte Majorin Stein, »diese Teile stammen allesamt von Spendern, deren ausdrücklicher Wunsch es war, ihre sterblichen Überreste der Wissenschaft zur Verfügung zu stellen. Deshalb erwarte ich von euch, dass ihr euer Material mit größter Sorgfalt und noch größerem Respekt behandelt. Tut euch jeweils mit eurem Tischnachbarn zu zweit zusammen.«

Alle wandten sich ihren Partnern zu und aufgeregtes Geschnatter hob an. Athena schaute auf den Platz neben ihr.

Leer. Na toll. Aber wenigstens kann mir dann niemand dazwischenpfuschen.

»Tony kommt jetzt rum und jeder Tisch wählt vier Teile für sich aus«, fügte Majorin Stein noch hinzu.

Es klopfte und die Tür zum Kühlraum ging auf. »Ah, Marceline. Vielleicht kannst du nächstes Mal bitte pünktlich sein. Neben Athena ist noch ein Platz frei. Ihr arbeitet heute zusammen.«

Bei dem Namen ›Marceline‹ hatte Athena rasch den Kopf gehoben. Ihre Mitbewohnerin stand vorn vor der Klasse, die Hände in den Taschen. Sie trug eine Jeans und einen viel zu großen Hoodie, die Kapuze über den Kopf gezogen. Athena musterte sie neugierig.

Als Erstes bemerkte sie das mittellange dunkle Haar, das Marcelines Gesicht wie eine fransige zweite Kapuze umrahmte. Das Nächste, was ihr auffiel, waren ihre Augen. Das eine war grün, das andere braun.

Doch jetzt hatte sie ein bisschen zu lange gestarrt. Ihre Blicke begegneten sich, Marceline runzelte die Stirn und Athena schaute hastig zur Seite.

»Hey«, knurrte Marceline und ließ sich auf den Stuhl neben Athena plumpsen.

»Hey«, antwortete Athena. »Schön, dass wir uns mal kennenlernen.«

»Jepp« war alles, was Marceline erwiderte. Sie hatte weiter die Hände in den Taschen und schien völlig unbeeindruckt.

»Ich bin deine Mitbewohnerin, weißt du?«, erklärte Athena.

»Klar, weiß ich doch. Bisher hatte ich noch keine Katze im Zimmer.«

»Oh, tut mir leid«, sagte Athena verlegen. »Bist du allergisch gegen Katzen?«

»Nee.«

»Ah, gut. Ich … äh … man hat mir gesagt, es wär okay, sie mitzubringen. Ich hab ganz vergessen dich zu fragen.«

»Macht nichts. Ist schon okay. Solange sie mein Bett nicht mit dem Katzenklo verwechselt.«

»Bestimmt nicht«, sagte Athena.

Während Marceline sprach, schaute sie alles und jeden an, nur nicht Athena. Ihre Stimme klang irgendwie rau und viel tiefer, als man es bei einer so zierlichen Person erwartet hätte. Athena stieß die Luft aus. Gehörte dieses Mädchen etwa auch auf die ›Liste der Leute an Bord, die mich nicht leiden können‹?

»Und? Was machen wir?«, fragte Marceline.

»Wie meinst du das?«

»Worum geht's in dieser Stunde?«

»Ach so, um Replantation. Wir sollen, äh, Leichenteile zusammennähen.«

»Oh.« Marceline schluckte. *»Oh.«*

Sie schien mit einem Mal blass zu werden. Die Coolness war wie weggeblasen. Während Athena noch überlegte, was sie sagen sollte, tauchte der Rollwagen neben ihr auf.

»Athena auswählen«, sagte Tony.

Der Wagen war randvoll mit verschiedensten Körperteilen. *Menschlichen* Körperteilen, alle mit diesem bläulichen Schimmer, der daher rührte, dass sie tiefgefroren waren. Rümpfe und Köpfe waren allerdings keine zu sehen. Athena kratzte sich am Kopf. Wie sollte man nur aus Händen, Füßen, Armen und Beinen einen Körper zusammensetzen?

»Es geht heute noch nicht darum, vollständige Körper zu erschaffen«, sagte Majorin Stein in diesem Moment, als hätte sie Athenas Gedanken gelesen. »Wir versuchen erst mal nur, Körperteile verschiedener Herkunft miteinander zu verbinden. Wie ich schon sagte: ein Geschöpf aus Einzelteilen zusammenzufügen, ist Herausforderung und Chance zugleich.«

»Willst du dir auch was aussuchen?«, fragte Athena, während sie den Haufen durchwühlte. Ein Bein rutschte vom Wagen und fiel mit einem dumpfen *Flatsch* zu Boden.

»Äh, nein. Nein. Mach du.« Marceline war kreidebleich, ihre Augen glasig.

Jetzt, wo's endlich mal spannend wird, hat meine Teampartnerin einen empfindlichen Magen. Wie will sie an dieser Schule klarkommen, wenn ihr schon beim Anblick von Leichenteilen schlecht wird? Erst Godfrey mit seinen zwei linken Händen, und jetzt Marceline, die nicht mal hinschauen kann. Athena presste die Lippen aufeinander. *Na gut, dann wähl ich halt aus.*

Sie zog eine Hand, zwei Arme und ein Bein aus dem Haufen und ließ alle vier schwungvoll auf den Arbeitstisch klatschen.

»Oh Gott«, murmelte Marceline und fasste sich an die Stirn. Sie versuchte, nicht auf die abgetrennte Hand auf dem Tisch zu starren, an der zwei Finger auf unnatürliche Weise nach hinten gebogen waren, aber vergeblich.

»Auf fortgeschrittenem Niveau gehört zur Replantation natürlich auch die Mikrochirurgie«, sagte Majorin Stein. »Um Blutgefäße und Nervenbahnen wiederherzustellen, benötigt man ein sehr hohes Maß an Feingefühl und Erfahrung. Und in der *traditionellen* Chirurgie würde man natürlich auch frischere Teile brauchen als diese hier.«

Athena wendete das Bein hin und her, um sich die Schnittkanten genauer anzusehen. Bei jedem feuchten *Platsch* zuckte Marceline zusammen.

»Was meinst du, womit sollen wir anfangen?«, fragte Athena, in der Hoffnung, ihre Partnerin doch noch mit einzubeziehen.

Aber Marceline antwortete nicht.

»Vielleicht erst mal das Bein? Aber es wär natürlich auch cool, die Hand wieder an den Arm zu nähen.«

»Ich glaub nicht, dass die ... zusammenpassen.«

»Müssen sie ja auch gar nicht«, gab Athena zurück. »Das ist doch gerade die Herausforderung, einen Körper aus den unterschiedlichsten Teilen zusammenzusetzen. Sonst wär's ja einfach.«

Im Ernst, was glaubt dieses Mädchen, wozu wir hier auf der Prometheus *sind?*

»Da unser Ziel jedoch die Wiederbelebung ist, steht die traditionelle Chirurgie für uns nicht im Vordergrund«, beendete Majorin Stein ihren Vortrag, zog an ein paar Strippen vorn an der Tafel und entrollte zwei große, vergilbte Anatomie-Schaubilder.

Ein Blick in die Runde zeigte Athena, dass alle anderen Schüler chirurgisches Werkzeug vor sich hatten und teilweise schon mit Skalpellen an den ausgefransten Rändern der Leichenteile herumsäbelten. Mist. Ihr eigenes Skalpell-Set lag in der Asservatenkammer der Polizeiwache bei ihr zu Hause. Nach dem Erlebnis bei Monsieur Renaître hatte Athena überhaupt keine Lust, schon wieder wegen fehlendem Arbeitsmaterial aufzufallen.

»Du hast nicht zufällig ein Chirurgie-Set dabei?«, fragte sie Marceline.

Die brauchte einen Moment, um ihren Blick von den Körperteilen auf dem Tisch zu lösen.

»Doch, ich glaub schon.« Sie wühlte in der Tasche neben ihrem Stuhl.

Hand an Arm, beschloss Athena.

Marceline warf ein kleines Etui auf den Tisch. Athena öffnete den Reißverschluss und fand einen Satz Skalpelle, nebst einer Schere und Nadel und Faden.

»Perfekt.«

Sie wählte ein Skalpell aus, dessen Spitze noch auffallend scharf und glänzend war. Das ganze Set sah vollkommen unbenutzt aus, was Athena nicht weiter überraschte – das Mädchen neben ihr wurde immer noch blasser, je länger sie dort saß.

»Sind doch nur Leichenteile, Marceline«, sagte Athena.

»Nur Leichenteile«, wiederholte Marceline. »Genau.«

Ihr Blick ruhte auf einer Tätowierung, die auf einem der Oberarme zu sehen war. Eine Rose in einem Totenschädel. Darunter drei Buchstaben.

»Ich kann gern die meiste Arbeit übernehmen«, sagte Athena und unterdrückte einen Seufzer. *Oder auch die gesamte.*

»J-E-N«, las Marceline. »Vielleicht die Kurzform von Jennifer?«

Athena drehte den Arm herum, damit das Tattoo nicht mehr zu sehen war. Sie würde sich von diesem Mädchen *nicht* aufhalten lassen. »Kannst du bitte mal mit der Lampe hier rüberleuchten?«

An der Tischkante war eine verstellbare Arbeitslampe befestigt. Marceline richtete den Lichtstrahl aus, vermied aber den Anblick dessen, worauf er zielte.

»Diese Teile sind wirklich schon ganz schön alt. Bei Erwin war das viel einfacher.«

»Bei wem?«, fragte Marceline.

»Bei meiner Katze.«

»Ach so, verstehe.«

Sorgfältig schnitt Athena die überstehenden Fleischränder ab. Sie nahm an, dass die Nahtstelle möglichst glatt sein sollte.

»Bei den Rändern ist es gut, wenn ihr noch möglichst viel Fleischüberstand habt«, sagte die Majorin in diesem Moment. »Dann reißt der Faden nicht so leicht aus.«

Athena hielt inne. »Oh.«

Wütend knallte sie das Skalpell auf den Tisch und griff nach Nadel und Faden. Sie würde es ihnen schon zeigen, verdammt noch mal.

Kopf einziehen und an die Arbeit.

Während der nächsten Viertelstunde mühte sie sich ab, die Hand an den Unterarm zu nähen. Aber genau wie Majorin Stein eben gesagt hatte, war jetzt zu wenig Fleischrand übrig, den sie vernähen konnte. Außerdem waren die beiden Teile ziemlich glitschig, sodass sie immer wieder abrutschte und sich in den Finger stach.

»Kannst du vielleicht wenigstens mal die Hand festhalten?«, fragte Athena gereizt.

Mit abgewandtem Gesicht und aus größtmöglicher Entfernung beugte Marceline sich über den Tisch und drückte die Hand auf die Platte.

»Vielen herzlichen Dank«, sagte Athena, die Stimme triefend vor Sarkasmus.

Wie soll ich hier gute Noten kriegen, wenn man mich ständig den schlechtesten Schülern zuteilt?

Immer wieder riss der Faden an den Fleischrändern aus, und Athena stöhnte genervt.

»So langsam solltet ihr zum Ende kommen«, sagte die Majorin.

Bei einem Blick in die Runde sah Athena, dass die meisten Schüler schon sehr viel weiter waren. Sie halfen sich gegenseitig und kamen natürlich schneller voran. Radul saß mit verschränkten Armen da, ein zufriedenes Lächeln auf den Lippen. War der etwa schon fertig? Zu blöd, dass sie nicht neben *ihm* gesessen hatte!

Wenn sie ihre Arbeit mit seiner verglich, hatte sie den letzten Pfusch produziert.

»Okay, noch mal von vorn«, sagte sie und schob Hand und Arm energisch beiseite.

Marceline stöhnte auf, als dabei ein Fingerknöchel knackte.

Zehn Minuten später war Athena schweißgebadet, so fieberhaft hatte sie geschnitten, genäht und geknotet.

»Die Zeit ist um. Lasst mal sehen, was ihr geschafft habt.« Die Majorin schlenderte den Gang entlang und schaute mal nach links, mal nach rechts. »Sehr gute Arbeit, Radul. Tadellose Naht.«

Die Majorin hatte recht. Raduls Nähte waren wirklich toll. Seine Behauptung, ›ziemlich gut‹ in Transplantation zu sein, war eindeutig untertrieben gewesen.

»Und dein Kniegelenk ist auch sehr gelungen, Emily.«

Athena biss sich auf die Lippen, als Majorin Stein vor ihrem Tisch stehen blieb.

»Und das hier ... tja, also das hier ...« Die Majorin runzelte die Stirn. »Schwer zu sagen, was das überhaupt sein soll.«

Athena musterte ihr Werk. Die Naht zwischen Hand und Arm waren an mehreren Stellen ausgerissen, und bei dem Arm und dem Bein hatte sie vor lauter Eile weder auf den richtigen Winkel noch auf regelmäßige Stiche geachtet. Das Ganze sah einfach nur chaotisch aus, ein unappetitlicher Gliedmaßen-Salat.

»Wer hat diese Naht gemacht?« Majorin Stein wies auf den Arm und das Bein.

»Ich«, sagte Athena.

»Sehr schludrige Arbeit. Und wer hat die Hand und den Arm zusammengenäht?«

»Auch ich«, sagte Athena.

»Schon besser, aber du hast zu wenig Rand stehen lassen, deshalb reißt das dann sehr leicht aus.« Sie wandte sich an Marceline. »Und was hast du gemacht?«

»Nichts. Nur zugeschaut«, antwortete diese mit gesenktem Blick.

Die Majorin schüttelte den Kopf und sah Athena vorwurfsvoll an.

»Es wird Zeit, dass du lernst, mit anderen zusammenzuarbeiten, Athena.«

Athena war stinksauer. Mit beleidigter Miene stapfte sie den Gang entlang und hörte kaum auf Godfreys Geplauder. *Wie soll ich mit Marceline zusammenarbeiten, wenn die sich so anstellt!*

Nicht zu fassen, dass sie nun schon zum zweiten Mal die Schuld dafür bekam, dass jemand anderes so unfähig war.

Auch in der Mensa aß sie schweigend ihren Teller leer, während Godfreys Geplapper an ihr vorbeirauschte.

Am allerschlimmsten fand Athena, dass es schon wieder Majorin Stein gewesen war, die sie getadelt hatte. Ausgerechnet die Person, der sie ihren Platz an dieser Schule zu verdanken hatte. Und beide Male waren nur ihre Mitschüler daran schuld gewesen. *Auf andere ist nun mal kein Verlass*, dachte Athena. Wenn sie auf der *Prometheus* vorankommen wollte, musste sie das wohl alleine machen.

»Bei wem haben wir heute Nachmittag?«, unterbrach sie Godfrey mitten im Satz.

Der blinzelte überrascht. »Ähm, bei Mx Hollybow.«

Athena hatte Ged Hollybow seit dem Abend bei ihr zu Hause nicht mehr gesehen. »Okay. Und welches Fach?«

Godfrey legte die Stirn in Falten. »Im Ernst?«

Sie schlug auf den Tisch und Godfrey zuckte zusammen.

»Ist ja auch völlig egal!«, rief sie.

»Aha?«

Heute Nachmittag würde sie dreihundert Prozent geben. Sie würde sich von keinem Lehrer mehr runtermachen lassen.

»Auf geht's.« Zur Bekräftigung schlug sie nochmals auf den Tisch.

»Aber wir haben doch noch Pause ...«, sagte Godfrey mit vollem Mund.

»Ich will nicht zu spät kommen«, erwiderte sie und schob schon ihren Stuhl zurück.

»Ist ja gut, von mir aus. Aber wieso haust du hier ständig auf den Tisch?«

Nach den verblichenen Schildern am Geländer zu schließen, war das hier früher das Sonnendeck gewesen. Athena versuchte sich vorzustellen, wie schwerreiche Passagiere, vor Sonnenöl glänzend, die Lehnen ihrer Liegestühle nach hinten klappten. Im Moment war allerdings keine Sonne zu sehen, und nur ein paar verblasste weiße Linien auf dem Holz erinnerten daran, dass es hier mal ein Badmintonfeld gegeben hatte.

Die ganze Klasse stand im strömenden Regen auf dem Deck und kämpfte mit den Reißverschlüssen ihrer knatschgelben Regenjacken. Allen war eine ausgehändigt worden, aber sie boten nicht viel Schutz vor dem peitschenden Regen. Athenas Schuhe waren schon völlig durchnässt, und auch die übrigen Schüler wirkten nicht gerade glücklich. Ständig mussten sie sich das Regenwasser aus den Augen wischen, während sie nach vorne zum Bug schauten.

Dort stand nämlich Ged Hollybow, heute in einem prachtvollen weinroten Samtanzug. Wundersamerweise schien der Anzug noch vollkommen trocken zu sein, als wäre er von einer unsichtbaren Hülle umgeben, an der die Tropfen einfach vorbeifielen.

»Guck mal, Mx Hollybow ist überhaupt nicht nass«, flüsterte Athena, an Godfrey gewandt. »Wie kann das sein?«

»Magie«, sagte der nur.

Magie? Im Ernst? Auch Majorin Stein hatte bei ihrer ersten Begegnung von ›Magie‹ gesprochen, aber Athena war davon ausgegangen, dass sie damit einfach all jene Phänomene meinte, die bisher noch nicht eindeutig wissenschaftlich geklärt worden waren. Keine *echte* Magie.

»Alle mal herhören«, rief Mx Hollybow mit einer Stimme, die trotz des Sturms und der Entfernung erstaunlich gut zu verstehen war, »eigentlich wollte ich heute mit euch über Zombies sprechen, aber da unser Froschvorrat dringend aufgefüllt werden muss, sollten wir dieses *erfrischende* Wetter lieber zur Froschjagd nutzen. Außerdem kriegt ihr dann mal ein bisschen Bewegung.«

»Besten Dank an die Neue«, murmelte jemand in der Nähe.

Athena tat so, als hätte sie das nicht gehört.

»Wenn mir jemand beim Verteilen der Eimer hilft, kann es gleich losgehen.«

Während die Eimer ausgegeben wurden, rief jemand über den Sturm hinweg: »Eine kleine Vorwarnung wär trotzdem nett gewesen, dann hätte ich nicht ausgerechnet meine beste Hose angezogen.«

»Mein lieber Drew«, erwiderte Mx Hollybow, »wenn *das* deine beste Hose ist, dann hat sie's verdient, ein bisschen nass zu werden.«

Einige Schüler kicherten.

»Sie haben gut reden!«, sagte Drew. »Sie bleiben ja auch immer schön trocken!«

»Na klar. Samt darf nun mal nicht nass werden, sonst ist er hin«, erwiderte Mx Hollybow schlagfertig.

Athena unterdrückte ein Lächeln, während sie ihren Eimer

entgegennahm. Sie mochte Mx Hollybow und hätte zu gern gewusst, wie dieser Nicht-nass-werden-Trick funktionierte.

Ungefähr einen Kilometer voraus schlug ein Blitz ins Wasser ein. Einige Schüler schrien auf. Gleich darauf krachte der Donner, so gewaltig, dass das Deck erbebte.

»Jetzt oder nie!«, rief Mx Hollybow grinsend und streckte die Arme aus, in einer Hand eine goldene Glocke, in der anderen ein schwarzes, gegabeltes Stöckchen.

Athena sah, wie Mx Hollybow Worte formte und die Glocke schüttelte, aber beides wurde vom Rauschen der Wellen und dem Tosen des Sturms übertönt. Und dann wurde es mit einem Mal still, so als hätte jemand den Ton abgedreht. Nur das Klingeln der Glocke war noch zu hören.

Sicher auch so ein Trick. Vielleicht ist hier irgendwo ein Gerät zur Geräuschunterdrückung versteckt. Wir sollen doch wohl nicht wirklich an Magie glauben, oder?

Doch die Schüler um Athena herum schienen durchaus daran zu glauben. Alle schwiegen und schauten Mx Hollybow wie gebannt zu.

Genauso abrupt, wie sie aufgehört hatten, brachen die Geräusche des Sturms wieder über sie herein.

Und im selben Moment begann es Frösche zu regnen.

Einer nach dem anderen plumpsten sie aufs Deck. Dutzende. Große und kleine, leuchtend grüne und dunkelbraune, alle Arten von Fröschen. Einige landeten auch auf den Köpfen und Schultern der Schüler und sprangen dann von dort zu Boden.

Die ganze Klasse brach in lautes Gejohle aus. Alle rannten mit ihrem Eimer los und versuchten, die hüpfenden Frösche einzufangen. Lachend schlitterten und rutschten sie über die nassen Planken.

Nur Athena war zu verblüfft, um sich zu bewegen. Was war hier los? Und vor allem: *Wie* war das möglich?

Mx Hollybow winkte ihr zu, ein zufriedenes Grinsen im Gesicht, und wies auf ihren leeren Eimer.

Das riss Athena aus ihrer Versunkenheit. Sie ging in die Hocke und griff nach einem kleinen gelben Frosch. Fast wäre ihr der glitschige Körper aus der Hand gerutscht, aber dann konnte sie ihn doch in ihren Eimer werfen. Als nächstes tauchte ein großes, braunes Exemplar neben ihr auf. Sie streckte die Hand danach aus, war aber zu langsam. Mit einem gewaltigen Satz brachte das Tier sich in Sicherheit.

»Hopp und los, Leute! Ich erwarte mindestens ein halbes Dutzend pro Eimer!«, rief Mx Hollybow.

Jemand schoss an Athena vorbei, kaum mehr als ein verwischter dunkler Fleck mit einer orangefarbenen Schärpe. Es war Marceline, die als Einzige keine Regenjacke trug. Pfeilschnell schoss sie hierhin und dorthin, wirbelte herum und tauchte ab, um die Frösche vom Boden aufzusammeln. Athena erhaschte einen Blick auf ihr Gesicht, als sie gerade einen Frosch mitten im Sprung aus der Luft fischte: Ein breites Grinsen lag darauf.

»Marceline macht euch ja alle nass.« Mx Hollybow lachte meckernd. »Na los, legt euch mal ins Zeug!«

Athena schaute sich gerade nach einem weiteren Frosch um, als sie sah, wie Godfrey mit seinen Gummireifen auf dem nassen Untergrund wegrutschte und der Eimer ihm vom Schoß fiel. Bevor Athena reagieren konnte, lief auch schon ein Junge an ihr vorbei, gab Godfrey lächelnd den Eimer zurück und machte sich dann wieder daran seinen eigenen Eimer zu füllen.

Ein weiterer Frosch hüpfte über die Planken. Athena sprintete los, schlitterte das letzte Stück und bekam ihn gerade noch zu packen. Im selben Moment geriet ein Junge nicht weit von ihr ins Stolpern und rutschte haltlos über das Deck. Die *Prometheus* glitt gerade in ein Wellental und sekundenlang war nur noch die Reling zwischen dem Jungen und dem Meer. Lachend rappelte er sich auf und stürzte sich wieder ins Getümmel.

Bloß gut, dachte Athena, dass ihre Mutter nicht sehen konnte, in welchem ›sicheren Rahmen‹ die schulischen Aktivitäten hier stattfanden ...

Nach einer Dusche, einem Satz trockener Kleidung und dem Abendessen fühlte Athena sich wieder rundum wohl, aber auch erschöpft. Als sie in ihre Kabine kam, lag Marceline schon im Bett, ein Buch vor der Nase.

»Hey«, sagte Athena.

»Hey.«

Eine Pause entstand. Athena versuchte, den Titel des Buchs zu erkennen, aber aus diesem Winkel war das unmöglich.

Marceline sah auf. »Ist was?«

»Du warst echt schnell, da draußen«, sagte Athena, bevor sie sich abwandte, um ihre Schlafsachen – Shorts und T-Shirt – anzuziehen.

»Danke.«

»Wie viele Frösche hast du denn gefangen?«

»Keine Ahnung. Hab aufgehört zu zählen.«

Athena wusste nicht, was sie sonst noch sagen sollte, und so kletterte sie schweigend in ihr Bett, wo Erwin schon lag und schlief. Sie kraulte ihn hinter den Ohren, hörte sein seltsam heiseres Schnurren und schlüpfte unter die Decke. Erwin rückte etwas näher, um sich in ihre Kniekehle zu kuscheln, und da war sie auch schon eingeschlafen.

NÄCHTLICHE AKTIVITÄTEN

Athenas Augen öffneten sich flatternd. Die Kabine war in Dämmerlicht getaucht. Alles war still, aber Athena hatte trotzdem das beunruhigende Gefühl, von irgendetwas geweckt worden zu sein. Sie tastete nach Erwin, spürte aber nur die Decke unter ihrer Hand. Sie setzte sich auf. Ein schmaler Streifen Mondlicht fiel durch das Kabinenfenster. Gischt prasselte gegen die Scheibe. *Sehen* konnte sie Erwin auch nirgendwo. Sie schaute auf ihr Handy: 1.30 Uhr.

War Erwin wieder zu Marceline gewechselt?

Athena beugte sich über das Geländer. Marceline schien tief und fest zu schlafen. Athena sah, wie sich ihr Brustkorb bei jedem Atemzug leise hob und senkte, aber Erwin war nirgends zu entdecken.

Kein Grund, gleich in Panik zu geraten, ermahnte sie sich. *Katzen sind schließlich dafür bekannt, dass sie nachts auf Mäusejagd gehen.*

Sie legte sich hin und versuchte, wieder einzuschlafen. Aber ein Gedanke ließ ihr keine Ruhe. Radul, der Junge, der ihr gestern den Weg gezeigt hatte. Der ihr angeboten hatte, Erwin ein neues Bein zu verpassen, und der richtig gut in Replantation gewesen war. Was, wenn er ihren Kater gefunden hatte und nun ein paar ›Optimierungen‹ an ihm vornahm?

Nein, sei nicht albern. Das würde er doch niemals tun, ohne mich vorher zu fragen. Oder doch?

Eine volle Minute lang starrte sie an die Decke, bevor sie schließlich aus dem Bett schlüpfte und die Leiter hinunterkletterte. Sie wusste nicht viel über Radul, aber sie wusste *ganz genau*, wie schrecklich sie es fände, wenn Erwin etwas zustieße. Rasch streifte sie Leggings, Jacke und Schuhe über und verließ die Kabine. Marceline hatte sich die ganze Zeit über nicht gerührt.

Das Schiff stöhnte und schwankte von einer Seite zur anderen. Athena rief leise nach Erwin und machte mausartige Geräusche. Sie lief an einem guten Dutzend geschlossener Türen vorbei, bog um eine Ecke, nahm die Treppe ins nächste Stockwerk und ließ die Schülerquartiere hinter sich.

»Erwin!«, rief sie etwas lauter.

An einer T-Kreuzung blieb sie stehen. Der Gang zu ihrer Rechten war beleuchtet, der zur Linken jedoch stockdunkel.

Athena war bisher immer nur nach rechts gegangen, Richtung Bug. Weiter nach achtern hatte sie sich bisher nicht vorgewagt. Und das jetzt zu tun, mitten in der Nacht, mit dem Gedanken im Hinterkopf, dass dieses Wesen aus dem Ballsaal vielleicht auch gerade wieder durch die Gänge streifte, war völlig bescheuert. Oder?

Athena kannte das Sprichwort, nach dem die Neugier der Katze Tod ist. Aber sie *suchte* ja gerade nach einer Katze. Ihre Neugier hatte also durchaus einen Sinn. Außerdem musste sie auch immer noch einen Mord aufklären und nach Spuren suchen, was sehr viel einfacher war, wenn alle anderen im Bett lagen. Wieder fragte sie sich, was ihre Mutter wohl denken würde, wenn sie sie jetzt sehen könnte.

Nachdem sie ein paar Dutzend Schritte durch die Dunkelheit getappt war, blieb sie wieder stehen. Das Knarren des Schiffs und das klatschende Geräusch, wenn die Wellen gegen den Rumpf schlugen, waren ihr inzwischen vertraut. Doch nun hörte sie noch etwas anderes. Es klang wie das Rascheln von Stoff und schien näher zu kommen. Athena kauerte sich in die Nische hinter einem Feuerlöscher und steckte den Kopf gerade so weit hervor, dass sie mit einem Auge den Flur überblicken konnte.

Da! An der nächsten Kreuzung kam von rechts eine hohe Gestalt in Sicht. Sie schien ein langes Kleid zu tragen. Oder einen Umhang.

Doch anstatt gleich wieder nach links zu verschwinden, blieb die Gestalt plötzlich stehen. Athena hielt die Luft an, als zwei leuchtend rote Augen direkt in ihre Richtung schauten. Es war Ivory, die Bibliothekarin aus Stein. Nur mühsam konnte Athena sich davon abhalten, noch tiefer in die Nische zu kriechen. Sie war ja schon im Schatten, und jede Bewegung würde sie erst recht verraten. Quälend lange starrte die lebende Statue in ihre Richtung, ohne auch nur ein einziges Mal zu blinzeln. Was, wenn sie im Dunkeln sehen konnte?

Dann, völlig unvermittelt, wandte sie sich um und verschwand in der Richtung, aus der sie gekommen war. Athena holte tief Luft und löste ihre verkrampften Fäuste. Ihre Finger kribbelten.

Was hatte Ivory um diese Zeit hier zu suchen? Die Bibliothek war doch vorne am Bug, am anderen Ende des Schiffs.

Vielleicht war Athena ja paranoid – brauchten lebende Statuen nicht auch mal Schlaf? –, aber je länger sie über Ivory nachdachte, desto mehr Fragen tauchten auf. Bis auf das Rascheln ihres Umhangs hatte die Statue sich weitgehend lautlos bewegt, ganz anders als Tony mit seinen scharrenden, schwerfälligen Schritten. Perfekt, um sich an jemanden anzuschleichen. Und wie stark war eigentlich so ein Geschöpf aus Stein? Stark genug, um einen Roboter zu überwältigen?

In diesem Moment kam von weiter hinten im Gang ein elektronisches *Biep*, das Athena aus ihren Gedanken riss. Was war das nun wieder? Waren die Drohnen etwa auch noch im Schiff unterwegs?

So leise wie möglich lief Athena weiter, tastete sich durch den dunklen Gang voran. Ihre Handylampe wollte sie lieber nicht einschalten, dafür war ihr Ivory noch nicht weit genug entfernt.

Andererseits, fiel ihr ein, war es auch ganz schön riskant, hier ohne Licht unterwegs zu sein. So marode, wie die *Prometheus* war, musste sie bei jedem Schritt damit rechnen, in einen rostigen Nagel zu treten. Oder durch ein Loch im Boden zu brechen. War das die Sache wirklich wert? Sie zögerte und wollte fast schon umkehren, als wieder ein *Biep* ertönte. Es kam aus dem Gang hinter der nächsten Ecke. Und dort, nicht weit von ihr entfernt, fiel auch ein Lichtstreifen auf den Gang hinaus.

Athena schlich auf Zehenspitzen weiter. Das Licht kam aus einer halb geöffneten Tür. War das nicht das Geräusch eines Bohrers? Und jetzt das matte Klirren eines Werkzeugs, das jemand weglegt? Dann hallte wieder eine Reihe elektronischer Piepser durch den Gang.

Athena drückte sich an die Wand, schob sich langsam bis zum Türrahmen vor und lugte in den Raum.

Als Erstes sah sie Tesla. Die Drohne schwebte ungefähr auf Kopfhöhe in der Nähe der Tür und strahlte mit ihrem Scheinwerfer einen Wust aus Metallteilen an.

Klonk! Wenn Athena sich nicht irrte, war da gerade ein Schraubenschlüssel heruntergefallen. Dann ein Knistern und flackerndes bläuliches Licht. Der Geruch nach heißem Metall.

Da wird geschweißt, erkannte Athena.

Aus den Metallteilen in der Mitte des Raums wurde sie nicht recht schlau. Hier eine Feder, dort ein Scharnier. Lange, zusammengestückelte Streben, eine Mischung aus Chrom, Messing und grauem Metall. Das Knistern verstummte und wurde von Hämmern abgelöst. Athena erhaschte eine Bewegung hinter all dem Metall, aber es war kaum mehr als ein Schatten.

Sie beugte sich noch etwas weiter vor, aber da hatte Tesla sie auch schon entdeckt, schwang herum und stieß einen Schwall elektronischer Piepser aus.

Lauf!

Sie setzte gerade dazu an, als eine vertraute Stimme ertönte.

»Athena?« Godfrey rollte in Sicht. Er war im Schlafanzug, mit einer dicken Wolljacke darüber.

»*Godfrey?* Was machst *du* denn hier?«

Seine Augen huschten hin und her. »Nur ein paar … äh … außerschulische Aktivitäten …«

Außerschulische Aktivitäten. Nach Mitternacht. In einem verlassenen Teil des Schiffs. Na klar!

»Echt schade, dass du mich entdeckt hast, Athena. Jetzt ist die ganze Überraschung weg«, sagte Godfrey betrübt.

Er fuhr auf Athena zu, Tesla immer dicht über seiner Schulter. Die Drohne ließ einen hohen Pfeifton hören, so, als würde das Blitzlicht einer Kamera geladen.

Oder eine Waffe.

Athena wünschte sich plötzlich, ganz woanders zu sein.

»Ganz ruhig, Tesla«, sagte Godfrey und wischte sich mit einem Lappen das Schmieröl von den Händen. »Athena ist eine Freundin.«

»Schon gut«, stammelte Athena, während sie Tesla nervös im Auge behielt. »Ich wollte eh gerade wieder ins Bett zurück. Ich hab nur nach Erwin gesucht.«

»Nun warte doch. Ich wollte das zwar geheim halten, bis es fertig ist, aber wo du schon mal hier bist, kannst du's dir auch gleich ansehen.«

Verflixt. Ihre Katze war offenbar verschwunden, aber ihre Neugier nicht.

»Klar«, sagte sie und trat in den Raum.

»Und?«, fragte Godfrey aufgeregt.

Teslas Pfeifen verstummte, als die Drohne ihren Lichtkegel wieder auf Godfreys Metallkonstruktion richtete.

Athena umrundete das Gewirr aus Streben. Oder waren das Beine?

»Voilà: mein Arachno-Mobil!«

Und plötzlich ergab das Ganze einen Sinn: Athena sah eine große runde Platte, die auf sechs spindeldürren Beinen stand. Und auf der Platte war ein Sitz befestigt.

»Eher ein Käfer als eine Spinne«, stellte sie fest.

»Was?«, fragte Godfrey.

»Arachniden – also Spinnen – haben *acht* Beine.«

»Ja, ich weiß. Aber Arachno-Mobil klang besser als Käfer-Mobil.«

Die Beine waren aus lauter Resten zusammengeschweißt. Unterschiedliche Metalle in unterschiedlichen Längen und Dicken.

»Ich arbeite jetzt schon seit Wochen daran, aber die Gelenke sind echt ein Problem. Und dann muss ja auch noch die Bewegung aller sechs Beine aufeinander abgestimmt werden ... das ist gar nicht so einfach.« Er zeigte auf das Steuerpult, das am Sitz angebracht war. Es gab eine Reihe von Knöpfen und zwei große Hebel, die aussahen, als hätte er sie von einem dieser alten Spielhallen-Automaten abgebaut.

»Und das alles hast du immer nur nachts gemacht?«

»Ja. Sonst hab ich ja keine Zeit dafür. Doktor Singh hat ein paar Teile für mich besorgt und mir Tesla zur Unterstützung ausgeliehen.«

»Die Lehrer wissen also, was du hier machst?«

»Also, Doktor Singh natürlich schon. Bei den anderen weiß ich's nicht.«

»Und wieso willst du das geheim halten? Sobald das Ding funktioniert, werden es doch sowieso alle sehen, oder?«

»Klar, aber wenn ich jetzt davon erzähle, werden mir reihenweise Leute ihre Hilfe anbieten, weil sie denken, sie müssten das tun. Und keine Ahnung, wieso, aber irgendwie nervt es mich, dass sich bei mir alle immer besonders viel Mühe geben. Dieses ganze Theater halt.« Er zuckte die Achseln. »Ist für dich wahrscheinlich schwer zu verstehen.«

Athena verstand es tatsächlich nicht so ganz, aber da ihm die Sache offensichtlich unangenehm war, fragte sie nicht weiter nach, sondern kam lieber auf sein Arachno-Mobil zurück. »Was hast du für die Beingelenke verwendet?«

»Ich hab sechs differenzial gesteuerte Motoren eingebaut. Du weißt schon, dann kann man sie alle einzeln bewegen ...«

»Und jedes Bein ist hydraulisch gefedert, ich seh's.«

Staunend umrundete Athena das Arachno-Mobil. Das hätte sie Godfrey nicht zugetraut. Roboter lagen ihm wohl mehr als Galvanismus.

»Mit dem Teil komme ich dann viel leichter überallhin«, erklärte er. »Hier gibt's ja fast nur Treppen im Schiff, und die Aufzüge funktionieren nicht alle.«

Athena hob die Augenbrauen. »Das Ding kann Treppen steigen?«

»Na ja, noch nicht. Im Moment sind selbst ebene Flächen noch eine Herausforderung. Aber irgendwann schon.«

Sie trat einen Schritt zurück. »Den Namen musst du aber unbedingt noch ändern.«

»Wieso? Spinnen sind doch *cool*!«

»Ja, aber die falsche Anzahl Beine stört bestimmt nicht nur mich. Wie wär's mit irgendwas mit ›hex‹, also griechisch für ›sechs‹? Hexapod, zum Beispiel?«

»Aah.« Godfreys Miene erhellte sich. »Nicht schlecht.«

»Und? Brauchst du vielleicht noch Hilfe?« Sie schlug die Hand vor den Mund. »Ach, entschuldige. Jetzt frage ich das auch schon.

Aber ich hätte wirklich Lust dazu. Oder willst du das lieber alleine machen?«

»Nein, das wär super, vielen Dank.« Godfrey rollte zur Werkzeugbank in der Ecke. »Wenn irgendwas unter Hüfthöhe zu tun ist, muss ich immer gleich das ganze Arachno-... den ganzen *Hexapod* aufbocken, um dranzukommen. Da könnte ich Hilfe gut gebrauchen.«

»Klar, mach ich ge...« Athena verstummte.

»Was ist los?«, fragte Godfrey.

Aber Athena starrte nur weiter aus einem der Fenster.

»Was ist denn da?«, fragte er und rollte neben sie.

»Komisch«, sagte Athena. »Ich glaub, ich hab da draußen was gesehen.«

»Draußen auf dem *Meer?*«

»Ja.«

»Was denn?«

»Ein Blinklicht oder so was.«

»Ziemlich unwahrscheinlich. Majorin Stein hat gesagt, dass wir möglichst weit abseits der Schifffahrtsrouten bleiben. Die Chance, hier draußen auf ein anderes Schiff zu treffen, liegt bei 1:100.«

Athena trat näher an das Fenster heran. Der Horizont verschwand für mehrere Sekunden, während die *Prometheus* durch ein Wellental glitt.

»Ist es immer noch da?«, fragte Godfrey und rollte neben sie.

»Warte mal kurz.«

Das Schiff erklomm den nächsten Wellenkamm, und der Horizont kam wieder in Sicht, die Wasseroberfläche vom Vollmond erhellt. Da! Eindeutig ein Licht. Aber es blinkte nicht bloß, es sandte ein *Signal*.

Godfrey keuchte auf. »Da ist wirklich ein Schiff, da draußen, mitten im Nichts!«

Athena nickte.

»Und du meinst, das Signal ist an uns gerichtet?«

Athena nickte wieder.

»Ob die Hilfe brauchen?«

»Ich glaub nicht«, antwortete sie. »Das ist kein SOS.«

Das weiße Licht flackerte wieder.

»Kannst du Morsezeichen?«, fragte Godfrey.

»Nicht so richtig. Also, nur ein bisschen. Aber das würde uns eh nichts helfen, weil hier unten immer wieder die Wellen im Weg sind. Wenn wir richtig was sehen wollen, müssen wir weiter nach oben.«

»Können wir doch machen«, sagte Godfrey.

»Ja?« Sie musterte ihn lächelnd.

»Klar, wir gehen aufs Beobachtungsdeck. Der zweithöchste Ort auf dem Schiff, gleich unter der Brücke.«

»Dann los.«

Athena folgte Godfrey die Flure entlang, während Tesla vorausflog, um ihnen den Weg zu leuchten. Vor einer schmiedeeisernen Gittertür, die mit einer goldenen Sonne verziert war, blieben sie schließlich stehen.

»Es gibt *noch* einen Fahrstuhl auf dem Schiff?«

»Eigentlich gibt es drei, aber der am Heck funktioniert leider nicht«, sagte er und drückte auf den Rufknopf. »Wir müssen auf Deck B, vier Stockwerke höher.«

»Du kennst dich hier ja wirklich gut aus«, sagte sie. Mit leisem *Pling* hielt der Aufzug vor ihnen an.

»Zwangsläufig. Treppen sind halt nicht so meine Stärke.«

Mit kränklichem Knirschen ruckelte der Fahrstuhl nach oben und kam dann ebenso ruckhaft zum Stehen. Godfrey fuhr wieder voran, und minutenlang war nur noch das Knarren des Schiffs, das Surren von Teslas Äther-Generator und das gedämpfte Quietschen der Gummireifen auf den Dielen zu hören.

Sie bogen um eine letzte Ecke und kamen zu einer Luke mit einem großen Messingrad in der Mitte.

»Ich mach das.«

Vor Anstrengung stöhnend, stemmte Athena sich gegen das Rad. Es knirschte und kreischte – furchtbar laut in der Stille des Flurs – und setzte sich dann in Gang. Die Tür schwang auf und bitterkalte Luft schlug Athena ins Gesicht.

»Oh Gott, ist ja eisig!« Bibbernd zog sie den Reißverschluss an ihrer Jacke hoch, während der Wind an ihr vorbeipfiff.

Sie trat auf das Deck hinaus und wandte sich zu Godfrey um. »Schaffst du die Schwelle allein?«

»Jepp, geh mal kurz beseite.«

Er ließ den Rollstuhl auf die Hinterräder kippen und sprang dann mit einer Art Bunny-Hop über den Lukenrand. Sie schauten aufs Wasser hinaus. Von hier waren die Lichtsignale deutlich zu sehen und sogar die lang gezogene Silhouette eines Schiffs vor dem mondhellen Himmel. Vermutlich ein Frachter.

»Bilde ich mir das nur ein, oder sind wir jetzt viel näher dran als vorhin?«, fragte Godfrey.

»Das bildest du dir ganz sicher nicht ein.«

Das Beobachtungsdeck lag zwei Stockwerke über dem Sonnendeck, auf dem sie heute Nachmittag Frösche gefangen hatten. Über ihnen kam nur noch die Brücke. Athena lehnte sich mit dem Rücken ans Geländer und dann so weit wie möglich hinaus. Die Brücke selbst war aus diesem Winkel nicht zu sehen, aber auf dem Dachüberstand zeichnete sich ein Licht-Stakkato ab.

»Wir blinken zurück«, sagte sie.

»Das sieht mir trotzdem nicht wie ein Notruf aus, Athena. Ich glaube, das Ganze hier ist geplant.« Von unten ertönte ein metallisches *Klong*. Flutlicht flammte auf und erhellte das Sonnendeck, das gerade jemand überquerte. Es war Majorin Stein, gefolgt von Tony, der einen großen Transportwagen hinter sich herzog. Der Frachter war inzwischen noch näher gekommen.

»Was hat das alles zu bedeuten?«, flüsterte Godfrey. »Wieso treffen wir hier mitten in der Nacht mit einem anderen Schiff zusammen?«

Das hätte Athena auch gern gewusst. Sie kauerte sich hinter einen der Rettungsringe am Geländer und lugte auf das Sonnendeck hinunter.

Die Majorin stand in Habachtstellung an der Reling und blickte dem anderen Schiff entgegen, während ihr der Mantel im eisigen Wind um die Knöchel flatterte – was sie jedoch, genau wie der Regen, nicht im Geringsten zu stören schien.

Die Maschinen des Frachters wechselten dröhnend die Tonhöhe, als er jetzt beidrehte und längsseits der *Prometheus* kam.

»Am Bug steht irgendwas geschrieben«, sagte Godfrey. »Ist das chinesisch?«

Athena musterte die weißen Schriftzeichen auf dem Rumpf.

»Ich nehm's an«, bestätigte sie. »Aber die Schrift auf den Containern sieht eher russisch aus, oder?«

»Ja, das sind eindeutig kyrillische Buchstaben.«

Die Schiffe lagen nun parallel zueinander, mit etwa fünfzig Metern Abstand dazwischen. Athena sah, wie die Frachter-Besatzung ein Tor am Heck öffnete. Majorin Stein tat das Gleiche unter ihnen auf dem Sonnendeck.

Athena war klar, dass ihr Verhalten im Moment nicht unbedingt als ›Kopf einziehen‹ gelten konnte. Aber wie sollte sie dieses nächtliche Treffen einfach ignorieren, erst recht, wenn Godfrey mindestens genauso neugierig war wie sie selbst?

Zwischen den Schiffen brodelte das Wasser, als der Frachter sich langsam seitlich auf die *Prometheus* zuschob. Stimmen drangen herüber, aber in Athenas Ohren klangen sie weder chinesisch noch russisch.

Als nur noch wenige Meter zwischen den Schiffen lagen, warf Tony mehrere Leinen zum Frachter hinüber, die von der Besatzung vertäut wurden. Beide Schiffe kamen endgültig zum Stehen, die Maschinen verstummten. Und in diesem Moment trat auf dem unteren Deck ein riesiger Schatten ins Licht.

»Was ist denn *das?*«, flüsterte Athena.

Der Kopf der Kreatur hing tief zwischen den muskulösen Schultern, während sie auf vier langen, hageren Beinen über das Sonnendeck lief. Selbst auf allen vieren war sie mehr als einen Meter hoch. Die Bewegungen des Tiers, oder was immer es war, wirkten bedrohlich, so als pirsche es sich an die Majorin heran.

Athena sprang auf. »Sie kann es nicht hören. Der Wind ist zu laut. Wir müssen sie warnen!«

Doch dann geschah etwas Seltsames. Das Wesen machte keinerlei Anstalten, sich auf die Majorin zu stürzen und ihr an die Kehle zu gehen. Es blieb einfach neben ihr stehen.

Und die Majorin streckte die Hand aus, um es unter dem Kinn zu kraulen.

»Oh«, sagte Athena und kauerte sich wieder hin. »Ist das ihr … Haustier?«

Das Wesen wandte den Kopf, und die Kinder sahen, dass es eine längliche Hundeschnauze hatte, ähnlich einer Deutschen Dogge. Zugleich hatten seine Züge aber auch etwas Menschliches an sich. Und während sie noch schauten, erhob es sich plötzlich auf die Hinterbeine und stand aufrecht da, eine absurde Kreuzung aus Mensch und Hund.

Godfrey keuchte auf. »Oh mein Gott, das … das ist …«

»Was denn?«

»Der *Bluthund.*«

Das Wesen überwachte das Deck mit seinem Raubtierblick.

»Der *was?*«

Bleich vor Angst wiederholte Godfrey stammelnd: »D… der B… Bluthund …«

»Und woher kennst du den?«

»*Alle* an Bord kennen den. ›*Unter des Vollmonds hellem Schein wirst du des Bluthunds Beute sein.*‹«

»Wo kommt das nun wieder her?«

»Das ist so eine Gruselgeschichte, die sich hier alle erzählen. Über ein Wesen, das nur bei Vollmond erscheint und die Schüler in Angst und Schrecken versetzt. Ich hätte nie gedacht, dass es den *in echt* gibt.«

»Er sieht jedenfalls ziemlich echt aus.«

Unten auf dem Sonnendeck schob Tony eine stählerne Gangway hinaus, breit genug, dass ein Auto darüber hätte fahren können. Die Besatzung des Frachters sicherte die Gangway auf ihrer Seite, sodass eine Brücke entstand.

Majorin Stein betrat sie von der einen Seite, während sich von der anderen ein Mann in Hut und Mantel näherte.

Der Bluthund blieb, wo er war, behielt aber alles genauestens im Blick. Die Majorin und der Mann trafen sich genau in der Mitte und fingen an zu reden, doch das Heulen des Winds war zu laut, um ihre Worte zu verstehen.

Kurz darauf gaben sie sich die Hand und kehrten beide auf ihr Schiff zurück.

»Und was jetzt?«, fragte Godfrey.

Die Besatzung des Frachters huschte hin und her. Ein Kran kam stotternd in Gang und hievte eine Palette mit Metallkisten über die Lücke zwischen den Schiffen. Nach Athenas Schätzung war jede Kiste etwa zwei Meter lang und jeweils einen halben Meter hoch und breit. Scheppernd setzte die Ladung auf dem Deck der *Prometheus* auf, und Tony machte sich daran, die Kisten auf den Wagen zu verladen. Aufmerksam beobachtete der Bluthund, wie der Kran danach noch eine zweite Palette an Bord beförderte. Bald waren fünfzehn Kisten auf Tonys wuchtigem Wagen aufgestapelt.

Majorin Stein betrat wieder die Gangway, und auch der Mann in Hut und Mantel kehrte zurück. Diesmal verlief das Gespräch jedoch um einiges lebhafter. Eine heftige Bö wehte ihre Stimmen zu Athena und Godfrey hinüber und ein Gesprächsfetzen drang an ihr Ohr.

»Keine Papiere!«, rief die Majorin. »Ich sagte doch, keine Papiere!«

Abrupt machte sie kehrt und stapfte zur *Prometheus* zurück, während der Mann noch einen Moment lang nachdenklich stehen blieb, ehe er ebenfalls auf sein Schiff zurückging.

Auf das Zeichen der Majorin hin zog Tony die Gangway wieder ein. Die Leinen wurden gelöst und die Schiffsmaschinen dröhnten wieder los. Langsam lösten sich die Schiffe voneinander und der Frachter drehte ab.

»Worum ging's denn da gerade?«, fragte Godfrey.

»Keine Ahnung. Klar ist jedenfalls, dass die Majorin nicht will, dass es irgendwelche Dokumente über dieses Treffen gibt.«

»Ich glaube, wir sollten hier jetzt lieber verschwinden«, sagte Godfrey.

»Unbedingt.«

In diesem Moment wurde das Schiff von einer besonders hohen Welle erfasst. Athena konnte sich gerade noch an der Reling festhalten, aber Godfrey rollte ungebremst nach hinten und rumste gegen die Metallwand. Tesla flog aufgeregt blinkend zu ihm hin.

Das scheppernde *KLONG* übertönte sogar Wind und Wellen. Der Kopf des Bluthunds fuhr herum, und im nächsten Moment hatte sein dunkler Blick die Kinder erfasst.

»Oh nein«, sagte Athena.

DAS HEULEN DES BLUTHUNDS

»Lauf!«, schrie Godfrey, während er selbst schon losfuhr, Tesla dicht hinter ihm.

Unten auf dem Sonnendeck wandte sich Majorin Stein zu ihrem Bluthund um und folgte dann seinem Blick zum Beobachtungsdeck hinauf.

Doch Athena hatte sich schon fallen lassen und krabbelte hastig von der Reling weg, bevor die Majorin sie entdecken konnte.

»Was hast du gesehen, Garmer?« Die Stimme von Majorin Stein drang bis hinauf zu Athena.

Eine Antwort des Bluthunds war nicht zu hören, dafür aber der Befehl der Majorin.

»Lauf! Fass!«

Athena sprang auf und rannte los. Sie schlitterte über das nasse Holz bis zur Luke und sprang unter Deck. Mit Vollgas rannte sie weiter, um die nächste Ecke, und entdeckte Godfrey, der ein Stückchen vor ihr in halsbrecherischem Tempo den Gang entlangschoss.

»Fahr weiter!«, rief sie ihm zu.

»Mach ich ja!«, rief er zurück.

Er übersprang ein paar Stufen und driftete um die nächste Ecke. Als Athena ihm nur Sekunden später folgte, hörte sie schon einen dumpfen Aufprall hinter sich.

Oh Gott, ist der schnell!

Mit donnernden Schritten lief sie den Flur entlang, immer Godfrey hinterher, ohne auf die Richtung zu achten.

Weshalb sie dann gleich darauf, zwischen keuchenden Atemzügen, feststellen musste, dass sie sich verlaufen hatten.

Sie kam an einem Schild vorbei, auf dem LUXUSKABINEN stand. Wo lagen die noch mal? Auf Deck D? Oder E?

Währenddessen kam das Kratzen von Klauen auf Holz immer näher. Jeden Moment würde sie den Atem des Untiers im Nacken spüren ...

»Hier rein!«, brüllte Godfrey und schoss plötzlich links durch eine Tür.

Was hatte er vor?

Als sie die Tür erreichte, warf sie noch mal kurz einen Blick über die Schulter. Der Bluthund war nur noch wenige Meter entfernt, den Blick starr auf sie gerichtet, die Zähne gefletscht. Im selben Moment, als sie die Schwelle überquerte, schlug Godfrey die Tür hinter ihr zu.

»Verriegeln!«, brüllte er.

Hektisch drehte Athena das Rad gegen den Uhrzeigersinn. Ein hallendes *KLADOOONG* ertönte, als die Bestie gegen die Metalltür krachte. Athena schrie auf und sprang zurück.

Einen Moment lang war es vollkommen still. Die Kinder lauschten.

Draußen trabten die Hundepfoten jetzt unruhig hin und her. Athena trat wieder näher und legte das Ohr an die Tür. Und bei dem, was sie hörte, lief es ihr kalt den Rücken hinunter: Der Bluthund schien am Türspalt zu schnuppern.

Er kann aber doch keine Türen öffnen, oder? Sie hatte sich seine Hände oder Vorderpfoten oder was auch immer nicht genauer angesehen, aber trotzdem ...

Das Schnüffeln brach ab. Athena hörte, wie der Bluthund davontrabte, und stieß einen Seufzer der Erleichterung aus. Erst jetzt fiel ihr auf, dass diese Tür mit einem Rad versehen war. *Das gibt's doch sonst immer nur bei Außentüren, also solchen, die wasserdicht sein mussten?*

Godfrey schaltete seine Handylampe ein und ließ den Strahl durch den Raum wandern. Athena blieb der Mund offen stehen. Vor ihr lag eine riesige, rechteckige Halle. Nicht weit von ihr führten mehrere flache Stufen nach unten. Danach fiel der gesamte Fußboden noch weiter ab und öffnete sich zu einem großen, leeren Becken. Es war von einem ehemals goldschimmernden, inzwischen aber fleckig gewordenen Geländer umgeben.

»Woah«, flüsterte Athena.

Acht Säulen säumten den Beckenrand, alle mit wunderschönen Gravuren verziert. Tesla flog zu einer Seite hinüber und beleuchtete ein fast wandgroßes Mosaik, auf dem Männer und Frauen in altmodischen Ganzkörper-Badeanzügen zu sehen waren, die es sich am Rand eines Schwimmbeckens bequem machten. Hier und da waren Mosaikteilchen herausgefallen, sodass einigen unglücklichen Badenden ein Körperteil fehlte und bei anderen nur der blanke Putz anstelle ihrer Gesichter zu sehen war.

»Ich wusste gar nicht, dass es an Bord ein Schwimmbad gibt«, sagte Athena ehrfürchtig.

»Ich auch nicht«, bestätigte Godfrey.

Athena stieg die Stufen zum Beckenrand hinunter und leuchtete mit ihrer Handylampe ins Becken. Wie sich zeigte, war das Becken nur *fast* leer. Ganz unten war noch eine trübe Flüssigkeit zu erkennen.

»Hör ich da Wasser plätschern?«, fragte Godfrey, der an der Tür stehen geblieben war.

»Ja.«

Mit jeder Neigung des Schiffs schwappte das Wasser gegen die Beckenwände. Verblasste Schriftzüge auf den Fliesen warnten die Schwimmer vor einer maximalen Wassertiefe von drei Metern. Athenas Schätzung nach stand am tiefen Ende immer noch ungefähr ein Meter Wasser. Ein muffiger Geruch stieg von ihm auf.

»Reinspringen würde ich da aber lieber nicht.« Das Licht ihres Handys zeigte eine grünlich-braune Schicht auf den Bodenfliesen. »Ich glaube, hier ist schon länger keiner von diesen Poolrobotern im Einsatz gewesen.«

»Tesla«, rief Godfrey, »guck doch mal, ob man hier irgendwo rauskommt.«

Die Drohne gehorchte und schwebte durch die nächste Tür, über der ein Schild mit der Aufschrift DAMEN hing.

Die Umkleidekabinen. Vermutlich eine Sackgasse.

In der Tat tauchte Tesla schon Sekunden später wieder auf und bog dann gleich durch die nächste Tür in die Herren-Umkleide ein. Athena runzelte die Stirn. Die Drohne war zwar gründlich, aber nicht gerade clever. Athena ging am Beckenrand entlang und stieg an der Rückseite wieder die Stufen hinauf. An der hinteren Wand der Schwimmhalle befand sich eine weitere Tür und gleich daneben ein breites Fenster, das man offenbar aufschieben konnte. Ein Kiosk vielleicht? Ob hier früher kleine Erfrischungen verkauft wurden?

Athena trat durch die Tür mit der Aufschrift NUR FÜR PERSONAL. Drinnen entdeckte sie mehrere rostige Metallschränke mit Schließfächern und eine Reihe von Mantelhaken. Vor allem aber: zwei Türen.

Godfrey hatte schon gemerkt, dass es gern mal interessant wurde, wenn Athena in der Nähe war. Oder nein, das stimmte nicht ganz. Die tanzenden Frösche in der Galvanismus-Stunde waren vielleicht noch als ›interessant‹ zu bezeichnen, aber die Flucht vor einem Bluthund lief wohl eher unter ›haarsträubend‹.

Voller Ehrfurcht für die bröckelnde Pracht rollte er an der Wand entlang. Diese Schwimmhalle war sicher nur Erste-Klasse-Passagieren vorbehalten gewesen.

Ein Geräusch hallte von den Fliesen wider. Ein nasses *Blubb*.

Godfrey blieb stehen. Von seiner Position aus konnte er das tiefe Ende des Beckens überblicken, in dem noch das modrige Wasser stand. Und trotz der Dunkelheit sah er, wie sich am hinteren Rand halbkreisförmige Wellen ausbreiteten.

Mit angehaltenem Atem berachtete er die konzentrischen Kreise. Die wurden nicht von den Bewegungen des Schiffs verursacht.

Er suchte mit seiner Handylampe die Innenwände des Beckens ab und entdeckte am flachen Ende zwei quadratische Gitter, ungefähr 60 × 60 Zentimeter groß. Ob es solche Gitter auch am tiefen Ende gab?

Sie waren jedenfalls groß genug, um ...

Blubb.

Wieder kräuselte sich die Wasseroberfläche.

»Athena«, flüsterte er.

Krampfhaft hielt er die Räder seines Rollstuhls umklammert und versuchte, die Entfernung bis zu der Tür abzuschätzen, durch die Athena verschwunden war. Sie war ziemlich weit weg und vor allem musste er dafür dicht am tiefen Ende des Beckens vorbei. In diese Schwimmhalle zu fliehen, war ein Fehler gewesen, das begriff er jetzt. Die vertrauten Gänge des Schiffs, wo er ordentlich Tempo machen konnte, wären für ihn sehr viel sicherer gewesen. Hier war er eine leichte Beute.

»Athena«, wiederholte er etwas lauter.

Immer noch keine Antwort.

»Oh nein«, hauchte er.

Eine Gestalt erhob sich aus dem Wasser im Becken. Erst war es nur ein dunkler Haufen. Dann ein dunkler Haufen mit zwei glitzernden Augen. Und dann erschien eine Schnauze, mit gefletschten Zähnen.

»Athena! Tesla!«, brüllte Godfrey.

Er rollte los, während Tesla aus der Umkleide hinter ihm hervorschoss. Auch Athena erschien jetzt in der Tür zum Personalraum. Ihre Augen weiteten sich vor Entsetzen, als sie den Bluthund sah, nur wenige Meter von Godfrey entfernt.

»Hierher!«, rief sie und zog sich gleich wieder in den Raum zurück.

»Tesla, schieß ins Wasser!«, schrie Godfrey.

Der Bluthund setzte schon zum Sprung an, als Tesla auf ihn zusauste, einen Metallarm ausfuhr und einen leuchtend blauen Blitz ins Becken schickte. Es gab ein britzelndes Geräusch, als das Wasser unter Strom gesetzt wurde.

Der tropfnasse Bluthund heulte auf.

In der Zwischenzeit hatte Godfrey den Personalraum erreicht und holperte über die Schwelle. Athena schob gerade einen der rostigen Metallschränke heran, um damit die Tür zu blockieren.

»Warte noch auf Tesla!«, schrie Godfrey.

Doch der Schrank hatte schon den Kipppunkt überschritten. Langsam neigte er sich vornüber und schob die Tür immer weiter zu. Erst im letzten Moment sauste die Drohne noch in den Raum, hochkant fliegend, um durch den Spalt zu passen!

Die Tür fiel ins Schloss und der Metallschrank krachte auf den Boden, sodass er sie blockierte.

»Bitte sag mir, dass das hier keine Sackgasse ist«, stieß Godfrey keuchend hervor.

»Komm mit«, sagte Athena.

Sie führte ihn durch den angrenzenden Raum, der wie ein Büro aussah, um eine Ecke herum und durch eine zweite Tür. Jetzt standen sie in einem Flur.

»Gute Arbeit«, sagte Godfrey anerkennend.

»Weißt du, wo wir sind?«, fragte Athena.

»Keine Ahnung. Aber hier sind wir jedenfalls sicherer als da drin.«

Das Krachen von splitterndem Holz ertönte.

Athena verzog das Gesicht. »Hättest du das bloß nicht gesagt!«

Athena übernahm die Führung und rannte mit pumpenden Armen den Gang entlang, sodass ihre Handylampe Zickzacklinien auf Boden und Wände malte. Von hinten ertönte neuerliches Krachen. So massiv die Tür auch war, über kurz oder lang würde sie nachgeben, das war klar.

Dann blieb Athena plötzlich stehen. Godfrey wäre ihr fast in die Hacken gefahren.

»Hey!«, rief er.

Sie standen am Fuß einer Treppe, die ins nächste Stockwerk hinaufführte. Rechts von ihr ging der Gang einfach geradeaus weiter.

»Warum bleibst du stehen?«, fragte Godfrey.

»Ich glaube, wir sollten uns trennen«, stieß Athena atemlos hervor.

»Im Ernst? Das halte ich für keine gute Idee!«

»Du fährst mit Tesla weiter den Gang entlang. Und ich nehme hier die Treppe nach oben und sorge dafür, dass der Bluthund mir folgt.«

»Athena ...«

»Los, Tesla! Du leuchtest ihm den Weg!«

Die Drohne piepte einmal kurz und flog auch schon los, den Gang entlang. Godfrey zögerte.

»Nun fahr schon«, sagte Athena drängend.

Nach einem letzten zweifelnden Blick fuhr er Tesla schließlich hinterher.

Athena trat gerade auf die unterste Stufe, als neuerliches Krachen ertönte, noch lauter als das erste. Entsetzt fuhr sie herum. Hatte der Bluthund die Tür etwa schon aufgebrochen?

Hatte er nicht, aber durch die abrupte Bewegung rutschte Athena von der Stufe ab und fiel nach vorn. Sie konnte sich gerade noch mit einer Hand abstützen, merkte aber zu spät, dass die Stufen voller Glasscherben lagen.

»Aua!« Sie musterte ihre Handfläche. Aus zwei kleinen Schnittwunden quoll Blut hervor.

Blut! Und ein *Blut*-Hund! Sie legte die verletzte Hand ans Geländer, um ein bisschen Blut darauf zu hinterlassen.

So kann ich sicher sein, dass er mir folgt, dachte sie und lief dann die Treppe hinauf.

Auf dem Absatz fasste sie nochmals mit der blutigen Hand ans Geländer und nahm dann die letzten Stufen nach oben. Dort erwartete sie ein breiter Durchgang, darüber ein verblasstes Schild:

TURNHALLE

In der Halle war es ziemlich dunkel, aber Athena wagte nicht, die Handylampe einzuschalten. Langsam tastete sie sich voran. Der Raum war voll dunkler Schatten in den verschiedensten Formen und Größen, die sie meist erst erkannte, wenn sie direkt davorstand. Sie ging um einen Mattenwagen herum, duckte sich unter einer Reckstange hindurch, wich einer Hantel-Pyramide aus und stieß sich beinahe den Kopf an einem Regal, in dem ein gutes Dutzend schwerer Medizinbälle lagen.

Das andere Ende des Raums war etwas besser erleuchtet, dafür aber eine Sackgasse. Der Eingang war also zugleich auch der Ausgang. Athena lief zu einem der Fenster und betätigte den Griff. Es war nicht verriegelt! Sie stieß es auf und steckte den Kopf in den Regen hinaus.

Das Meer war so weit unter ihr, dass seine schwarze, wellige Oberfläche kaum zu erkennen war. Sie schaute den Rumpf entlang Richtung Bug und hatte für einen Moment den Eindruck, als würde sich außen auf seiner rostigen Haut irgendetwas bewegen, doch gleich darauf war nichts mehr zu sehen. Dann wurde ihr Blick von einem Lichtstrahl angezogen, der schräg unter ihr in die Dunkelheit drang – anscheinend stand dort ein Fenster offen!

Wieder ertönte das Krachen von splitterndem Holz, gefolgt von triumphierendem Geheul, und Athena zog hastig den Kopf zurück. Der Bluthund hatte wohl endgültig die Tür aufgebrochen. Jeden Moment würde er ihre Spur aufnehmen. Sie musste aus dieser Halle verschwinden, und zwar pronto.

Doch dafür brauchte sie ein Seil.

Lautlos schlich sich der Bluthund in die dunkle Turnhalle, hier und da an den Geräten schnuppernd.

Rankommen lassen, dachte Athena in ihrem Versteck hinter dem Mattenwagen. Das Tier bewegte sich nur langsam, offensichtlich irritiert von all den verstaubten Hindernissen.

Noch ein bisschen …

Der Bluthund zuckte zurück und nieste, das Nackenfell gesträubt. Eine Staubwolke stieg auf, und er nieste ein zweites Mal.

Jetzt!

Mit aller Kraft schleuderte Athena einen Medizinball gegen die gegenüberliegende Wand. Der Ball prallte ab und der Bluthund fuhr knurrend herum. Seine Raubtieraugen schossen in alle Richtungen und er hob witternd die Nase.

Athena schob eine Metallstange hinter das Regal mit den Medizinbällen, ließ es nach vorne kippen und begrub den Bluthund unter den restlichen elf Lederbällen. Geifernd ging er in die Knie und schnappte nach den Bällen.

Jetzt, solange er beschäftigt ist!

Das eine Ende des Seils um den Arm gewickelt, kletterte Athena durch das offene Fenster und ließ sich fallen. Das Seil straffte sich und sie rumste hart gegen den Rumpf der *Prometheus*. Die eisige Luft traf sie wie ein Schlag und der Regen stach ihr ins Gesicht wie tausend kleine Nadelstiche.

Nicht nach unten sehen, nicht nach unten sehen.

Sie sah nach unten.

Nein. Nein, nein, nein.

Zwanzig Meter unter ihr wogte die See, eine wirbelnde schwarze Masse. Athena drehte sich der Magen um.

Irgendwas sagt mir, dass das hier nicht den Sicherheitsbestimmungen dieser Schule entspricht. Ich hab nicht mal meine orangefarbene Schärpe um.

Das Schiff neigte sich zur Seite und einen schwindelerregenden Moment lang hing sie über dem Abgrund, mehrere Meter vom Rumpf entfernt, nichts als das brausende Wasser unter sich, nur um dann mit der Gegenbewegung wieder gegen die Metallwand geschleudert zu werden.

Wo ist denn nun dieses offene Fenster, das ich vorhin gesehen habe?

Das Seil drehte sich die ganze Zeit und Athena hatte Mühe, sich zu orientieren.

Eben war es doch noch da!

Und dann sah sie es, ungefähr drei Meter weiter achtern, etwas über Augenhöhe. Mit ein bisschen Schwung müsste sie es erreichen.

Ist doch ganz leicht. Babyleicht. Überhaupt nicht gefährlich.

Doch bevor sie loslegen konnte, wurde sie plötzlich nach oben gerissen. Und ebenso abrupt wieder fallen gelassen. Fast wäre sie von dem nassen Seil abgerutscht.

Sie schaute nach oben und sah den Bluthund. Sein massiger Körper passte zwar nicht durch das Fenster, aber er konnte das Seil durchnagen.

Und genau das tat er gerade.

Jetzt oder nie, Athena.

Sie zog die Knie an. Beim ersten Mal rutschten ihre Schuhe auf dem nassen Schiffsrumpf weg, fanden dann aber Halt. Sie stemmte die Füße gegen den Rumpf und lehnte sich so weit nach draußen, bis sie fast waagerecht stand. Sie machte ein paar Schritte, stieß sich ab – und landete knapp vor dem offenen Fenster. Sie lief zurück und holte nochmals Schwung – immer noch zu kurz!

Das Seil machte *zong*, als der Bluthund den ersten Strang durchtrennte.

Athena nahm ein letztes Mal Anlauf, eine Hand nach dem Fenster ausgestreckt. Sie bekam den Rahmen zu packen, ließ das Seil los und griff auch mit der anderen Hand zu.

Der Bluthund stieß ein lautes Heulen aus.

Ohne ihn zu beachten, kletterte Athena durch die Öffnung und landete keuchend auf dem Boden. Die nasse Kleidung klebte ihr am Leib. Sie erschauerte.

Ich muss schnell wieder warm werden.

Sie schaute sich um und stellte fest, dass sie sich in einem hell erleuchteten Arbeitszimmer befand. Kein Vergleich zu den üblichen Kabinen auf der *Prometheus*. Hier hatte jemand mehrere Bücherregale, Schränke und einen antiken Schreibtisch hineingestopft. Ein Feuer prasselte in dem kleinen Kamin in der Ecke. Der Tisch war mit Schriftstücken übersät. Zahllose handbeschriebene Seiten.

Über Peter Damacys Vivisektion im 19. Jahrhundert. Ein Aufsatz. Das waren alles Schüleraufsätze. Sie musste im Büro eines Schöpfers gelandet sein. Und das fröhlich prasselnde Feuer konnte nur bedeuten, dass dieser Schöpfer jeden Moment zurückkommen würde. Bei dem Gedanken lief es ihr eiskalt den Rücken hinunter.

Und dann hörte sie auch schon, wie sich draußen auf dem Gang schwere Schritte näherten.

BODENKLAPPEN UND KNOCHEN-SÄGEN

Majorin Stein erschrak, als sie das offene Fenster in ihrem Büro entdeckte. Regen wehte bis zu ihrem Schreibtisch. Fluchend lief sie zum Fenster, um es zu schließen. Doch der Riegel funktionierte nicht.

Der hat doch noch nie geklemmt.

Sie musterte ihn genauer und sah, dass das Fenster aufgebrochen worden war. Von außen.

Wie ist das möglich?

Sie ließ den Blick durch die Kabine schweifen. Hier konnte sich niemand verstecken. Außerdem war die Vorstellung, jemand würde nachts, zwanzig Meter über dem Meeresspiegel und mitten in einem Sturm ein Kabinenfenster aufbrechen, einfach zu absurd.

Sie klemmte ein Buch unter den Griff des Fensters, um es zu fixieren, sammelte die Schüleraufsätze ein und legte sie zum Trocknen auf den Kaminsims.

Ein Schauer überlief sie. *Der Safe!*

Sie hastete zu einem Schränkchen in der Ecke und riss die Tür auf. Drinnen stand ein klobiger, eisengrauer Safe. Verschlossen.

Und das Blinklicht neben dem Tastenfeld war noch blau. Die Majorin seufzte erleichtert auf.

Offenbar litt sie schon unter Verfolgungswahn. Sie hatte den Bluthund an Deck geholt, damit er während der Übergabe das *andere* Schiff im Auge behielt. Dass jemand von der *Prometheus* sie bespitzeln könnte, hatte sie nicht erwartet. Sie schaute auf die Uhr. Es wurde langsam Zeit, den Bluthund zurückzurufen. Sie zog eine Schublade auf und nahm eine Hundepfeife heraus. Hätte er seine Beute erwischt, hätte er sie längst schon zu ihr gebracht. Wer auch immer ihre nächtlichen Aktivitäten beobachtet hatte, musste ihm entkommen sein.

Aus dem Augenwinkel nahm sie ein Glitzern wahr.

Sie trat einen Schritt zurück und legte den Kopf schief. Nasse Fußabdrücke schimmerten im Schein des Feuers. Die Spur führte von ihrem Tisch bis zur Tür.

Majorin Stein griff nach ihrer Taschenlampe, knipste sie an und folgte der Spur nach draußen. Energisch zog sie die Tür hinter sich zu.

In der Enge des Kleiderschranks holte Athena tief Luft. Sie wartete noch einen Moment, um sicherzugehen, dass Majorin Stein nicht zurückkam. Mit angehaltenem Atem hatte sie die Schöpferin durch den Türspalt beobachtet und jeden Moment damit gerechnet, entdeckt zu werden.

Eine Minute verging. Athenas Herzschlag beruhigte sich, die Anspannung wich aus ihren Schultern. Mit der Ruhe kehrte aber auch die Frage zurück, die sie schon beschäftigte, seit sie in diese Kabine geklettert war: Warum hatte das Fenster überhaupt offen gestanden? War schon vor ihr jemand eingestiegen und hatte im Büro der Majorin herumgeschnüffelt? Die dunkle Gestalt auf dem Glasdach kam ihr in den Sinn, und es lief ihr kalt den Rücken hinunter.

Rasch schob sie den Gedanken beiseite. Höchste Zeit, von hier zu verschwinden.

Aber erst musste sie noch wissen, wie es Godfrey ging.

Sie zog ihr Handy aus der Tasche. Drei verpasste Anrufe von ihrer Mutter! Sie sollte sie wirklich mal zurückrufen – natürlich erst, sobald sie nicht mehr in diesem Kleiderschrank saß, in einer Kabine, in die sie unerlaubt eingedrungen war.

Keine Signalbalken. Schon wieder. Die verpassten Anrufe mussten eingegangen sein, als ihr Handy zwischendurch kurz mal Empfang hatte.

Sie wollte gerade die Schranktür aufdrücken, als das Licht ihres Handys etwas zwischen ihren Füßen aufblitzen ließ. Athena ging in die Hocke und richtete die Lampe auf den Schrankboden.

War das ein Scharnier?

Sie rutschte etwas zur Seite und hörte, wie die Kleiderbügel oben auf der Stange klackerten und quietschten.

Eindeutig ein Scharnier. In den Schrankboden war eine Klappe eingebaut. Und die hatte auch einen Griff.

Athena überlegte, ob sie für heute lieber Schluss machen sollte. Aus dem Büro verschwinden, bevor die Majorin zurückkam, und ins warme Bett zurückkriechen ...

Ach komm, das glaubst du doch selbst nicht!

Godfrey rollte langsam durch den unbekannten Flur. An den muschelförmigen Wandlampen erkannte er, dass er sich im ungenutzten Erste-Klasse-Bereich des Schiffs befand. Hinter einer offen stehenden Tür sah er angeschimmelte Matratzen und einen fleckigen Spiegel in Fächerform.

Er kontrollierte sein Handy. Athena hatte immer noch nicht geantwortet. Seit sie vorgeschlagen hatte, sich zu trennen, hatte Godfrey den Bluthund weder gesehen noch gehört. Was entweder bedeutete, dass er immer noch in der Schwimmhalle eingesperrt war, oder dass es Athena gelungen war, ihn auf ihre Fährte zu locken. Bei der Vorstellung, ihr könnte etwas zugestoßen sein – und das nur, weil sie die Bestie von ihm hatte ablenken wollen –, wurde Godfrey ganz schlecht.

Das Geräusch von Stimmen riss ihn aus seinen Gedanken.

Er rollte zur nächsten Kabinentür. Unverschlossen! Rückwärtsfahrend schob er sie auf, lehnte sie dann aber nur an und legte ein Auge an den Spalt.

Die Stimmen kamen immer näher, und schließlich konnte er auch die Worte verstehen.

»Die Kanadier bieten inzwischen deutlich weniger, aber die neuen Kunden aus Südamerika gleichen das zum Glück weitgehend aus.«

Sonore Stimme, überheblicher Tonfall. Eindeutig Monsieur Renaître.

»Freut mich zu hören. Das rettet uns hoffentlich über das nächste Jahr.«

War das Mx Hollybow?

»Aber nur haarscharf«, sagte Monsieur Renaître mit einem Seufzer. »Während die Majorin ständig von unserer noblen Aufgabe schwärmt, die Balance zwischen Leben und Tod wiederherzustellen, sind unsere Auftragsbücher in einem desolaten Zustand. Heutzutage ist es ja kaum noch möglich, im Verborgenen zu arbeiten. Das macht die Kunden nervös, was wiederum den Aufsichtsrat in Panik versetzt. Sonst hätte er den Wunsch der britischen Regierung, das Unmögliche Haus an einen anderen Ort zu verlegen, doch niemals auch nur in Erwägung gezogen, oder? Als könnten wir es mal eben auf einen Lastwagen verladen!«

»Wir haben schon ganz andere Zeiten durchgestanden, glaub mir, Guillaume.«

»Ich weiß, und ich habe allen Respekt vor eurer langjährigen Erfahrung. Aber angesichts von Satelliten und Rückverfolgung ist es inzwischen fast unmöglich, sich bedeckt zu halten«, sagte Monsieur Renaître.

Godfrey zog ängstlich den Kopf ein, als sie an seinem Versteck vorbeikamen.

»Kopf hoch«, sagte Mx Hollybow. »Ich hab neulich mit Tali gesprochen. Die Arbeiten an der *Atet* sind fast abgeschlossen. Soll ziemlich schnittig aussehen.«

»Alles sieht schnittig aus im Vergleich zu diesem rostigen Eimer.«

Im nächsten Moment waren ihre Stimmen wieder außer Hörweite. Godfrey schaute auf sein Handy: kein Empfang, war ja klar.

Er konnte nur hoffen, dass Athena dem Bluthund entkommen

war. Sie *musste* es einfach geschafft haben. Sie war clever und schnell. Bestimmt lag sie schon längst wieder im Bett. Oder?

Athena zog die Klappe im Schrankboden auf. Eine Leiter wurde sichtbar, die in der Dunkelheit verschwand. Athena tastete mit dem Fuß nach der ersten Sprosse. Da!

Vorsichtig stieg sie die Leiter hinunter, schloss die Klappe über sich und ließ den Kleiderschrank – und mit ihm das Büro von Majorin Stein – zurück. Sobald ihre Füße festen Boden berührten, holte sie ihr Handy wieder heraus. In seinem Licht entdeckte sie einen Gang, dessen eine Seite von Leitungsrohren, die andere von Stahlträgern gesäumt war. Anscheinend war sie im Rohrtunnel gelandet, der ganz unten im Kiel des Schiffes verlief. Hinter ihr befand sich eine Wand mit Reglern und Druckventilen, und so blieb ihr nur eine Richtung, und zwar nach vorne, zum Bug.

Ihre Schuhe platschten durch flache Wasserpfützen, die einen fauligen Schwefelgeruch verströmten.

Wie weit liegt der Kiel, bei einem Schiff dieser Größe, wohl unterhalb der Wasserlinie? Zehn, elf Meter? Könnte ich da überhaupt lange genug die Luft anhalten, um bis an die Oberfläche zu schwimmen?

Hastig schüttelte sie diesen Gedanken ab. Doch ihr Verstand trickste sie aus und überlegte stattdessen, wie viele Meter – oder eher: *Kilometer* – Wasser wohl jenseits des Metallbodens unter ihren Füßen liegen mochten.

Was mache ich eigentlich hier unten?

Sie begriff, dass ihr die Flucht vor dem Bluthund inzwischen nur noch als Vorwand diente, um das Schiff zu erkunden. Majorin Steins zwielichtige Aktivitäten hatten ihre Neugier noch zusätzlich angestachelt. Sie konnte jetzt nicht einfach aufgeben und ins Bett gehen. Auch wenn es eigentlich das Richtige gewesen wäre.

Während sie noch darüber nachdachte, war der Gang auf einmal zu Ende. Wieder stand sie vor einer Wand mit zahlreichen Reglern, Schaltern und Ventilen. Dieser Tunnel war zwar nur für Reparaturarbeiten vorgesehen, aber eine Sackgasse, in der Mitte des Schiffs? Das ergab doch keinen Sinn.

Ihr Handylicht durchdrang das Dunkel. *Da!* Links von ihr gab es eine von Rohren umrahmte Tür. Sie drückte die Klinke nach unten, und sie schwang mit einem rostigen Quietschen auf.

Athena betrat einen kleinen Raum. Ihre Lampe tanzte über eine Reihe von Metallschränken, eine Liege und einen Operationstisch. Neben der Tür entdeckte sie einen Lichtschalter. Ohne zu zögern, knipste sie ihn an.

Grelle Neonleuchten flackerten auf und enthüllten Vitrinen mit chirurgischem Werkzeug, große Anatomie-Schaubilder an den Wänden und verstaubte elektronische Gerätschaften auf einem Rollwagen.

Ein geheimes Labor.

Sie war in einem echten geheimen Labor.

Athena zog ein paar Schubladen auf und ließ die Finger über den Inhalt gleiten, bewunderte die Sammlung von Knochensägen, Messschiebern, Zangen und chirurgischen Klammern. Im Unterricht hatten sie bisher nur mit Kabeln und Batterien, Nadel und Faden gearbeitet. Lauter Dinge, die sie auch selbst zu Hause hatte. Was könnte sie nicht alles erreichen, wenn ihr ein solches

Labor zur Verfügung stünde! Sie betrachtete die Schaubilder an den Wänden, fotografierte sie mit dem Handy. Öffnete Schränke und fand dort alte Lehrbücher mit Titeln wie *Militärchirurgie*, *Fasciculus Medicinae* und *Amputationen*. Das war doch mal was Richtiges! Nicht dieser Anfängerkram aus dem Unterricht, sondern lauter Verfahren, die sie endlich auch mal durchführen wollte.

Dann, als hätte es nach ihr gerufen, fiel ihr Blick auf ein Buch ohne Titel auf dem Rücken. Sie zog es aus dem Regal, blätterte darin und fand Seiten um Seiten handschriftlicher Notizen und Skizzen. Ein Laborbuch! Ihre Hände zitterten vor Aufregung, während sie den Text überflog. Hier gab es also nicht nur einen voll ausgestatteten Arbeitsplatz, sondern auch das gesammelte Wissen der Person, die diesen Raum vermutlich genutzt hatte! Wenn das nicht hundertmal spannender war als die mageren Informationshäppchen, die die Schöpfer im Unterricht preisgaben.

Ihr Handy vibrierte. Irgendwie war eine Nachricht durchgekommen.

WIEDER ZURÜCK?, fragte Godfrey.

FAST, tippte sie geistesabwesend ein.

Sie schob das Handy in die Tasche ihrer Leggings zurück, während das ›Senden‹-Symbol immer noch kreiste. Bei diesem löchrigen Funknetz konnte sowieso niemand wissen, wann ihre Nachricht bei Godfrey eintreffen würde. Athena steckte das Notizbuch in die Jackentasche. Sie hatte überhaupt keine Lust, diesen wundervollen Raum zu verlassen, aber allmählich musste sie doch mal ins Bett. Sie nahm sich vor, so bald wie möglich wiederzukommen.

Das Labor hatte noch eine zweite Tür, die von innen verriegelt war. Rost rieselte zu Boden, als Athena den Riegel zurückschob.

Sie brauchte fast eine halbe Stunde, um aus den Tiefen des Schiffs zu den Schülerquartieren zurückzukehren, einige Stockwerke höher und ganz hinten am Heck. Als sie schließlich in ihre Kabine schlüpfte, war sie völlig erschöpft. Marceline schlief, und Athena schrieb nur noch kurz an Godfrey, dass sie zurück war, und kletterte dann ins Bett. Dort fand sie Erwin, auf der Decke zusammengerollt und so tiefenentspannt, wie nur Katzen es sein können.

»Das war ja klar, dass du jetzt hier liegst.« Athena schüttelte ungläubig den Kopf. Sie wickelte sich in die Decke, und gleich darauf war sie auch schon eingeschlafen.

TESLA UND DIE NILPFERD-GÖTTIN

Viel zu schnell war der nächste Morgen da. Mit verquollenen Augen ging Athena unter die Dusche, schlüpfte in eine Jeans und einen schlabbrigen Wollpullover und legte die Schulschärpe an. Das Knallorange biss sich mit dem Rest ihrer Sachen. Logischerweise. Knallorange biss sich mit allem. Eben weil es knallorange war.

Beim Frühstück saß Athena allein im Speisesaal und sah nur kurz auf, als Godfrey hereinkam. In stillem Einvernehmen senkten beide den Blick. Zurückhaltung war nicht gerade Godfreys Stärke, aber er war clever genug, die Ereignisse der vergangenen Nacht nicht an die große Glocke zu hängen. Er setzte sich an einen anderen Tisch.

Vormittags war wieder Unterricht bei Majorin Stein. Falls sie den Verdacht hatte, Godfrey und Athena könnten ihre nächtlichen Zeugen sein, ließ sie es sich jedenfalls nicht anmerken. Sie war wie immer, stramme Haltung und nüchterner Vortrag, und kündigte an, angesichts des aufgefüllten Froschvorrats würden sie heute das Thema Galvanismus abschließen.

Schon wieder Frösche? Athena behielt ihre Enttäuschung für sich. Zog den Kopf ein und machte sich an die Arbeit. Arrangierte sich geduldig mit ihrer Tischnachbarin, einem Mädchen mit kurzen blonden Haaren, dessen Namen Athena sofort wieder vergessen hatte.

Den toten Frosch zurechtlegen.

Die Elektroden befestigen.

Den Strom einschalten.

Zuschauen.

Wie.

Er.

Zuckt.

Ganz toll.

Gähnend versuchte sie, wenigstens einen Bruchteil der Begeisterung ihrer Laborpartnerin aufzubringen. Aber sie war mit den Gedanken woanders. Genau genommen in ihrer Kabine, wo sie das Notizbuch versteckt hatte, ganz unten in ihrem Koffer hinten im Schrank. Sie wollte es endlich lesen und herausfinden, welche Experimente früher in diesem Labor durchgeführt worden waren. Mit der *richtigen* Arbeit anfangen.

Endlich war der Vormittag vorbei. Alle strömten zum Essen in die Mensa. Diesmal setzte sich Godfrey zu Athena an den Tisch, stellte sein Tablett aber mit einer seltsam verstohlenen Geste bei ihr ab.

»Hey«, sagte er leise und blickte sich nach allen Seiten um.

»Hey.«

»Alles in Ordnung bei dir?«, fragte er.

»Ja. Nur müde.«

»Vielen Dank fürs, du weißt schon, Weglocken«, sagte er.

Der Bluthund kam ihr in den Sinn, mit seinem allzu menschlichen Blick.

»Keine Ursache«, antwortete sie und verdrängte das Bild.

»Es hat ja ewig gedauert, bis du wieder in deiner Kabine warst. Hast du dich verlaufen?«

»Ja, genau. Hab einen ziemlichen Umweg gemacht.«

Sie würde das Labor nicht erwähnen. Noch nicht. Erst wollte sie genauer wissen, womit sie es zu tun hatte.

»Was glaubst du, was in diesen Kisten war?«, fragte Godfrey.

»Pst!«, zischte sie und warf einen Blick in die Runde.

Niemand schenkte ihnen Beachtung, aber ihre Nerven lagen trotzdem blank.

»Keine Ahnung«, antwortete sie dann mit gedämpfter Stimme.

»Und der Bluthund hätte uns doch nicht wirklich was getan, oder?«

»Nicht so laut, verdammt noch mal!«, zischte sie wieder.

»Tut mir leid«, sagte er, »aber Geheimnisse sind für mich schon unter normalen Umständen stressig, und die Umstände gestern waren eindeutig *nicht* normal, sondern voll der Horror, und das bedeutet eine MENGE Stress für mich, und ich dachte, es hilft vielleicht, wenn ich drüber rede.«

Athena ließ die Gabel sinken, ziemlich erschlagen von seinem langen Satz. »Schon klar, Godfrey, aber ich hab leider auch keine Antwort auf all diese Fragen.«

Angstvoll starrte er sie an, und wrang die Hände.

»Ich meine, wir hätten natürlich jede Menge Ärger bekommen«, fuhr Athena fort. »Aber ich glaube kaum, dass die Majorin uns ernsthaft in Gefahr bringen würde.«

Trotz dieser Worte war Athena selbst nicht so ganz überzeugt. Was wusste sie schon von der Majorin? Sie hatte sich zu der Schöpferin hingezogen gefühlt, weil diese ihr etwas zugetraut hatte. Im Gegensatz zu ihren bisherigen Lehrern. Und im Gegensatz zu ihrer Mutter.

Meine Mutter! Die hab ich immer noch nicht angerufen!

Athena spürte einen Anflug von schlechtem Gewissen. *Später.* Sobald sie nicht mehr tausend andere Dinge im Kopf hatte, würde sie ihre Mutter anrufen. Ganz bestimmt.

Sie dachte an die letzte Nacht zurück, als sie Godfrey bei der Arbeit an seinem Hexapod überrascht hatte. Und wie Tesla, um Godfrey zu schützen, sogar bereit gewesen war, Athena einen Stromschlag zu verpassen.

»Godfrey«, sagte sie.

»Ja?«

»Warst du … ich meine … warst du in der Nacht, als Murdoch überfallen wurde, auch nicht in deiner Kabine?«

»Was? Nein.« Er musterte sie entsetzt. »Neeeein. Du hast mich doch wohl nicht ernsthaft im Verdacht? *Wieso hältst du mich für den Täter?*«

»Godfrey …«

»Du kannst mich doch nicht einfach so beschuldigen, Athena!«, rief er, seine Stimme jetzt eine Oktave höher.

»Beruhige dich, Godfrey.«

»Ja, schon gut, tut mir leid.« Er holte tief Luft.

»Ich fand nur, dass Tesla ziemlich schnell mit diesem Elektroschocker dabei ist«, erklärte Athena.

»Ach so. Ja, stimmt.«

»Muss eine ganz schön hohe Spannung gewesen sein, um den Du-weißt-schon so lange aufzuhalten.«

»Ich verstehe, worauf du hinauswillst.«

Um Murdoch mit reiner Körperkraft zu überwältigen, musste man ziemlich stark sein, dachte Athena. *Aber mit einem Stromschlag …?*

»Meinst du, Tesla könnte einen Roboter lahmlegen? So einen wie Murdoch?«

»Nein.« Godfrey schüttelte den Kopf, runzelte dann aber die Stirn. »Jedenfalls … ich meine … keine Ahnung.«

»Weißt du vielleicht etwas genauer, wie und worauf Tesla programmiert ist?«

»Nein. Doktor Singh rüstet die Drohnen ständig auf. Oder manchmal auch ab, wenn sie zu aufmüpfig werden. Wenn du willst, kann ich ihn mal fragen.«

»Nein, lieber nicht«, sagte Athena. »Ich dachte nur …«

»Was dachtest du?«

»Ob vielleicht irgendjemand mit Tesla unterwegs war, in der Nacht, als Murdoch überfallen wurde.«

»Wir haben doch gleich bei Doktor Singh, dann können wir ihn ja fragen …«

»Ich mach das schon«, fiel Athena ihm ins Wort.

Sie wollte auf keinen Fall Aufmerksamkeit erregen, und für diskrete Nachforschungen war Godfrey einfach nicht der Richtige. Sie würde Doktor Singh selbst nach Tesla fragen.

Wie Athena bald entdeckte, hatte man in den Stunden bei Doktor Singh ständig das Gefühl, mit schlechter Internetverbindung ein Video zu streamen. Schon während der ersten fünf Minuten war er mehrfach ins Stocken geraten, hatte noch mal von vorn angefangen, das Thema gewechselt und die Fragestellung umformuliert. Und einmal sogar vor Überraschung aufgeschrien, als er entdeckte, dass er nicht allein im Raum war.

»Der Trick ist, den Stift erst nach zehn Minuten überhaupt rauszuholen«, raunte ihr jemand ins Ohr, und als sie aufsah, nickte Radul ihr vielsagend zu.

Athena überflog ihre Notizen und fand nur durchgestrichene Wörter und unvollendete Sätze. »Ah, okay«, sagte sie und legte ihren Stift beseite.

»Ich hab eine Theorie, warum Doktor Singh immer so durcheinander ist, als wüsste er nicht mal, welcher Tag heute ist«, flüsterte Radul.

Athena hob eine Augenbraue.

»Er hat eine Zeitmaschine gebaut und dabei ist irgendwas schiefgegangen. Sie ist explodiert, und er wurde von der Druckwelle erfasst. Seitdem ist er überall gleichzeitig, in der Gegenwart, der Vergangenheit und der Zukunft. Quasi *zwischen* den Zeiten.«

»Hmm«, machte Athena, weil ihr nichts Besseres einfiel.

Es folgte eine lange Pause. *Das meint er nicht ernst, oder?*, dachte Athena. *Andererseits …*

»Nur 'n Scherz«, sagte er und lächelte.

»Klar, weiß ich doch«, erwiderte sie schnell.

Radul wandte sich wieder ab, und Athena schielte auf sein Heft hinüber. Die ganze Seite war mit Tieren vollgezeichnet, die …

irgendwie komisch aussahen. War das etwa ein Hund mit Fühlern? So was gab es doch gar nicht, oder? Jetzt würde sie erst recht nicht mehr zulassen, dass er Erwin in die Finger bekam.

Nachdem Athena sich ein bisschen entspannt hatte – und Doktor Singh endlich darauf verfiel, sich an sein Lehrbuch zu halten –, war der Unterricht eigentlich ziemlich gut. Zum ersten Mal hatte Athena das Gefühl, wirklich etwas Neues zu lernen. Von Robotern hatte sie nur wenig Ahnung, und Doktor Singh schien – bei aller Zerstreutheit – ein Meister seines Fachs zu sein.

Das Einzige, was noch mehr nervte als Doktor Singhs chaotische Art, war Godfreys Begeisterung. Robotertechnik war ganz offensichtlich sein Lieblingsfach. Ständig meldete er sich, um Fragen zu stellen oder selbst welche zu beantworten, und es schien ihn auch nicht im Geringsten zu stören, dass seine Lösungen ebenso oft falsch wie richtig waren. Er nickte dann nur und machte sich eifrig Notizen.

Während alle über ihre Hefte gebeugt waren, um einige Gleichungen zu lösen, schlenderte Doktor Singh durch die Reihen. Als er an Athena vorbeikam, sprach sie ihn leise an.

»Entschuldigen Sie, Doktor Singh, aber stimmt es, dass Sie Tesla manchmal auch an Schüler verleihen?«

»Natürlich. Es ist gut, wenn alle mal Gelegenheit haben, mit einer Drohne zu arbeiten.«

»Also muss ich einfach nur nachfragen, wenn ich sie mal ausleihen möchte, oder …?«

»Es gibt einen Terminkalender, in den man sich eintragen kann. Soll ich den gleich mal holen?«

»Ja, bitte.«

Er brauchte dazu fast fünf Minuten, weil er sein Vorhaben auf dem Weg zum Pult schon wieder vergessen hatte und auch auf dem Rückweg mehrmals abgelenkt wurde. Doch schließlich legte er ein abgegriffenes Büchlein voller Daten und Namen vor sie hin.

»Die nächste Woche ist schon voll, aber schau einfach mal, wo als Nächstes was frei ist.«

»Danke.« Athena lächelte. »Kann Tesla eigentlich auch Aufzeichnungen machen?«

Eine Drohne mit dieser Technik wäre von unschätzbarem Wert für ihre Nachforschungen.

»Tesla? Nein. Früher schon, aber Edison hatte die lästige Angewohnheit, alle Aufnahmen von Tesla auf seine Festplatte zu kopieren und dann als seine eigenen auszugeben. Deshalb habe ich das Modul wieder ausgebaut, zumal dann mehr Platz für andere Hardware bleibt.«

Athena blätterte wahllos ein paar Seiten durch, in der Hoffnung, dass Doktor Singh nicht die ganze Zeit neben ihr stehen bleiben würde. Tatsächlich hob gleich darauf eine Schülerin die Hand, und er ging zu ihr hinüber.

Schnell schlug Athena das Datum auf, an dem Murdoch überfallen worden war, und fand … eine Lücke.

Ausgerechnet am Abend dieses Tages sollte Tesla von niemandem gebucht worden sein? Während vorher und nachher jeder freie Termin belegt war? Das war doch wohl ziemlich seltsam, oder?

Und dann sah sie es. Schwache Abriebspuren auf dem Papier. Der Eintrag war ausradiert worden! Irgendwer wollte geheim halten, dass er oder sie in der Nacht des Überfalls mit Tesla unterwegs gewesen war.

An diesem Abend schlang Athena ihr Essen in Rekordzeit hinunter und war schon nach zehn Minuten wieder in ihrer Kabine.

Sie machte es sich auf ihrem Bett bequem und schlug das Notizbuch aus dem Geheimlabor an irgendeiner zufälligen Stelle auf.

8. Februar 1935

Den Kanopenkrug zu finden, war der einfachste Teil der Unternehmung. Viel schwieriger hingegen war es, die Rote Pyramide wieder lebend zu verlassen. So nahe bin ich dem Tod noch nie gewesen.

Der Krug stand letztlich genau dort, wo die Seherin gesagt hatte. Allerdings hatte sie einige wichtige Details ausgelassen. So brachten wir Stunden damit zu, die Granitblöcke der Roten Pyramide nach den verräterischen Spalten eines zugemauerten Tunnels abzusuchen. Adom und ich machten uns mit Vorschlaghämmern daran, einen Durchgang in die Mauer zu schlagen.

Doch kaum waren wir ein paar Dutzend Schritte in die Pyramide vorgedrungen, tauchte auch schon das nächste Hindernis auf: Irgendwann während der letzten Jahrtausende war die Tunneldecke eingebrochen und blockierte mit ihren Trümmern den Gang. Zu viert machten wir uns an die Arbeit, kamen aber nur langsam voran. Adom und ich hackten im Schein unserer Lampen die größeren Steinbrocken klein, und Theoris und Latif schafften sie dann nach draußen. Steinstaub stieg in dichten Wolken auf und erschwerte uns das Atmen.

Als wir endlich weitergehen konnten, verengte sich der Tunnel immer mehr, bis wir am Ende nur noch wie Schlangen auf dem Bauch weiterkriechen konnten. Während die Steine von allen Seiten immer näher rückten, wurde mir voller Entsetzen klar, dass wir in dieser Enge nicht einmal mehr umkehren konnten! Was, wenn der Tunnel wieder irgendwo einbrach? Mein Herz fing an zu rasen, meine Hände zitterten und mein Atem kam nur noch stoßweise. Aber ich kroch trotzdem weiter.

Gerade als ich dachte, ich würde endgültig stecken bleiben, weitete sich der Gang zu einer kleinen Kammer. Meine drei Assistenten folgten mir mit ihren Lampen, und wir untersuchten den Raum. Er war bis unter die Decke vollgestopft mit Statuetten, Prunkwaffen und Juwelen. Doch all diese glitzernden Reichtümer interessierten mich nicht.

Ein Aufschrei von Adom rief mich zu einem Regal, das in die gegenüberliegende Wand eingelassen war. Dort standen vier Kalkstein-Krüge aufgereiht, jeder mit einem hölzernen Verschluss in der Form eines Götterkopfs. Der erste stellte Hapi dar, den Gott mit dem Affenkopf. Der zweite Duamutef, mit dem Kopf eines Schakals. Der dritte war Amset, der Gott mit dem Menschenkopf, und der vierte hatte den Kopf eines Falken: Kebechsenuef.

Alle vier waren ein Vermögen wert. Doch auch sie waren nicht das, wonach ich suchte.

Vorsichtig hob ich die Gefäße eines nach dem anderen auf den Boden, um dann die Wand hinter dem Regal abzutasten. Erst fanden meine Finger nur Stein, doch dann, da! – entdeckte ich eine weiche Stelle: ein Stück Leinentuch, das in Farbe und Textur exakt der Steinwand glich.

Aus dem dahinterliegenden Geheimfach zog ich ein fünftes Gefäß. Es war einzigartig: Taweret mit dem Nilpferdkopf, die Göttin der Frucht-

barkeit. Das war der Gegenstand, den der Sammler um jeden Preis haben wollte!

Das Öl in unseren Lampen ging allmählich zur Neige. Höchste Zeit umzukehren. Ich schickte meine Assistenten voraus, um sicherzugehen, dass keiner von ihnen heimlich etwas einsteckte. Auch wenn ich nicht an den Fluch der Pharaonen glaube, wollte ich das Schicksal nicht unnötig herausfordern. Wir hatten gefunden, weshalb wir gekommen waren.

Der Rückweg durch den engen Tunnel dauerte nur halb so lang wie der Hinweg. Berauscht von unserem Erfolg und erpicht darauf, in die kühle Nachtluft zurückzukehren, ließen wir jedoch auf dem letzten Stück, als man wieder aufrecht gehen konnte, nicht mehr die nötige Vorsicht walten. Und so löste Theoris versehentlich einen im Boden versteckten Mechanismus aus – eine Art altertümlicher Tretmine.

Ein riesiger Steinblock krachte hinter uns zu Boden, gefolgt von einem zweiten und dritten Block. Jeder von ihnen mit gut einem Quadratmeter Grundfläche und mindestens zwei Tonnen schwer. Dumpf prallten sie dicht hinter uns auf und ließen die Erde erbeben. Ich rannte los, im schwachen Licht unserer Lampen, und versuchte, Adoms Schreie zu ignorieren, die dann abrupt verstummten. Bei jedem Schritt hörte ich weitere Blöcke hinter mir herunterdonnern, dicht an dicht und immer schneller und schneller. Nur ein einziges Zaudern oder Stolpern und sie hätten mich zermalmt.

Ich konnte gerade noch ins Freie taumeln, bevor ein letzter Quader hinter mir herabsauste und den nur mannsbreiten Eingang versperrte. Theoris war auch schon draußen. Vornübergebeugt stand sie da und rang nach Luft. Von drinnen hörten wir Latifs erstickte Schreie und unsere Blicke begegneten sich …

Ich musterte den Eingang, aber es gab keine Hoffnung, den gewaltigen Steinblock beiseitezuschieben. Lange standen Theoris und ich unter dem Wüstenhimmel, der sich langsam von schwarz zu blau verfärbte, während die Schreie immer leiser wurden. Wir sprachen kein Wort, aber auch so wusste ich, dass wir beide hofften, das herzzerreißende Klagen würde bald ein Ende nehmen.

Die Morgensonne stieg schon hinter den Dünen auf, als wir endlich aufbrachen. Bald würde die unerbittliche Wüstenhitze einsetzen. Wir schleppten uns den Pfad entlang, der von der Pyramide zur Hauptstraße führt. Es war schon Mittag, als es uns schließlich gelang, einen vorbeikommenden Wagen anzuhalten, der uns zum Hafen von Gizeh mitnahm. Doch während der ganzen Zeit hatte ich immer noch Latifs verzweifelte Schreie im Ohr. Mein einziger Trost war der Krug, der sicher verstaut in meiner Tasche lag. Sobald der Handel mit dem Sammler abgeschlossen ist, werde ich endlich erhalten, was ich zur Vollendung meiner Schöpfung brauche.

Atemlos war Athena der Erzählung gefolgt. Als der Forscher die Enge des Tunnels beschrieb, war ihr selber vor Platzangst fast schlecht geworden. Sie wollte sich lieber nicht vorstellen, wie es sich anfühlte, unter all diesem Stein gefangen zu sein. Sie holte tief Luft und ein Blick aus dem Kabinenfenster zeigte ihr, dass es draußen schon fast dunkel geworden war. Erwin schnurrte auf ihrem Schoß und ahnte nichts von all den uralten Gefahren, die in den Tiefen der Pyramiden lauerten.

Athena blätterte weiter, neugierig auf den Fortgang der Ereignisse.

2. Mai 1935

Kapitän Marlin hat mir freundlicherweise erlaubt, diesen Raum auf dem Schiff zu nutzen, unter der Bedingung, dass ich meine Arbeit geheim halte. Ich hätte am liebsten laut gelacht – natürlich würde meine Arbeit geheim bleiben! –, wollte ihn aber nicht kränken. Seit meine Abteilung aufgelöst wurde, wandere ich ziellos von Museum zu Museum, von Heiligtum zu Heiligtum. Wenn ich die Kunst der Reanimation noch meistern will, muss ich bald damit anfangen.

Die Kunst der Reanimation! Genau ihr Thema! Und von welcher Schöpfung hatte der Schreiber da vorhin gesprochen? Athena überschlug wieder einige Seiten.

12. Juli 1935

Letzte Nacht wäre fast eine Katastrophe passiert! Die Kreatur ist ausgebrochen und auf dem Schiff Amok gelaufen. Glücklicherweise konnte ich sie in der Kombüse wieder einfangen. Nur der stellvertretende Küchenchef hat ein paar Spritzer heißes Öl abbekommen und ein paar Verbrennungen davongetragen. Gott sei Dank konnte ich die Bestie davon abhalten, in den Speisesaal zu stürmen. Der Käpt'n hätte es mir wohl kaum verziehen, wenn sie reihenweise Erste-Klasse-Passagiere verspeist hätte.

Zu weit. Athena blätterte wieder etwas zurück.

Mein Geschöpf ist in seiner Hässlichkeit so schön, wie ich es nie für möglich gehalten hätte. Das fleckige Grün und Blau seiner Haut erinnert an die Farbe von Phytoplankton, wenn es im Mondlicht leuchtet. Seine

Muskeln sind geschmeidig und doch hart wie Stein, seine Augen von einem strahlenden Blau, nur das dritte, etwas größere Auge auf der Stirn ist gelb. Wenn es mich mit seinem bernsteinfarbenen Blick fixiert, ist das, als ob ...

»Du bist ja schnell aus der Mensa verschwunden.«

Athena schrie auf und schob hastig das Notizbuch unter ihr Kissen.

Marceline stand unten vor dem Etagenbett.

»Hey«, sagte Athena und versuchte, möglichst beiläufig zu klingen.

»Selber hey. Stör ich?«

Ihrem Tonfall nach zu urteilen, hätte sie wohl ganz gerne gestört. Andererseits war das bei Marceline immer schwer zu sagen.

»Nein, nein, ich hab bloß ... für die Schule gelernt.«

»Aha.«

Es war offensichtlich, dass sie Athena nicht glaubte. Sekunden vergingen, die sich wie Stunden anfühlten, während beide sich schweigend musterten.

Erwin sprang vom Bett und strich Marceline um die Beine. Ihre Züge wurden weicher, fast schon die Andeutung eines Lächelns. Athena hatte Marceline erst ein Mal glücklich erlebt, und das war bei der Froschjagd im strömenden Regen gewesen.

»Er scheint mich zu mögen«, sagte das Mädchen. »Beim Aufwachen hab ich ihn schon ein paar Mal auf meinem Bett gefunden. Aber keine Angst, ich nehm ihn dir nicht weg.«

Beschämt dachte Athena, dass sie tatsächlich ein bisschen eifersüchtig auf Marceline gewesen war. Ziemlich kindisch.

Marceline kauerte sich hin, um den Kater zu streicheln.

»Ist doch schön, dass ihr euch versteht«, sagte Athena und merkte dabei, dass sie es wirklich so meinte. »Ich geh dann mal ins Bett.«

»Alles klar.«

Marceline kicherte, als Erwin eine Rauferei mit ihrem Schuh anfing. Während sie abgelenkt war, schob Athena schnell die Hand unter ihr Kissen, doch gerade, als sie das Laborbuch hervorziehen wollte, sah Marceline wieder zu ihr hoch. Athena erstarrte, den Arm ziemlich unbequem abgewinkelt.

»Eine Sache noch«, sagte Marceline.

»Ja?« Athena legte den Kopf schief und versuchte so zu tun, als wäre ihre Hand nur ganz zufällig unter dem Kissen gelandet.

»Danke, dass du in der Replantations-Stunde für zwei gearbeitet hast«, sagte Marceline und zupfte verlegen an ihrem Pullover. Sie hatte Daumenlöcher in die Ärmel gebohrt, sodass nur noch ihre Fingerspitzen aus den Bündchen hervorschauten. »Als Laborpartnerin war ich ja ein Totalausfall, und die Stein hat dich ganz schön zur Schnecke gemacht.«

»Oh.« Damit hatte Athena nicht gerechnet. »Schon gut. Ich hätte ein bisschen mehr Geduld haben sollen.«

Marceline lächelte für einen winzigen Moment, bevor sie sich wieder Erwin zuwandte.

Unauffällig ließ Athena das Notizbuch unter ihrem Pulli verschwinden, kletterte dann die Leiter hinunter und griff nach ihrem Waschzeug. Als sie die Tür hinter sich zuzog, neckte Marceline den Kater gerade mit ihrem Schnürsenkel.

Im Waschraum kontrollierte Athena, ob die Luft rein war, und zog dann das Buch unter dem Pullover hervor. Sie blätterte zu der Seite zurück, auf der sie unterbrochen worden war. Und da standen sie: Formeln, Gleichungen, Voltzahlen und Maße. Das war doch wohl Lichtjahre von toten Fröschen und wahllos zusammengeflickten Körperteilen entfernt! Hier gab es alles, was sie sich wünschte. Sie brauchte nur einen Raum und ein bisschen freie Zeit.

Und so fasste Athena beim Zähneputzen – mit ihrem Spiegelbild als Zeuge – einen folgenschweren Entschluss. Tagsüber war sie mit der Schule beschäftigt, aber nachts konnte sie tun und lassen, was sie wollte. Sie würde das geheime Labor und die Daten aus diesem Buch dazu nutzen, ihr eigenes Monster zum Leben zu erwecken!

IRRLICHT

Zwei Wochen später stand Athena mit dem Rest der Klasse, alle mit orangefarbenen Schärpen angetan, auf einem großen Podest, das ziemlich weit vorne auf dem Sonnendeck aufragte. Sie zitterte im scharfen Wind, das Gesicht nass von Regen und Gischt. Die drei Schornsteine mittschiffs rülpsten dicken schwarzen Qualm in die Luft.

Majorin Stein und Doktor Singh flankierten beidseits einen hohen Mast, der auf dem Podest verankert war und an dessen Spitze, wie dünne Metallfinger abgespreizt, vier große Blitzableiter in den Himmel ragten.

Die Majorin tätschelte den Mast mit ihrer behandschuhten Hand. »Dieser Gewittergenerator ist die Voraussetzung für all unsere Arbeit auf der *Prometheus* – ohne ihn wäre das alles kaum möglich. In früheren Zeiten waren wir Schöpfer den Launen des Wetters ausgeliefert und mussten immer auf besonders heftige Unwetter warten, um unsere Experimente durchzuführen. Deshalb wird das erste Schulhalbjahr auch immer hier an Bord abgehalten, denn dieses Schiff ist quasi ein mobiles Labor. In den Anfängen der *Prometheus* konnten wir immer nur versuchen, das

Wetter möglichst präzise vorherzusagen, aber oft kamen wir zu spät und das Gewitter war schon abgeflaut. Deshalb entstand die Idee eines Gewittergenerators. Mit ihm können wir solche gewaltigen Energiemengen erzeugen, wie wir sie für unsere Erschaffungsprozesse brauchen. Früher sind wir den Gewittern hinterhergejagt. Jetzt kommen die Gewitter *zu uns*!«

Wie zur Bekräftigung spaltete an Steuerbord ein Blitz den Himmel, gefolgt vom Krachen des Donners.

»Da der Erfinder dieses Generators anwesend ist, überlasse ich ihm die Erläuterung der Details.«

Doktor Singh sah irritiert von seinem Notizbuch auf. »Was ist los? Ah! Vielen Dank, Majorin Stein.« Er hüstelte. »Die Funktionsweise eines Blitzableiters ist euch allen sicher bekannt. Die Vorrichtung, die ihr hier seht, ist quasi nur die Umkehrung eines ganz normalen Blitzableiters, denn er leitet die Blitze nicht ab, sondern zu uns her. Doch als Erstes sollte ich wohl die Funktion eines Generators erklären ...«

Athena ließ ihre Gedanken schweifen und musterte den hohen Mast. Hier würde sie also die nötige Energie bekommen, um ihr Monster zum Leben zu erwecken. Während Doktor Singh seine Erfindung erläuterte, schob sie sich zwischen den anderen Schülern hindurch und entdeckte auf der anderen Seite des Masts eine Klappe, hinter der sich offenbar die Schalttafel verbarg.

»Wenn ihr aufmerksam lauscht«, schloss Doktor Singh seinen Vortrag, »könnt ihr das Summen des Generators hören. Auf See läuft er immer im Leerlauf mit, dann müssen wir, wenn wir ein Gewitter brauchen, nur kurz die Stromstärke erhöhen.«

Er öffnete die Klappe und drehte an ein paar Reglern. Das Summen, vorher kaum hörbar, schwoll deutlich an. Athena spürte, wie die mit einer Gummischicht isolierte Plattform unter ihren Füßen vibrierte.

Blitz – Donner! Blitz, Blitz – DONNER!

Rund um das Schiff setzte ein wahres Wetterleuchten ein. Einige Schüler schrien erschrocken auf, andere lachten nervös.

»Wie ihr seht, ist dieser Generator extrem leistungsfähig.« Doktor Singh lächelte. »Aber keine Sorge, die Sache ist ganz ungefährlich.«

Weitere Blitze zuckten in dichter Folge herab. Die Schüler rückten näher zusammen.

»Das sollte vielleicht erst mal reichen, Doktor Singh«, sagte Majorin Stein.

»Verstanden, Frau Majorin.«

Doktor Singh drehte wieder an den Knöpfen, doch das Summen des Generators ließ nicht nach. Es wurde sogar noch lauter. Immer heftiger zuckten die Blitze und auf Doktor Singhs Gesicht zeichnete sich ein Anflug von Panik ab.

»Okay, alle unter Deck!«, brüllte Majorin Stein über den Aufruhr der Elemente hinweg.

Godfrey ließ sich etwas zurückfallen, während seine Mitschüler die Rampe hinuntereilten, die vom Podest auf das Vordeck führte. Sie war so schmal, dass jeweils nur eine Person sie benutzen konnte, deshalb wartete er lieber, bis der Stau sich aufgelöst hatte.

Wieder schlug ein Blitz ein – diesmal direkt in einen der Blitzableiter. Funken regneten herab und landeten zischend auf dem nassen Deck. Hinter dem Mast nahm Godfrey eine Bewegung wahr, und als er ein Stückchen zurückrollte, entdeckte er Athena. Sie hatte die Schalttafel im Mast geöffnet und hantierte daran herum.

Was hat sie nun wieder vor?, fragte sich Godfrey.

Majorin Stein und Doktor Singh hatten noch vollauf damit zu tun, die Klasse unter Deck zu treiben. Godfrey war hin- und hergerissen. Einerseits wollte er Athena nicht verraten, sie andererseits aber auch nicht hier draußen alleine lassen.

Wieder schlug der Blitz in den Mast ein. Der Donner war ohrenbetäubend und weitere Funkenkaskaden rauschten herab, aber Athena ließ sich nicht erschüttern.

Die Rampe war jetzt frei. Doktor Singh bedeutete Godfrey, endlich loszufahren. Er musste sich entscheiden.

»Doktor Singh!«, rief er. »Athena ist auch noch …«

Doch plötzlich wurde ihm klar, dass er gar nicht mehr zu schreien brauchte. Das Summen des Generators war verstummt, das Gewitter vorbei.

Godfrey und Doktor Singh schauten sich fragend an. Dann trat Athena hinter dem Mast hervor, eine Leiterplatte in der einen und einen Haufen Kabel in der anderen Hand.

»Miss Strange!« Doktor Singh lief die Rampe hinauf.

»Ich musste leider ein paar Kontakte unterbrechen«, sagte Athena. »Ich hoffe, das lässt sich problemlos wieder reparieren.« Der Wind hatte ihr die Kapuze vom Kopf geweht, und das nasse Haar klebte an ihrer Stirn. »Aber wenigstens kann das Teil jetzt keinen Schaden mehr anrichten.«

Sie drückte Doktor Singh die Teile aus dem Generator in die Hand. Der Schöpfer war fassungslos.

»Wie hast du das …«

»War eigentlich ganz einfach. Bei mir zu Hause hatte ich mal eine ähnliche Anlage aufgebaut.« Sie zuckte die Achseln. »Viel kleiner natürlich, ist ja klar.«

Doktor Singh musterte verblüfft die Teile in seiner Hand, und seine Linsen ratterten unablässig vor und zurück.

»Die Leiterplatte ist durchgebrannt und hat die Störung verursacht«, erklärte Athena. »Ich musste ein paar Stromkreise überbrücken, deshalb sieht es da drin nicht mehr ganz so hübsch aus, aber fürs Erste sollte es wieder funktionieren.«

Während Doktor Singh zur Schalttafel lief, um sich die Sache genauer anzusehen, schlenderte Athena lässig an Godfrey vorbei die Rampe hinunter und verschwand unter Deck.

Beim Mittagessen setzte sich Godfrey zu Athena an den Tisch. Sie aß langsam und starrte versonnen ins Leere.

»Hi«, sagte er und stellte sein Tablett ihr gegenüber ab.

Es dauerte einen Moment, bis sie antwortete. »Oh. Hi, Godfrey.«

»Alles in Ordnung? Du wirkst irgendwie … abwesend«, sagte er.

»Nur müde.«

»Verständlich.« Godfrey nickte. Er warf einen Blick in die Runde, von dem er hoffte, dass er unauffällig und überhaupt nicht verschwörerisch wirkte, und fragte dann: »Sag mal, hättest du heute Abend Zeit, mir zu helfen?«

»Dir helfen? Wobei?«

Er senkte die Stimme. »Bei dem Hexapod. Du weißt schon, später, wenn alle schlafen.«

»Welcher Hexapod? *Ach, richtig*. Die Beine.«

Godfrey runzelte die Stirn. Sie schien wirklich mit den Gedanken woanders zu sein.

»Genau. Der soll ja bald mal fertig werden. Ich bin's leid, jeden Morgen einen riesigen Umweg fahren zu müssen, nur um die Treppen zu vermeiden.«

»Klar, kann ich machen.«

Godfrey straffte sich erfreut. »Fein. Ich seh mal im Kalender nach, ob Tesla heute Abend frei ist. Das würde die Sache um einiges erl...«

»Tesla ist belegt. Hab schon nachgesehen«, unterbrach ihn Athena.

»Ah, okay. Egal, wir kommen auch ohne sie klar.«

Ungefähr eine Stunde nach der offiziellen Nachtruhe schlüpfte Godfrey aus seiner Kabine und machte sich auf den Weg Richtung Heck. Als er von den hell erleuchteten Schülerquartieren in den ersten dunklen Flur einbog, schaltete er seine Handylampe ein. Doch das Ergebnis war nicht so spektakulär wie erhofft. Für jeden Schatten, den sie ausleuchtete, erzeugte sie zugleich einen anderen. Sobald er den schwachen Strahl in irgendeine Ecke richtete, um zu sehen, ob dort irgendwer auf der Lauer lag, versank der Rest des Flurs in noch tieferer Dunkelheit.

Hätte er doch bloß Tesla dabei. Zum einen war der Scheinwerfer der Drohne erheblich heller, zum anderen hatte sie ihn ja erst kürzlich aus einer sehr misslichen Lage befreit.

Nicht dran denken, nicht dran denken.

Aber zu spät. Das Geräusch, wie der Bluthund hinter der Tür zur Schwimmhalle herumgelaufen war, kam ihm wieder in den Sinn. Und es klang erschreckend echt. Nicht bloß wie eine Erinnerung, sondern als hörte er wirklich Schritte hinter sich, *hier und jetzt.*

Godfrey wirbelte herum und lauschte. Bei jedem Knarren oder Quietschen setzte sein Herz einen Schlag lang aus.

Vielleicht sollte ich den Hexapod erst mal auf Eis legen. Mich mit dem Rollstuhl abfinden, dachte er.

Im nächsten Moment tauchte eine Gestalt vor ihm auf. Er stieß einen Schrei aus.

»Aua, meine Ohren!«, zischte eine Stimme. »Ich bin's nur, Godfrey!«

Es war Athena. Auch Erwin neben ihr auf dem Boden maunzte klagend.

»Entschuldige, Erwin«, sagte Godfrey, der Mühe hatte, seine Atmung unter Kontrolle zu bringen.

»Mannomann, mir wär fast das Trommelfell geplatzt!«, sagte Athena.

»Ich bin halt gerade ein bisschen schreckhaft«, verteidigte sich Godfrey, froh, dass sie im Halbdunkel nicht sehen konnte, wie er rot wurde. Gemeinsam machten sie sich wieder auf den Weg, Erwin immer dicht hinter ihnen.

In seiner Werkstatt angekommen, schaltete Godfrey die große Batterielampe ein, die dort immer stand, und beide stürzten sich sofort in die Arbeit. Erwin schnüffelte ein bisschen zwischen den halb fertigen Beinen des Hexapods herum, dann machte er es sich auf Athenas Rucksack bequem und fing an, sein Fell zu putzen.

»Ein Problem ist, dass die Beine aus unterschiedlichen Materialien bestehen«, erklärte Godfrey, während er auf einem Tisch in der Ecke ein paar Teile zusammensuchte.

»Wo hast du das ganze Zeug überhaupt her?«, fragte Athena, die gerade dabei war, mit einer Ratsche zwei Metallstreben auseinanderzuschrauben.

»Von überall auf dem Schiff. Weiter vorn liegen die Zwischendecks, die sind schon lange ungenutzt und halb zusammengebrochen, da findet man jede Menge Träger und anderes Material.«

»Du hast Träger aus dem Schiff ausgebaut?«, fragte Athena alarmiert.

»Natürlich keine, die für die Statik wichtig sind«, beeilte sich Godfrey zu erwidern. »Nur welche, die eh schon kaputt waren.«

»Na gut, aber denk dran, sollte dieses Schiff deinetwegen sinken und wir monatelang in einem Rettungsboot auf dem Ozean treiben, kommt irgendwann der Moment, wo wir entscheiden müssen, wen wir als Erstes verspeisen.«

Godfrey kicherte. »Das war eine sehr ... *anschauliche* Warnung.«

»Das Teil soll Gummifüße bekommen?«, fragte Athena dann, nach einem Blick auf einzige fertige Bein.

»Ja, genau. Um nicht wegzurutschen«, erklärte er.

»Hmm.«

»Was ist?«

»Ich dachte nur, ob's nicht vielleicht noch was Besseres gibt?«

»Was denn?«

»Na ja, nachdem du bei dem Entwurf schon eine Spinne im Sinn hattest ...«

»Dann ...«

»... muss das Teil doch nicht zwingend auf dem Boden bleiben, oder?«

Godfrey schnappte nach Luft, als ihm klar wurde, welche Möglichkeiten sich damit eröffneten. »Du meinst, so was wie Saugnäpfe? Oder winzige Widerhaken?«, fragte er.

»Warum nicht? Oder Magnete. Im Internet hab ich neulich ein Video gesehen, da ist ein Roboter mithilfe von elektrostatischer Aufladung die Wände hochgeklettert. Natürlich nur auf leitenden Oberflächen.«

»Cool!«, sagte Godfrey. »Aber sehr schwer kann der Roboter nicht gewesen sein, oder?«

»Stimmt. Keine zwei Gramm hat der gewogen.« Athena warf den Schraubendreher in die Werkzeugkiste, und Erwin zuckte erschrocken zusammen. Ein paar Sekunden lang starrte er die Kiste misstrauisch an und fuhr dann fort, sich zu putzen. »Da müssen sie wohl noch ein bisschen länger forschen.«

Zwei Stunden lang arbeiteten sie hochkonzentriert zusammen, und am Ende hatte das vierte Bein immerhin schon eine 90-prozentige Funktionalität. Klar, bei vollständiger Streckung zitterte es noch ein bisschen, und stark angebeugt knirschte das Gelenk ganz scheußlich, aber Godfrey war besser vorangekommen als sonst in einer ganzen Woche. Zu zweit schaffte man einfach viel mehr.

»Schon komisch«, sagte Godfrey. »Eigentlich dachte ich, wenn das erste Bein fertig ist, wären die anderen nur noch ein Klacks, aber im Moment wird es von Bein zu Bein immer schwieriger.«

Athena rieb sich die Augen. »Ich fürchte, ich muss jetzt ins Bett«, sagte sie entschuldigend.

»Oh, kein Problem.« Godfrey versuchte, seine Enttäuschung zu verbergen. Eigentlich hätte er gern noch eine Weile weitergearbeitet, aber sie hatte natürlich recht: zu wenig Schlaf war auch nicht gut.

»Geh ruhig schon mal los«, sagte er. »Ich räum hier noch ein bisschen auf.«

»Sicher?«

»Klar, ich mach das schon.«

Sie wünschte ihm eine gute Nacht und verschwand, mit Erwin im Schlepptau.

Während des Aufräumens dachte Godfrey darüber nach, warum Athena in letzter Zeit oft so geistesabwesend wirkte. Ob ihr die Begegnung mit dem Bluthund auch immer noch zu schaffen machte?

Er stellte den Schirm der Batterielampe so ein, dass sie nur noch in eine Richtung strahlte, stellte sie sich auf den Schoß und fuhr los. Er war fast schon wieder bei den Schülerunterkünften, als er es sich anders überlegte. So spät war es doch noch gar nicht, vielleicht konnte er die Zeit dazu nutzen, die letzten fehlenden Teile für den Hexapod zusammenzusuchen.

Entschlossen machte er kehrt, und wieder surrten seine Räder die Flure entlang. Er brauchte fast eine halbe Stunde von einem

Ende des Schiffs bis zum anderen, einschließlich mehrerer Umwege, zahlreicher Bunny-Hops über Treppenstufen und einer Fahrt mit dem Aufzug.

Dessen Türen öffneten sich jetzt mit einem *Bing*. Godfrey rollte auf den Gang hinaus und wäre fast vornübergekippt, als sein Rollstuhl an einem Huckel auf dem Boden hängenblieb. Die Lampe auf seinem Schoß fiel um.

Seltsam, er war diesen Gang doch schon Dutzende Male entlanggefahren, zuletzt noch vor wenigen Tagen. Er kannte hier jeden Schutthaufen und jede fehlende Bodendiele. Hier hatte es noch nie ein Hindernis gegeben. Er drehte um und hielt die Lampe hoch.

Ein Stromkabel lag quer vor ihm auf dem Boden und er war über die Stelle gerollt, wo zwei Kabelenden mit Steckern verbunden waren. Die eine Leitung schlängelte sich den Flur entlang Richtung Bug, die andere lief an der Wand hinauf und verschwand durch ein Loch in der Decke.

Wo könnte die wohl hinführen?

Er versuchte, sich an den Deckplan des Schiffs zu erinnern. Vor ihm lag die ehemalige Personalkantine und – *igitt!* – das Raucherzimmer. Und darüber die beiden Zwischendecks, zu denen er unterwegs war. Soweit er wusste, wurde keiner dieser Räume mehr genutzt.

Und was war auf der nächsten Ebene? Das Sonnendeck.

Godfrey schlug sich die Hand vor den Mund. Der Gewittergenerator! Jemand wollte seine Energie für sich nutzen!

Er folgte dem Kabel Richtung Bug, seine Lampe warf zuckende Schatten an die Wände. Immer wieder kam er an zusammengesteckten Enden vorbei. Jemand musste Dutzende von Verlängerungskabeln miteinander verbunden haben, um den Gewittergenerator anzuzapfen.

Von oben ertönte plötzlich ein dumpfes *Klooooong.*

Godfrey hielt an und schaltete hastig die Lampe aus. Um ihn herum wurde es dunkel. *Vollkommen* dunkel ...

... bis auf einen winzigen Lichtpunkt in der Ferne. Der langsam näher zu kommen schien.

Nur die Ruhe, Godfrey. Wer immer das ist, braucht auch eine Lampe, um sehen zu können. Es kann *also gar nicht der Bluthund sein.*

Aber wirklich beruhigt war er nicht. Der Bluthund war nur bei Vollmond aktiv, und heute war Neumond, deshalb schied diese Möglichkeit sowieso schon aus. Das Licht kam weiter auf ihn zu, etwa anderthalb Meter über dem Boden. Dass keine Schritte zu hören waren, machte die Sache nur noch unheimlicher.

Ein Kugelblitz?, war sein erster Gedanke. Aber dieser Lichtpunkt war ganz klar umrissen. Keine sprühenden Funken, kein Strahlenkranz.

Sein Verstand sprang zur nächsten schaurigen Möglichkeit: *ein Irrlicht!*

Seine Großmutter, die Park-Rangerin gewesen war, hatte ihm davon erzählt. Rätselhafte, schwebende Lichter, die überall auf der Welt auftauchten, von Australien bis Alaska. Allerdings hatte sie immer gleich die wissenschaftliche Begründung hinterhergeschoben: spontane Selbstentzündung von Sumpfgasen oder Luftspiegelungen am Horizont. Was beides diese Erscheinung im *Innern* eines Schiffs nicht erklären konnte.

Dann hörte er das Summen. Ähnlich wie ein Elektroauto, aber

doch anders. Und erst, als es nur noch wenige Meter entfernt war, erkannte er, was es war: das Geräusch eines Äther-Generators.

»Tesla?«, fragte er.

WIE MAN EIN MONSTER ZUM LEBEN ERWECKT

Unten in ihrem Geheimlabor hatte Athena ein schlechtes Gewissen, weil sie Godfrey gegenüber behauptet hatte, sie würde ins Bett gehen. Und dass Tesla schon ausgebucht sei. Beide Lügen hatte sie ihm aufgetischt, um heute Nacht endlich die letzten gestohlenen Verlängerungskabel bis runter zum Labor verlegen zu können.

Die Schuldgefühle tauchten ziemlich überraschend auf, und es dauerte einen Moment, bis sie begriff, woher sie kamen. Schon bald nach dem Tod ihres Vaters hatte sie jeden Versuch, sich mit Kindern ihres Alters anzufreunden, endgültig aufgegeben. Es war ihr einfach zu anstrengend, sich immer wieder in sie hineinzudenken. Und hier, an Bord der *Prometheus*, wollte sie ihre Zeit lieber darauf verwenden, die Natur von Leben und Tod zu verstehen, nicht das Verhalten anderer Leute. Aber Godfrey war sehr viel unkomplizierter als die anderen Schüler. Er sagte, was er dachte, und meinte, was er sagte. Vielleicht war das der Grund, warum sie ihn als Freund betrachtete. Und warum es ihr jetzt falsch vorkam, ihn zu belügen.

Sie hatte gerade das letzte Kabel mit einem tragbaren Transformator verbunden, als sie ein Blinklicht bemerkte. Teslas Mini-Sender. Schnell lief sie zum Tisch, zählte die Blinkzeichen und notierte die Buchstaben.

S-P-I-O-N

Sie ließ den Stift fallen.

»Oh nein.«

Ihr richteten sich die Nackenhaare auf. Wer konnte das sein? Einer der Schöpfer? Ivory, die wieder durch die Gänge schlich? Oder die Schattengestalt, die sie auf dem Glasdach des Ballsaals gesehen hatte?

Aber ganz egal, wer da aufgetaucht war – wenn dieser Jemand ihre Stromkabel entdeckte, wäre es ihm ein Leichtes, ihnen bis hier herunter ins Labor zu folgen.

Ich hab einen schrecklichen Fehler gemacht, dachte sie erschaudernd.

Godfrey fand, dass Tesla sich ziemlich seltsam benahm. Stumm schwebte die Drohne, die sonst doch immer so freundlich und geschwätzig war, einige Meter von ihm entfernt in der Luft.

»Was machst du denn hier?«, fragte Godfrey.

Die Drohne neigte sich nach vorn, als würde sie auf das Kabel hinuntersehen. Insbesondere auf die Stelle, wo die beiden Kabel zusammengesteckt waren.

»Wer hat die Kabel hier entlanggelegt?«

Tesla schaute ein paarmal zwischen ihm und den Steckern hin und her, und plötzlich dämmerte Godfrey, was die Drohne vorhatte, doch bevor er reagieren konnte, schoss sie schon, zwei zangenbewehrte Metallarme ausgefahren, zu den beiden Steckern hinunter und riss sie auseinander.

Godfrey hob beschwichtigend die Hände. »Schon gut. Ich will doch bloß wissen, wer da den Generator anzapft. Bitte! Ich sag's auch nicht weiter.«

Oben auf dem flachen, runden Gehäuse der Drohne fing jetzt ein kleines rotes Licht an zu blinken. Es saß an der Spitze einer winzigen Antenne.

»Sendest du jemandem eine Nachricht?«

Das Blinken hörte auf.

»Hast du jemanden gewarnt?«

Doch die Drohne machte einfach kehrt und surrte davon, den Gang hinunter. Im selben Moment setzte sich auch das Verlängerungskabel auf dem Boden in Bewegung, der Stecker hüpfte durch den Flur, der Drohne hinterher.

Godfrey stieß einen Fluch aus. Jemand zog das Kabel weg, um zu verhindern, dass er es zu seinem Ursprung zurückverfolgen konnte!

»Na warte!«, rief er wütend und sauste auch schon los. So leicht würde er sich nicht geschlagen geben!

Der Stecker tanzte vor ihm her, polterte zwei Stufen hinunter und peitschte dann um die Ecke. Der war echt schnell! Godfrey flog praktisch über die Stufen hinweg, landete krachend und bog mit quietschenden Reifen in den nächsten Gang.

Dieser Teil des Schiffs wurde seit Jahrzehnten nicht mehr genutzt. Die Holzvertäfelung hatte Risse bekommen und kaputte Möbel standen kreuz und quer im Weg. Godfreys Arme pumpten im Akkord, während sein Rollstuhl um die Hindernisse herumschlitterte. Einmal musste er sich sogar unter einer abgesackten Decke hindurchducken, immer dicht hinter dem Kabel her, das geschmeidig zwischen den Möbeln hindurchglitt.

Und dann keuchte Godfrey plötzlich auf: Ein ganzer Haufen aus verstaubten Sesseln und umgestürzten Standaschenbechern versperrte den Weg, bis auf eine kleine Lücke unten am Boden. Groß genug für den Stecker, aber niemals groß genug für ihn. Wenn er das Kabel nicht vorher zu packen bekam, würde er es aus den Augen verlieren.

Godfrey streckte die Hand aus, doch der Stecker war schon durchs Loch geschlüpft. Bremsen ging jetzt auch nicht mehr, und so donnerte Godfrey mit voller Fahrt in den Sesselberg und setzte eine gewaltige Staubwolke frei.

Um mit der eigentlichen Arbeit zu beginnen, brauchte Athena noch einige Körperteile, aber dafür konnte sie wohl kaum eine Liste bei den Schöpfern einreichen. Also fing sie Tony am nächsten Tag vor den Lagerräumen ab und schlüpfte hinter ihm durch die Tür.

»Hi, Tony«, sagte sie.

Eine minimale Veränderung im ewigen Grinsen des Golems war der einzige Hinweis darauf, dass sie ihn überrascht hatte. »Athena«, sagte er mit seiner tönernen Stimme.

»Ja, hi. Ich wollte fragen, ob du mir vielleicht helfen kannst?«

»Helfen. Ja.«

Athena hatte in den letzten Tagen eingehend studiert, nach welchem Muster Tony kommunizierte. Konkrete Fragen beantwortete er mit ebenso konkreten Antworten, aber soweit sie das beobachtet hatte, gab er niemals *von sich aus* Informationen preis.

Jedenfalls hoffte sie, dass es so war.

»Ich brauche etwas zum Saubermachen.«

»Saubermachen.«

»Ja. Bleiche zum Beispiel. Oder verdünnte Schwefelsäure. Hast du so was hier?«

»Hier. Ja. Mitkommen.«

Sie folgte dem Golem. Während er im Lagerraum damit beschäftigt war, nach den Putzmitteln zu suchen, steckte sie den Kopf durch die Hintertür des angrenzenden Kühlraums. Dieser Raum war während der Replantations-Stunde hinter einer Schwingtür versteckt gewesen, sodass sie nicht genau wusste, was sie hier vorfinden würde. Neugierig schaute sie sich um. In den mit Glastüren versehenen Eisschränken zu ihrer Linken wurden offenbar die verschiedensten abgetrennten Gliedmaßen aufbewahrt. Zu ihrer Rechten hingegen gab es eine ganze Wand mit darin eingelassenen Metallschubladen. Drei Reihen mit je fünf Fächern, jedes davon mit einem Vorhängeschloss versehen. Sie legte die Hand auf das Metall. Es war kalt. Sogar noch kälter als die Raumtemperatur. In diesen Schubladen wurden bestimmt die unversehrten Leichen aufbewahrt. Und da es nirgends einzelne Köpfe zu geben schien, würde sie wohl nur dort einen finden, noch mit seinem Körper verbunden.

Der Golem hatte inzwischen zwei Flaschen für sie auf einen Rollwagen gestellt.

»Weißt du, was?«, sagte Athena. »Ich kann die jetzt noch gar nicht mitnehmen. Lass sie einfach da stehen.«

»Stehen lassen? Hier?«

»Ja. Ich hol sie mir dann später ab.«

Tony verzog sein Blumentopf-Gesicht. Er schien nach Worten zu suchen, aber Athena machte rasch kehrt und verschwand, ohne sich um die Verwirrung des Golems zu kümmern. Er konnte ja nicht ahnen, dass sie eigentlich nur gekommen war, um den Kühlraum zu erkunden.

Stunden später, im Schutz der hereinbrechenden Nacht, kehrte sie noch mal in den Kühlraum zurück. Starrte die fünfzehn Schubladen mit ihren schweren Schlössern an. Die würde sie jetzt nicht öffnen können. *Nächstes Mal*, dachte sie, *wenn ich das richtige Werkzeug habe.*

Athena nahm die Putzmittel vom Rollwagen und wandte sich dann den Eisschränken mit den Körperteilen zu. Zehn Minuten später war sie wieder auf dem Weg zu ihrem Labor unten im Kiel, einen großen rot-blauen Nylonsack über der Schulter.

Im Labor angekommen, reinigte sie als Erstes den großen begehbaren Kühlschrank und verstaute die Körperteile darin. Dann machte sie sich daran, die Arbeitsflächen abzuwischen und Boden und Wände zu schrubben. In den Pausen warf sie hier und da einen Blick in das Notizbuch.

22. Juni 1935

Welch ein erhebendes Gefühl, wenn man endlich alles beisammen-hat! Alle notwendigen Teile, alle erforderlichen Gerätschaften. Wenn man kurz vor dem Absprung steht. Sämtliche Schlüssel zum Leben in der Hand hält. Alles, was es braucht, um den letzten Schritt zu wagen.

Athena klappte das Buch wieder zu und ließ den Blick durch das auf Hochglanz polierte Labor schweifen. Nur mühsam hielt sie ihre Aufregung im Zaum. Aber sie musste sich gedulden. Ihr fehlte noch *ein* entscheidendes Teil.

Ihr Monster brauchte einen Kopf.

Athena fiel es täglich schwerer, sich auf den Unterricht zu konzentrieren.

»Das menschliche Gehirn besteht aus Milliarden von winzigen biologischen ›Drähten‹, die elektrische Impulse weiterleiten und auf diese Weise Botschaften durch den Körper senden«, erklärte Majorin Stein gerade und zeigte auf die Schaubilder an der Tafel. »Wenn eine Botschaft gesendet wird …« Sie runzelte die Stirn. »Ja, bitte?«

»Wann kriegen wir denn endlich mal einen echten Kopf zu sehen?«, fragte Athena ungeduldig.

Aller Augen richteten sich auf sie. Einige Schüler tuschelten.

»Verzeihung, Miss Strange?«

»Köpfe. Wann arbeiten wir endlich mal mit Köpfen?«

»Bald, Miss Strange.«

»Inzwischen haben wir nämlich alles durchgenommen *außer* Köpfen«, fuhr Athena fort.

»Ich bin mir dessen durchaus bewusst.«

»Und ich frage mich allmählich, ob Ihnen vielleicht gar keine zur Verfügung stehen.«

Die Majorin verschränkte die Arme. »Ich kann dir versichern, dass unser Bedarf immer ausreichend gedeckt wird.«

Unser Bedarf wird gedeckt, dachte Athena. *Aber von wem? Von Frachtschiffen zweifelhafter Herkunft, die mitten in der Nacht fünfzehn Kisten auf die* Prometheus *verladen?*

Athena bemerkte, dass Godfrey zu ihr herübersah. Ob er das Gleiche dachte wie sie?

»Gut zu wissen, Majorin Stein«, sagte Athena.

»Darf ich dann wohl fortfahren?«

»Ja, klar. 'tschuldigung.«

Athena wachte ruckartig auf und war einen Moment lang verwirrt. Hatte sie verschlafen? Tageslicht fiel in die Kabine. Das untere Stockbett war leer. Wie spät mochte es sein? Sie setzte sich auf und sah, dass Erwin zusammengerollt neben ihren Füßen lag. Sie beugte sich vor, um ihn zu streicheln.

Er war kalt.

Athena warf die Decke zurück. Fühlte seinen Puls.

Da! Noch vorhanden, aber sehr, sehr schwach. Sein gutes Auge war geschlossen. Sie schob das Lid nach oben und sah, dass die Nickhaut – das sogenannte dritte Augenlid – geschlossen blieb.

Bewusstlos. *Oh nein. Nein nein nein …*

Athena legte sich den Kater über die Schulter und kletterte die Leiter hinunter. Unten stolperte sie über einen Haufen schmutziger Wäsche.

Blindlings stürmte sie auf den Flur und stieß dort mit jemandem zusammen, der ihr entgegenkam.

»He, Vorsicht! Alles in Ordnung?«, fragte ein großer, hagerer Junge mit Bürstenhaarschnitt.

»Erwin ist bewusstlos«, sagte Athena mit Tränen in den Augen.

Der Junge besah sich den Kater und winkte Athena dann, ihm zu folgen.

»Ein paar Türen weiter gibt es eine leere Kabine, da haben wir ein bisschen Platz.«

Mit großen Schritten lief er voraus. »Ist sein Puls noch zu spüren?«, fragte er über die Schulter.

»Ja, aber nur ganz schwach.«

»Wann hat er zuletzt was gefressen?«

Athena überlegte. Sie wusste ja nicht mal, welcher Tag heute war. »Ich … äh … ich weiß nicht genau.«

Der Junge schlüpfte in eine ungenutzte Kabine. Riss Schubladen auf, fand einen alten Bademantel und breitete ihn über die Kommode an der Wand, als behelfsmäßige Liege.

»Ich hol jetzt Hilfe, bin gleich zurück«, rief er und stürmte aus dem Raum.

Vorsichtig legte sie Erwin auf der Kommode ab. Öffnete sein Mäulchen, um zu sehen, ob ihm irgendetwas im Hals stecken geblieben war. Streichelte sein Fell und wünschte sich mit aller Macht, er würde aufwachen.

Der Junge tauchte wieder neben ihr auf, und Athena schrak zusammen.

»Entschuldige. Schlägt sein Herz noch?«

»Ganz schwach«, sagte sie und massierte Erwin sanft zwischen den Vorderbeinen.

»Okay. Wie lange ist es her, dass du ihn zurückgeholt hast?«

»Ähm, zwei Wochen vielleicht? Welchen Monat haben wir denn?«

»Das ist jetzt nicht dein Ernst, oder?«

»Ich weiß es wirklich nicht. Tut mir leid. Ich bin schrecklich müde.«

»Das Schuljahr hat vor fünf Wochen angefangen. Aber egal«, sagte der Junge.

»Zurückholen konnte ich ihn, aber ich hab keine Ahnung, wie man ihn wiederbelebt«, sagte Athena.

Mx Hollybow stand plötzlich in der Tür, heute in einem senffarbenen Einteiler. »Das sind ja auch zwei völlig verschiedene Dinge.«

»Ich weiß nicht mal, ob er noch atmet.« Athenas Stimme bebte.

»Herzschlag?«, fragte Mx Hollybow.

»Kaum noch. Ich verliere ihn immer wieder.«

»Dann mal los.« Mx Hollybow stellte eine Tasche auf der Kommode ab, öffnete sie und kramte darin herum.

»Können Sie ihn mit … Magie gesund machen?«, fragte Athena.

»Das funktioniert nur bei Kreaturen, die auch mit Magie erschaffen wurden«, erklärte Mx Hollybow und hielt ein winziges Fläschchen mit einer grünen Flüssigkeit in die Höhe. »Hier ist es ja. Geht mal kurz beiseite, ihr zwei.«

Mx Hollybow entkorkte das Fläschchen und hielt es Erwin unter die Nase. Die Ohren des Katers zuckten.

»Gutes Kätzchen. Hast du die Blaubeeren, Mahari?«

»Ja, hier sind sie.« Der Junge mit dem Bürstenhaarschnitt zeigte ihnen eine Handvoll Beeren.

Wo hat er die so plötzlich her?, fragte sich Athena.

»Ich bräuchte sie in einer Schüssel, wenn's geht?«

»Ah, ja.« Mahari nahm eine verstaubte Schale aus dem Regal und wischte sie mit einem Zipfel des Bademantels aus.

»Vier oder fünf sollten genügen.«

Mx Hollybow holte zwei Beutel mit getrockneten Kräutern hervor, dazu einen kleinen hölzernen Mörser, und gab je eine Prise von beiden Kräutern zu den Blaubeeren dazu.

»Falls jemand was lernen will: Das ist *Eriodictyon crassifolium*, zusammen mit gerösteter *Cassia occidentalis*.«

»Was?«, fragte Athena, ohne den Blick von Erwin zu lösen.

»Nicht so wichtig. Du hast gerade offenbar andere Sorgen.«

Mx Hollybow hatte die Zutaten in der Schale zu einer blauen Paste püriert, nahm jetzt ein bisschen davon auf einen perfekt manikürten Finger und hielt es Erwin vors Maul.

»Komm schon, Kleiner. Das ist gut für dich.«

Fünfzehn Sekunden lang tat sich nichts. Dann schoss eine kleine raue Zunge hervor und leckte an der Paste.

Athena stieß den angehaltenen Atem aus.

Kurz darauf hatte Erwin die Schüssel geleert. Er schnurrte sogar schon wieder.

»Vielen, vielen Dank«, sagte Athena zu Mx Hollybow.

»Bedank dich lieber bei Mahari, dass er so schnell reagiert hat.«

»Danke, Mahari.«

Der schlaksige Junge lächelte. »Schon gut. Hättest du doch auch getan.«

Athena streichelte Erwin, ohne zu antworten.

»Bei so frisch zurückgeholten Kreaturen muss man immer gut aufpassen«, sagte Mx Hollybow. »*Eigentlich* wären sie ja tot, deshalb braucht es manchmal ein bisschen Überredungskunst, um sie dauerhaft ins Leben zurückzuholen. Achte darauf, dass er zwei Mal am Tag etwas isst.«

»Mach ich. Ich hatte in letzter Zeit nur so viel anderes zu tun.«

»Kann man dir da irgendwie helfen?«

Athena hatte Mühe, dem prüfenden Blick von Mx Hollybow standzuhalten. Bernsteinfarbene Augen bohrten sich in ihre und sie fürchtete schon, durchschaut worden zu sein.

»Nein. Ich muss halt viel für die Schule lernen.«

Mx Hollybow ließ ein kleines »Aha« hören und sammelte die Gerätschaften ein.

»Also, pass gut auf ihn auf.« Noch ein kurzes Kraulen unter Erwins Kinn und Mx Hollybow verließ die Kabine.

Mahari räusperte sich. »Ich lass euch dann auch mal allein.«

Doch gleich hinter der Schwelle blieb er plötzlich stehen. »Oh, entschuldige, hab dich gar nicht gesehen«, hörte Athena ihn sagen und dann eine gemurmelte Entgegnung. Sie lief zur Tür und steckte den Kopf hinaus. Jemand lief mit schnellen Schritten den Gang hinunter. Jemand in Kapuzenpulli und Jeans.

Wie lange hatte Marceline schon an der Tür gelauscht? Und warum machte sie sich jetzt so eilig davon?

ZOMBIES

»Oh nein«, sagte Godfrey, kaum dass er über die Schwelle des Transatlantischen Kinos gerollt war.

Der Eingang befand sich ganz hinten im Saal, gleich neben der obersten Sitzreihe. Mehr als zwanzig Stufen führten zu den vorderen Reihen hinab, wo schon eine Gruppe Schüler zusammensaß. Und diese Stufen gehörten auch noch zur schlimmsten Sorte: sehr hoch, aber gleichzeitig auch so schmal, dass nicht mal ein ganzer Fuß darauf Platz hatte. Die würde er mit dem Rollstuhl nicht hinunterhüpfen können – niemals. Je schneller der Hexapod fertig wurde, desto besser.

»Komm«, sagte Athena, die plötzlich neben ihm stand. »Wir setzen uns hier in die letzte Reihe.«

Sie klappte den Sitz ganz am Rand herunter und bedeutet ihm, sich neben sie zu stellen.

»Danke«, sagte Godfrey.

Ein Wandgemälde zu beiden Seiten des Saals zeigte eine vergoldete, eckige Version der *Prometheus*, die über halbkreisförmige türkis-blaue Wellenberge ritt. Die Leinwand vorne unten war von einem leuchtend gelben Halbkreis umgeben, der die Sonne darstellen sollte. Ihre Strahlen breiteten sich weit über beide Seitenwände aus, sodass es schien, als würde der Ozeanriese in den Sonnenuntergang fahren.

»Dieser Saal ist in einem erstaunlich guten Zustand«, sagte Athena und lehnte sich in ihrem Sitz zurück.

Mit einem lauten *Kracks* brach ihre Armlehne ab und fiel auf den Boden.

»Jedenfalls in *besserem* Zustand als der Rest des Schiffs«, fügte sie hinzu und pulte an den Holzsplittern herum, die von der Lehne übrig geblieben waren.

»Und sehr viel besser als die Schwimmhalle«, bestätigte Godfrey.

»Pscht!«, machte Athena warnend.

Er hatte schon wieder zu laut geredet. Das bekam er öfter zu hören. Ein Blick in die Runde zeigte ihm, dass alle anderen Schüler in den vorderen Reihen saßen. Aber Athena hatte natürlich recht: Was sie in jener Nacht gesehen hatten, durfte auf keinen Fall nach außen dringen. Andererseits hätte er gern mal mit ihr darüber geredet. Er bekam diesen Bluthund einfach nicht aus dem Kopf. Immer wieder suchte diese Bestie ihn heim, nicht nur abends im Bett, sondern in fast jeder Sekunde, in der sein Verstand nicht komplett auf etwas anderes konzentriert war.

Wenn er sich das doch nur mal von der Seele reden könnte. Aber sich etwas von der Seele zu reden, war nicht so Athenas Ding. Immer hatte sie gerade keine Zeit, oder es waren zu viele Leute in der Nähe. Bisher hatte er es noch nicht mal geschafft, ihr von dem nächtlichen Vorfall mit Tesla und den Verlängerungskabeln zu erzählen.

»Alles okay?«, fragte Athena.

Godfrey schrak aus seinen Gedanken auf. »Was? Ja, alles gut.« Schnell wechselte er das Thema. »In diesem Kino sollen Murdoch und die Kapitänin übrigens zahlreiche Filmnächte verbracht haben.«

»Sie haben zusammen Filme angeschaut?«

»So heißt es jedenfalls.«

Unten vor der Leinwand stand jetzt Mx Hollybow, heute in einer dunkelblauen Marinejacke über einem schwarzen Hemd mit weißem Spitzenkragen, und lächelte zu den Schülern hinauf. Godfrey lächelte strahlend zurück. Mx Hollybow war ihm von allen Lehrkräften am liebsten. Zumindest während der nächsten Doppelstunde würden ihn die Erinnerungen an den Bluthund in Ruhe lassen.

»Also, wer hat Lust, heute über Monster zu reden?«, fragte Mx Hollybow.

Oh nein.

Godfreys Herz fing an zu rasen. Wie sollte er den Bluthund vergessen, wenn es nun auch noch im Unterricht um Monster ging!

Schluss jetzt. Stell dich nicht so an.

Aus den vorderen Reihen stiegen vereinzelt Jubelrufe auf und sogar ein triumphierendes »Hurra!«.

»Vielen Dank für deine aufrichtige Begeisterung, Hideo. Einer der Gründe, warum wir uns in diese abgelegenen Gewässer zurückziehen, liegt darin, dass wir unsere Arbeit nicht nur vor unseren Mitmenschen geheim halten müssen, sondern auch vor einer Vielzahl von Kreaturen, die höchstens noch ›menschenähnlich‹ sind. Bei unserer Arbeit haben wir oft mit Toten zu tun, mit *fast* Toten oder *vormals* Toten, und deshalb sollte uns eines klar sein: *Wir sind nicht allein.*«

Mx Hollybow drückte den Knopf an einer Fernbedienung und eine Überschrift erschien auf der Leinwand:

ZOMBIES – verlorene Seelen und Leichenfresser

»Es gibt eine Vielzahl von Wesen an der Grenze zwischen Leben und Tod. Einige davon, die sogenannten Seelenführer, haben wir bereits letzte Woche angesprochen, zum Beispiel Charon aus der griechischen oder Xolotl aus der aztekischen Mythologie. Sie geleiten die Verstorbenen in die Unterwelt, aber nicht jedes Wesen an den Toren des Todes hat eine so ehrenvolle Aufgabe. Viele von ihnen sind Monster, mit – nun ja – monströsen Absichten. Das kann euch jeder Totengräber oder Leichenbestatter bestätigen. Zombies sind zwar nicht sehr verbreitet, und man kann auch einige Vorsichtsmaßnahmen treffen, aber da sie sich größtenteils von Leichen ernähren, ist es für diese Berufsgruppen kaum vermeidbar, ihnen hin und wieder zu begegnen. Und auch wir laufen natürlich ständig Gefahr, mit ihnen zusammenzutreffen. Kann mir jemand von euch vielleicht schon die eine oder andere Art von Zombie nennen?«

Mx Hollybow ließ den Blick durchs Auditorium schweifen. »Was ist mit dir, Marceline? Sind dir irgendwelche Wesen bekannt, die man häufig in der Nähe von Toten antrifft?«

»Klar. Schöpfer, zum Beispiel«, antwortete Marceline ganz lässig.

Ein paar Schüler kicherten, und Godfrey schüttelte bewundernd den Kopf. Niemals hätte er den Mut, einem Lehrer gegenüber so frech zu werden.

»Sehr witzig, vielen Dank. Schöpfer sind uns allen ja ganz gut bekannt. Und es stimmt, wir halten uns oft in der Nähe von Toten auf. Aber ich meinte natürlich *echte* Zombies.«

In der zweiten Reihe schoss eine Hand nach oben.

»Ja, Hideo?«

»Ghule?«

»Richtig. Und das ist, rein zufällig, auch meine erste Folie.«

Auf der Leinwand tauchte das unscharfe Foto eines Friedhofs auf. Reihen von düsteren Grabsteinen im Vordergrund, während sich weiter hinten eine verschwommene menschenähnliche Gestalt an einen Baumstamm drückte. Verfilzte Haare, in Lumpen gekleidet und ein gieriges Glitzern in den Augen.

»Ghule sind Wesen, die sich von Leichen ernähren, weshalb man sie oft in der Nähe von Friedhöfen und Leichenhallen findet. Auch wenn sie nicht mehr viel Ähnlichkeit mit den Menschen haben, die sie ehemals waren, sollte man sie nicht unterschätzen. Manche können immer noch sprechen, viele sind bewaffnet oder haben ihren Körper auf eine Weise optimiert, dass sie ihre Gier noch leichter befriedigen können.«

Godfrey erschauerte.

»Auch wenn sie normalerweise im Verborgenen bleiben, ist unser Arbeitsumfeld dazu angetan, sie hervorzulocken, schließlich bietet es ihnen ein höchst attraktives Buffet.« Mx Hollybow drückte wieder auf die Fernbedienung.

»Hier sehen wir ein weiteres dieser Grenzwesen, allerdings eines, das sich schon eher aufseiten des Todes befindet.«

Das Foto auf der Leinwand wurde von einer Zeichnung ersetzt. Sie zeigte eine Kreatur mit skelettartigem Körper, deren Schädel im Verhältnis zu diesem Körper aber mindestens doppelt so groß war wie normal – ein bisschen wie eine widerwärtige Wackelkopf-Figur. Mit ihren rasiermesserscharfen Zähnen rückte sie gerade einem blutigen Stück Fleisch zu Leibe. Obwohl es sich nur um eine skizzenhafte Darstellung handelte, lief es Godfrey kalt über den Rücken. Auch der Bluthund hatte solche Reißzähne gehabt.

»Darf ich vorstellen: der *Jikininki*, ein menschenfressendes Wesen. Jikininkis sind sehr viel seltener als Ghule, und es wird angenommen, dass in ihnen der Geist von Menschen weiterlebt, die in ihrem Leben sehr gierig oder selbstsüchtig waren. Es ist fast unmöglich, diese Kreaturen auf Film zu bannen, aber ich kann euch versichern, dass es sie wirklich gibt.«

Godfreys Herz hämmerte in seiner Brust. Sonst schrieb er im Unterricht immer eifrig mit, aber heute starrte er nur mit geballten Fäusten auf die leere Seite hinunter.

Nicht dran denken …

Der Bluthund, wie er mit triefendem Fell aus dem Wasser gewatet kam …

Nicht dran denken!

Die gefletschten Zähne, der Geifer, der ihm von den Lefzen tropfte …

Godfrey zuckte zusammen, als Athenas Hand plötzlich in seinem Blickfeld auftauchte. Sie kritzelte etwas in sein Heft.

DER JIKININKI sollte sich mal die Zähne richten lassen. Ich kenne da einen guten Kieferorthopäden.

Die Klammer um Godfreys Brustkorb löste sich und er prustete los.

Aus den vorderen Reihen wandten sich zahlreiche Köpfe zu ihnen um.

Mx Hollybow hob die Augenbrauen. »Wollt ihr den Witz vielleicht mit uns teilen, Godfrey und Athena?«

»'tschuldigung«, sagte Godfrey. »Wir sind schon still.«

»Auch gut. Dann kommen wir zur nächsten Folie meiner offenbar höchst unterhaltsamen Präsentation.«

Godfrey hörte, wie Athena neben ihm ein Kichern unterdrückte, schaute sie aber lieber nicht an, um nicht selbst wieder loszuplatzen. Mühsam setzte er eine ernste Miene auf, und der Vortrag ging weiter.

Mx Hollybow erläuterte noch ein halbes Dutzend weiterer untoter Wesen, und Godfrey und Athena kritzelten sich abwechselnd alberne Kommentare in die Hefte. Als es um die *Banshee* ging, eine keltische Geisterfrau, die im Fluss die Wäsche todgeweihter Menschen wäscht, schrieb Godfrey: *»Ich bin auch kein Freund von Waschtagen.«* Bei dem amerikanischen ›Mothman‹, einem vogelartigen, geflügelten Wesen, schrieb Athena: *»Mit dem hätte ich auch noch ein Hühnchen zu rupfen«*, und den japanischen *Gashadokuro*, eine riesige, skelettartige Erscheinung, kommentierte Godfrey mit: *»Der Arme ist ja nicht mal mehr Haut und Knochen.«*

Als der Vortrag schließlich mit dem ›belled buzzard‹, dem Bussard mit dem Todesglöckchen, endete, hatte Godfrey eine ganze Stunde lang nicht an den Bluthund gedacht.

Für den Heimlichen Späher wurde es immer schwieriger, sich auf dem Schiff zu bewegen. Bisher hatte er nachts allenfalls der Kapitänin oder ihrem Bootsmann aus dem Weg gehen müssen. Und obwohl er den Bootsmann nun schon ausgeschaltet hatte, schien es auf dem Schiff nach Einbruch der Nacht nur so von Leuten zu wimmeln. Da war zum einen dieses neue Mädchen, das mal hier, mal da auftauchte, zum anderen dieser Junge im Rollstuhl, der an seinem Metallkäfer arbeitete. Beide hatten auch öfter eine Drohne dabei.

Und wenn es nicht diese beiden waren, dann war es Majorin Stein oder der Bluthund, oder beide. Ständig war irgendwer in den Gängen unterwegs, und meist auch noch ohne Vorwarnung. Jede Nacht lief der Heimliche Späher Gefahr, entdeckt zu werden.

In dieser Nacht wollte er die unteren Decks erkunden. Er war nämlich sicher, dass einer der früheren Maschinisten im Besitz entscheidender Informationen gewesen war. Den Maschinisten gab es schon lange nicht mehr, doch der Heimliche Späher hoffte, dass er irgendwelche Aufzeichnungen hinterlassen hatte.

Im Maschinenraum fuhren die Kolben auf und nieder, zahllose Ventile stießen Dampfwolken aus, und der Geruch nach verbranntem Schmieröl erfüllte die Luft. Hier unten gab es viele dunkle Verstecke und der Heimliche Späher wähnte sich in Sicherheit. Doch über das Dröhnen der Maschinen hinweg konnte er kaum etwas hören und in der ölgeschwängerten Luft auch kaum etwas wittern.

Und so wurde er tatsächlich von dem neuen Mädchen überrascht.

Athena hatte versucht, ihre Gewissensbisse beiseitezuschieben. Sie in eine Ecke ihres Verstandes zu sperren und den Schlüssel wegzuwerfen. Bei der Zombie-Stunde im Kinosaal war ihr klar geworden, dass Godfrey die Begegnung mit dem Bluthund noch tief in den Knochen steckte. Sie hatte versucht, ihn ein bisschen aufzuheitern, wollte ihn aber – so verstört, wie er war – lieber nicht um Hilfe bei ihren nächtlichen Experimenten bitten.

Und so war sie auch diesmal allein, als sie den Maschinenraum betrat, um dort nach einem Bolzenschneider zu suchen. Mittlerweile fand sie sich auf der *Prometheus* schon ganz gut zurecht, aber hier unten war sie noch nie gewesen.

Zunächst einmal war es heiß. So heiß, dass ihr sofort der Schweiß ausbrach – eine ganz neue Erfahrung, wenn man bedachte, dass sie an Bord bisher immer nur gefroren hatte. Ihre Handylampe erfasste wirbelnde Abluftventilatoren in rostzerfressenen Gehäusen, die erfolglos versuchten, die stickige Luft abzusaugen. Zum Zweiten herrschte ohrenbetäubender Lärm. Der Metallsteg unter ihren Füßen vibrierte vom Stampfen der Maschinen. Vorsichtig tastete sie sich voran, auf der Suche nach einer Werkbank oder einem Werkzeugschrank, als etwas ihre Aufmerksamkeit auf sich zog.

Da, am Ende der Kolbenreihe. War das nicht eine Werkzeugkiste?

Sie ging darauf zu, die Lampe weiter nach vorn gerichtet, als sie aus dem Augenwinkel eine Bewegung wahrnahm. Etwas glitzerte dort im Dunkeln.

Wie Augen.

Mit klopfendem Herzen ließ sie den Lichtstrahl über die Kolbenreihe gleiten, leuchtete jeden Schatten dazwischen aus.

Nichts. Hatte sie sich das nur eingebildet?

Der Heimliche Späher huschte hinter den Kolben entlang, nur weg von dem Lichtstrahl. Das Metall unter seinen Klauen war heiß und rutschig vom Öl. Er sprang zum nächsthöheren Laufsteg hinauf und klammerte sich kopfüber daran fest. Das neue Mädchen war jetzt direkt unter ihm. Es brauchte nur seine Lampe nach oben richten, und er wäre entdeckt.

Fieberhaft blickte er sich um. Da, nur einen Meter entfernt, war ein Schacht!

Behutsam kroch er, immer noch kopfüber, darauf zu. Unter einer seiner Klauen löste sich ein Rostkrümel und rieselte auf das Mädchen hinunter.

Athena spürte eine Berührung in ihrem Haar, und als sie hinfasste, hatte sie lauter rötlich-braune Flocken an den Fingern. Wo kamen die denn her?

Sie hob den Blick. Ihre Lampe erfasste die Unterseite eines Metallstegs, ähnlich dem, auf dem sie selbst gerade stand. War dort oben jemand? Ein Schauer lief ihr über den Rücken. Auch wenn sie während des Zombie-Vortrags von Mx Hollybow die meiste Zeit gekichert hatte, waren die Bilder nicht spurlos an ihr vorübergegangen. Die Vorstellung, von einem riesigen *Gashadokuro*-Skelett angegriffen zu werden, war alles andere als lustig. Sie starrte in die Schatten hinauf, auf der Suche nach einer Bewegung. Nichts. Außerdem, so beruhigte sie sich selbst, war der Maschinenraum für einen Zombie doch vollkommen uninteressant. Hier gab's ja überhaupt keine Leichen.

Sie atmete tief aus und kauerte sich dann hin, um die Werkzeugkiste zu öffnen. Eine Metallsäge, Schraubenschlüssel, Hammer und Nägel. Und ...

Yessss. Ein professioneller Bolzenschneider. Genau so einen brauchte sie, um das Schloss an der Metallschublade im Kühlraum zu öffnen.

Athena eilte den Weg zurück, den sie gekommen war.

AUßERSCHULISCHE AKTIVITÄTEN

Majorin Stein musste in Trab fallen, um mit Monsieur Renaître Schritt zu halten, der vor ihr den Gang entlangstürmte. Die Majorin fiel nicht gern in Trab. Das gab ihr das Gefühl, den Ereignissen hinterherzulaufen. Und ganz ehrlich: Dieses Gefühl konnte die Majorin absolut nicht ausstehen. Das Halbjahr hatte schon genügend Überraschungen bereitgehalten, angefangen bei der *last minute*-Entdeckung einer vielversprechenden Schülerin über die Zerstörung von Murdoch bis hin zu den unerwünschten Zeugen ihrer mitternächtlichen Transaktion.

Monsieur Renaître riss die Tür zum Kühlraum auf. »Hier, sehen Sie selbst!«, sagte er und streckte einen fleischigen Finger aus.

Tony stand unbeholfen in der Mitte des Raums. Die Majorin schob sich an ihm vorbei zu der Schubladenfront, die die ganze linke Wand einnahm.

»Solche Dinge passieren hier, unter Ihren Augen!«, rief Monsieur Renaître vorwurfsvoll.

»Mäßigen Sie Ihren Ton, Guillaume«, zischte die Majorin, während sie die Schubladen musterte.

Der Schaden war nicht zu übersehen. Von den fünfzehn in die Wand eingelassenen Schubladen waren vierzehn gewaltsam geöffnet worden.

»Und alle vierzehn sind weg?«

»Allerdings! Alle verschwunden! Puff!«

»Hier müssen ja ungeheure Kräfte am Werk gewesen sein.« Sorgfältig untersuchte die Majorin eine Schublade nach der anderen. Alle waren leer.

Einen Moment lang kam ihr der Gedanke, ob der Lieferant sie betrogen hatte. Ihr Kisten voller Steine statt Leichen verkauft hatte. War das möglich? Als der Bluthund die heimlichen Zuschauer entdeckt hatte, war sie eine Zeit lang abgelenkt gewesen und hatte deshalb, anders als sonst, nicht jede Kiste persönlich kontrolliert.

Aber nein. Tony war beauftragt gewesen, die Leichen in die Schubladen zu verfrachten, er hätte ihr mit Sicherheit gemeldet, wenn keine Leichen in den Kisten gewesen wären. Also mussten sie gestohlen worden sein. Aber von wem?

Sie zog die fünfzehnte Schublade heraus. Sie war, im Gegensatz zu den anderen, nicht zerbeult, aber trotzdem leer. Majorin Stein besah sich das Vorhängeschloss: Jemand hatte den Bügel mit dem Bolzenschneider durchgeschnitten. Sie holte tief Luft. Diese Leichen waren nicht leicht zu beschaffen gewesen. Waren sie *nie*.

»Fünfzehn«, sagte sie seufzend.

»Wie bitte?«, fragte Monsieur Renaître.

»*Fünfzehn* Leichen fehlen.«

»Das heißt: *alle?*«

»Aber die fünfzehnte Schublade ist seltsamerweise unversehrt«, sagte die Majorin, »während die anderen komplett demoliert wurden.«

»Dann passen sie jetzt wenigstens zum restlichen Schiff«, murmelte Monsieur Renaître.

Die Majorin überging den Kommentar. »Wieso wurde die fünfzehnte Schublade nicht auch einfach herausgerissen, sondern mit dem Bolzenschneider aufgebrochen?«

Monsieur Renaître räusperte sich vielsagend, um zu verstehen zu geben, dass solche Details wohl kaum eine Rolle spielten.

Die Majorin zog die fünfzehnte Schublade noch einmal auf und betrachtete den Schubladenboden. Im oberen Bereich waren Kratzspuren zu sehen.

»Sieht so aus, als hätte hier jemand den Kopf abgeschnitten.« Sie ging die restlichen Schubladen noch einmal durch. »Bei den anderen nicht. Wenn man fünfzehn Leichen entwenden will, warum schneidet man einer davon erst noch den Kopf ab?«

»Wen interessiert das schon? Das Ergebnis ist dasselbe: Wir haben fünfzehn Leichen weniger.«

Der Majorin schwirrte der Kopf. Wer an Bord hatte die Kraft, eine mit Vorhängeschloss gesicherte Schublade aus der Verankerung zu reißen? Und warum sollte dieser Jemand sich die Mühe machen, eines der Schlösser dann doch mit dem Bolzenschneider zu öffnen?

»Wer hat die Sache gemeldet?«

»Der Golem«, sagte Monsieur Renaître mit einem Nicken in Tonys Richtung. »Gleich heute früh.«

Die Majorin wandte sich an den Terrakotta-Riesen. »Um wie viel Uhr hast du das hier entdeckt, Tony?«

»Entdecken. Sechs Läuten.«

»Er meint heute Morgen um sechs«, erklärte Monsieur Renaître.

»Das hatte ich schon verstanden, Guillaume, vielen Dank.«

»Tony. Entschuldigen.«

»Schon gut, Tony, du kannst ja nichts dafür.«

»Und wer *kann* dann etwas dafür, Majorin Stein?«

Die Majorin würdigte diese Frage keiner Antwort. Argumente waren zwecklos. Monsieur Renaître war schon seit Jahren der Meinung, die *Prometheus* müsste verschrottet werden. Alles, was an Bord schiefging, war ihm nur eine weitere Bestätigung dieser Ansicht.

»Finden Sie sich damit ab, Majorin Stein. Wir müssen eine Ausgangssperre verhängen. Hier sind nachts einfach zu viele Leute unterwegs, und wir haben keine Möglichkeit, sie zu überwachen.«

»Sie glauben doch nicht ernsthaft, dass jemand aus der Schülerschaft diese Kraft aufbringen könnte?« Majorin Stein deutete auf die zerbeulten Schubladen.

»Was die Fähigkeiten der Schüler angeht, sollten Sie nicht zu gutgläubig sein, Frau Majorin. Als ich in der Schule war, haben ein paar von uns das Auto des Direktors auf einen Balkon im ersten Stock gehievt – ohne das Haus auch nur zu betreten. Das Kollegium hat nie herausbekommen, wie wir das bewerkstelligt haben.«

Monsieur Renaître machte ein erwartungsvolles Gesicht. Offenbar hoffte er, Majorin Stein würde ihn um die Erklärung bitten.

Doch die erwiderte nur stirnrunzelnd: »Keine Ahnung, was Sie mir mit dieser völlig bezugslosen Geschichte sagen wollen, aber hier scheinen ja wirklich höchst seltsame Dinge vor sich zu gehen.«

»›Seltsam‹ ist meines Erachtens noch ziemlich untertrieben«, erwiderte Monsieur Renaître, seine Enttäuschung nur mühsam verbergend. »Sie haben zu Beginn des Schuljahrs zugesichert, die *Prometheus* sei ein sicherer Ort und vor allem zombiefrei.«

»War sie auch. *Ist* sie auch.«

»Wieso sehe ich dann Zweifel auf Ihrem Gesicht?«

Majorin Stein antwortete nicht. Sie hatte das Schiff vor dem Auslaufen höchstpersönlich von oben bis unten durchsucht. Es *musste* einfach zombiefrei sein.

»Die Kapitänin«, fügte Monsieur Renaître hinzu, »wird nicht erfreut sein, wenn sie von alldem erfährt.«

»Die Kapitänin ist nicht mehr sie selbst, seit Murdoch zerstört worden ist«, erwiderte die Majorin ruhig.

»Sehr richtig. Hier bricht alles zusammen. Ich habe Ihnen schon auf unserer letzten Fahrt gesagt, dass die *Prometheus* nicht mehr als Schulstandort taugt. Ihre glorreichen Tage sind vorbei. Vielleicht sollten Sie das endlich mal akzeptieren!«

Und damit verließ Monsieur Renaître den Kühlraum. Die Majorin blieb alleine mit dem Golem zurück. Und mit ihren Gedanken.

Eine weitere Nacht im Labor. Athena schlug ihr Notizbuch auf und schrieb *29. Tag* oben auf die Seite. Einen Monat war es nun schon her, dass sie ihr Projekt begonnen hatte, aber es hätte ebenso gut ein ganzes Jahr sein können. Die Aufzeichnungen in dem Laborbuch, das sie gefunden hatte, waren voller rätselhafter Abkürzungen und Symbole. Es war furchtbar mühsam gewesen, sie zu entziffern. Das alles hatte sie so sehr beansprucht, dass sie nicht einmal mehr wusste, welches Datum heute war.

Erwin lag zusammengerollt auf ihrem Rucksack in der Ecke. Er hatte es sich zur Gewohnheit gemacht, Athena jede Nacht im Labor Gesellschaft zu leisten.

Athena holte mehrere Körperteile aus dem begehbaren Kühlschrank und machte sich an die Arbeit. Sie ging streng methodisch vor, hielt sich an die Skizzen im Laborbuch und zog auch immer wieder die Anatomietafeln an den Wänden zurate. Als Erstes musste sie sich mit den einzelnen Gliedmaßen befassen. Die waren wegen der langen Lagerung natürlich tiefgefroren, aber mithilfe verschiedener Substanzen – Formaldehyd, Säuren und Blutverdünner – war es ihr gelungen, sie etwas geschmeidiger zu machen. Trotz des grellen Lichts und der chemischen Gerüche hatte sie Mühe, wach zu bleiben.

Ich.

Muss.

Weiter.

Machen.

30. Tag

In der hintersten Reihe der Klasse rieb Athena sich die Augen, die ihr ständig zufallen wollten. Seit vier Wochen verbrachte sie jede Nacht in ihrem geheimen Labor, schlief dann ein paar Stunden und ging wieder zum Unterricht. Von dem bekam sie allerdings kaum noch etwas mit. In letzter Zeit bewegte sie sich tagsüber nur noch auf Autopilot, vollkommen mechanisch.

Doktor Singh zeigte gerade – mit den üblichen ständigen Unterbrechungen – ein Video über Roboterkinematik, seinen Worten nach ›die schwierigste Hürde in der Robotertechnik‹.

Athena sah, wie Godfrey sich eifrig Notizen machte.

35. Tag

Athena saß weiterhin im Unterricht und tat alles, was man ihr sagte, aber im Grunde lebte sie nur noch für ihr nächtliches Geheimprojekt. Während sie sägte, schnitt und nähte, war sie trotz des Schlafmangels immer hellwach, als würden in ihrem Hirn Millionen Neuronen gleichzeitig feuern.

Im kalten Neonlicht des Labors begutachtete sie ihr Werk, das vor ihr auf dem Operationstisch lag. Nicht perfekt, aber doch sehr viel besser als ihre Versuche im Unterricht vor ein paar Wochen. Dank einer Kombination aus Nähten, Stahlstiften und zahllosen Tackerklammern war ihr ein recht beweglicher Arm gelungen. Gar nicht so schlecht, auch wenn das nur ihre eigene Meinung war.

Erwin sprang auf den Tisch und beschnupperte den Körperteil.

»Na, was hältst du davon, mein Kleiner? Unser Monster ist ein *Klammer*äffchen!« Athena grinste, während sie das Ellbogengelenk beugte, um die Muskelkontraktionen zu beobachten.

Mit einem kurzen *Miau* tat Erwin sein Desinteresse kund.

40. Tag

Wieder im Unterricht. Für Athena waren die Tage schon lange nicht mehr auseinanderzuhalten.

»Den Kopf mit dem Körper zu verbinden«, sagte Majorin Stein gerade, »ist natürlich immer die heikelste Aufgabe. Ihr müsst jetzt leider ein bisschen zusammenrücken – uns gehen gerade die Köpfe aus, deshalb gibt es nur dieses eine Vorführobjekt.«

41. Tag

Unten im Labor arbeitete Athena weiter an ihrem Geschöpf. Auch wenn sie inzwischen am Rand ihrer Kräfte war, musste sie das jetzt durchziehen. Majorin Stein hatte zwar gesagt, sie sollten die gespendeten Körperteile mit größtmöglichem Respekt behandeln, aber in dem Kühlschrank hier unten wurden sie längst nicht so gut konserviert wie in dem speziell dafür angefertigten Kühlraum, deshalb hatte sie keine Zeit zu verschwenden.

Und auch wenn ihre Hände nicht so ruhig waren wie die von Radul (und erst recht nicht wie die der Majorin), ging sie entschlossen an die Arbeit: Übung macht schließlich den Meister.

45. Tag

Bevor sie in ihre Kabine huschte, ging sie immer erst noch unter die Dusche – zum einen, um den Geruch nach Formaldehyd und Verwesung loszuwerden, zum anderen, um eine Erklärung für ihre Abwesenheit zu haben, sollte Marceline doch einmal aufwachen.

~~49. Tag~~
50. Tag

Der 49. Tag war ausgefallen, weil Athena in der betreffenden Nacht aus Versehen durchgeschlafen hatte. Sie ärgerte sich über ihren Mangel an Disziplin.

Noch schlimmer war, dass sie nunmehr das Ende der Labornotizen erreicht hatte. Sie brachen einfach ab, mitten im Experiment und ohne jeden weiteren Hinweis, daher musste es wohl irgendwo eine Fortsetzung geben, aber Athena hatte kein zweites Notizbuch finden können. Die restlichen Schritte würde sie also alleine bewältigen müssen.

51. Tag

Getuschel in der Bibliothek. Athena, den Arm voller Bücher über neuronale Reanimation, duckte sich hinter ein Regal.

»Hast du das noch gar nicht gehört?« Das war Godfreys Stimme jenseits der Bücherreihen, aber sie konnte nicht sehen, mit wem er da sprach. »Bisher haben sie versucht, das geheim zu halten, aber wie's aussieht, sind schon vor Wochen mehrere Leichen weggekommen! Direkt vor Tonys Augen! Also, ich meine … vor den Schlitzen in seinem Kopf. Seinem Blumentopf-Kopf!«

Mehrere Leichen? Athena hatte Mühe, sich an die letzten Wochen zu erinnern, aber eines wusste sie ganz genau: Sie selbst hatte nur *eine* Schublade aufgebrochen!

53. Tag

»Athena? Bist du eingeschlafen?«

Athena fuhr hoch. »Entschuldigung … äh … Mx Hollybow.«

Ged Hollybow trug heute ein prächtiges, dunkelrotes Kleid mit Mandarinkragen. Athena wischte sich den Mundwinkel ab – offenbar hatte sie im Schlaf gesabbert – und schaute verwirrt in die Runde.

»So was habe ich ja noch nie erlebt!«, sagte Ged Hollybow verblüfft.

»Was denn?«, fragte Athena.

»Dass jemand mit offenen Augen schläft.«

55. Tag

Zu Athenas Entsetzen verwesten die Körperteile sehr viel schneller als erwartet. Das konnte nicht nur an dem maroden Kühlschrank liegen. Ob sie beim Anmischen der Balsamierflüssigkeit einen Fehler gemacht hatte? Ein Arm war jedenfalls sehr viel blauer, als er sein sollte, und die Fingerkuppen der rechten

Hand hatten sich schwarz verfärbt, wie bei einer Erfrierung. Wenn sie ihr Monster nicht bald zum Leben erweckte, würde es keinen Tag überleben …

* * *

Athena begegnete Marceline direkt vor ihrer Kabinentür. Verlegen blieben die Mädchen voreinander stehen und musterten sich im frühen Morgenlicht, das durchs Kabinenfenster fiel. Athena hatte ihren Kulturbeutel unter dem Arm und ein Handtuch über der Schulter. Ihre Haare waren tropfnass. Darüber hinaus hatte sie aber auch einen Rucksack voller Bücher auf dem Rücken – so voll, dass er nicht mehr zu schließen war.

»Ah, äh … hey«, sagte Athena, »du bist heute aber früh auf.« Sie versuchte, den Rucksack zurechtzurücken, ohne dass es allzu sehr auffiel.

»Stimmt«, sagte Marceline, ohne sie anzuschauen. »Du auch. Wie geht's Erwin?«

»Gut. Warum fragst du?«

»Na ja, neulich war er ja ziemlich krank, schon vergessen?«

Athena fiel ein, wie Marceline bei der Rettungsaktion für den Kater an der Tür gelauscht hatte. Und ihr Tonfall klang so, als wollte sie andeuten, dass Athena sich nicht genug um ihn kümmerte.

»Jetzt ist er jedenfalls wieder topfit«, erwiderte sie barsch.

»Fein.«

Es gab eine weitere verlegene Pause, dann schob Athena sich an Marceline vorbei durch die Tür.

Es rumste laut, als ein Buch aus Athenas Rucksack auf den Boden fiel: *Die verschiedenen Kräfte der Materie und ihre Beziehungen zueinander* von Michael Faraday. Das stand garantiert nicht auf dem Lehrplan. Athenas Puls raste.

Nur keine Panik, ermahnte sie sich selbst.

»Oh. Außerschulische Lektüre?«, fragte Marceline und fixierte sie mit ihren ungleichfarbigen Augen.

»Ja, äh, du weißt doch, ich bin halt, hehe, eine richtige Leseratte.«

Athena setzte etwas auf, von dem sie hoffte, dass es ein beschämtes Lächeln war.

»Scheint mir auch so«, sagte Marceline schon im Weggehen. »Wenn du deine Bücher jetzt schon mit unter die Dusche nimmst.«

DIE TRÄNEN DER VORMALS TOTEN

Athena rieb sich die Augen. Sie war müde, zugleich aber auch in Hochstimmung. Die Nadel schlug aus, und sie fing an zu zählen.

Eins, zwei, drei, vier ...

Die Nadel zuckte erneut.

Eine Hand am Hebel, mit der anderen die Werte notierend, las Athena das Voltameter ab. Sie hatte es selbst gebaut, nach Faradays Originalplänen.

Jetzt ist es bald so weit.

Das Unwetter wurde immer stärker. Selbst hier unten im Kiel hob sich ihr jedes Mal der Magen, wenn das Schiff in ein Wellental glitt.

Die Nadel schlug wieder aus, und Athena hatte fast das Gefühl, den Stromschlag im eigenen Körper zu spüren, so aufgeregt war sie. Sie notierte den Wert und drückte mit dem Bleistift so fest aufs Papier, dass die Mine abbrach.

Ärgerlich schüttelte sie den Kopf – sie musste unbedingt weiterschreiben! Die letzten Werte waren entscheidend, das Timing musste *haargenau* stimmen!

Mit wehendem Laborkittel rannte Athena zum Schrank, wobei sie fast den Rollwagen rammte, nahm das Skalpell vom Tablett und raspelte hektisch an der Bleistiftspitze herum, um ein neues Stück Mine freizulegen.

Auf dem Rückweg zum Voltameter streifte ihr Blick die Gestalt auf dem OP-Tisch. Die Nähte waren ihr wirklich ziemlich gut gelungen, auch wenn sie beim rechten Fuß nicht mehr viel hatte retten können und das verzerrte, blau-violette Gesicht ebenfalls kein schöner Anblick war.

Sie fixierte wieder das Voltameter. Der Höhepunkt des Gewitters war sicher bald vorbei. Sie musste sich beeilen.

Die Nadel schlug aus, und der Donner krachte so laut, dass selbst hier unten der Boden bebte.

Schnell!

Sie schaltete den tragbaren Generator ein, hörte, wie er stotternd in Gang kam, und drehte den Regler am Oszillator auf elf. Ein Summen erfüllte den Raum, so laut, dass sie die Vibration im Brustkorb spürte.

Zwanzig Kabel waren an dem leblosen Körper befestigt. Athena prüfte mit einem letzten Blick, ob alle korrekt mit dem Generator verbunden waren. Schon vor Wochen hatte sie die endlose Reihe von Verlängerungskabeln neu verlegt. Jetzt schlängelten sie sich etwas unauffälliger durch den Rumpf der *Prometheus*, um Ecken herum und die Treppen hinauf …

… bis zum Gewittergenerator auf dem Sonnendeck.

Athena sah zu ihrem Geschöpf hinüber. *Gleich ist es so weit, gleich wachst du auf*, dachte sie und konnte ihre Aufregung kaum noch bezähmen.

Und wieder schlug die Nadel, diesmal bis zum Anschlag.

Jetzt!

Athena drückte den Hebel nach unten.

Nun hieß es warten. Und warten. Schweiß lief ihr über die Stirn.

War es schon zu spät?

KRAAAAACKKKKK.

Die Drähte zuckten und es gab einen gewaltigen Knall, als die geballte Energie des Blitzes in den Generator schoss. Funken flogen, aber Athena hatte ihre Schutzbrille aufgesetzt und wich keinen Millimeter zurück. Der Geruch nach verbranntem Ozon hing in der Luft. Das Verlängerungskabel hatte sich in den Boden geschmort, und Rauch waberte vor dem Abluftventilator.

Auf dem OP-Tisch rührte sich etwas. Ein Finger zuckte. Dann zogen sich die blau gefleckten Wadenmuskeln zusammen.

Athena starrte auf den Brustkorb. Gab es dort auch eine Bewegung?

Ja! Minimal, aber doch unübersehbar. Ein ganz leichtes Auf und Ab, wo vorher nur kaltes, lebloses Fleisch gewesen war.

Athena drückte den Bleistift so fest in ihrer Faust zusammen, dass er brach. Das plötzliche Geräusch ließ sie zusammenzucken. Sie steckte die beiden Hälften in die Kitteltasche und ging zum OP-Tisch hinüber. Die verzerrten Züge ihres Geschöpfs waren immer noch reglos, die Augen geschlossen. Sie beugte sich vor und hielt ihm eine Hand vors Gesicht.

Da! Ein leiser Hauch.

Sie zog die Hand zurück und legte sie behutsam auf seine Brust. Die Haut war feucht, aber das fiel Athena gar nicht auf. Zu groß war ihr Staunen darüber, dass sich diese Brust tatsächlich bei jedem Atemzug hob und senkte.

Ein Lächeln ging über ihr Gesicht.

»Geschafft! Ich hab's *geschafft*!«

Mit einem Aufschrei bemerkte sie, dass ihr Geschöpf sie ansah. Dann den Kopf hob und Athenas Hand fixierte, die immer noch auf seiner Brust lag.

»Vorsicht«, sagte Athena sanft und ein Schauer überlief sie.

Verwirrt legte das Geschöpf die bläuliche Stirn in Falten. Offenbar konnte es ihre Berührung schon spüren.

»Du bist noch sehr schwach. Bleib erst mal liegen.«

Konnte das Wesen sie überhaupt verstehen? Schwer zu sagen. Aber Athena wusste, dass es wichtig war, möglichst früh eine Bindung herzustellen, den wiedererwachten Verstand auf sich zu prägen.

»Ich bin Athena«, sagte sie. »Ich hab dich erschaffen.«

Sie erschrak, als das Geschöpf ihre Hand wegschob. Die Muskelstränge in seinem Arm spannten sich an, und Athena fragte sich, ob sie es lieber hätte fesseln sollen.

»Gut, ähm, okay, lass dir Zeit.«

Aber da versuchte es auch schon, sich aufzurichten. Knickte weg, als seine ungeübten Muskeln es im Stich ließen. Stieß ein überraschtes Grunzen aus.

»Lass dir Zeit«, wiederholte Athena beruhigend. »Kein Grund zur Eile.«

Doch das Wesen versuchte es gleich wieder.

»Na gut, dann setz dich halt schon mal auf«, sagte Athena.

Aufrecht sitzend ließ das Geschöpf die Füße über den Rand

der Liege baumeln. Langsam drehte es den Kopf, neigte ihn nach rechts und links.

»Deine Muskeln sind sicher atrophiert«, sagte Athena. Und fügte erklärend hinzu: »Weniger geworden, meine ich, während du tot warst. Und deine Nerven müssen auch erst mal wieder zusammenwachsen.«

Das Wesen blickte auf sie hinunter, und erst jetzt wurde Athena klar, was für ein Riese es war. Fast zwei Meter groß und mindestens doppelt so breit wie sie. Ein ziemlich beeindruckendes Muskelpaket.

Ein Krächzen drang aus seiner Kehle.

»Aahh«, sagte er. »Tee. Naa.«

Kommunikation! Das musste sie unbedingt aufschreiben. Sie nahm den Bleistiftstumpf aus der Tasche und eilte zum Tisch, wo ihr Notizbuch lag.

Das Geschöpf stieß einen Schrei aus und schob sich von der Liege herunter.

»Nicht!«, rief Athena.

Seine Füße berührten den Boden. Zwanzig Elektroden lösten sich ploppend aus seinem Körper, als es jetzt ruckartig aufstand. Ins Wanken geriet und am OP-Tisch Halt suchte. Die Hand nach ihr ausstreckte.

»Alles gut, ich bin ja da.« Athena lief zu ihm zurück, das Notizbuch unter dem Arm, und nahm seine ausgestreckte Hand. Die Berührung schien das Wesen zu beruhigen. Wie klein ihre Hand im Vergleich zu seinen riesigen, bläulichen Fingern war.

Über diese ersten Momente mit einer Schöpfung hatte sie schon viel gelesen. Alle Ratschläge folgten demselben Muster:

Kommunikation versuchen. Reaktion protokollieren. Dominanz behaupten. Reaktion protokollieren. Reflexe testen. Reaktion protokollieren.

Aber nirgends ging es darum, wie man sich verhielt, wenn so ein Wesen beinahe in Tränen ausbrach.

Immer noch seine Hand haltend, führte Athena ihr Geschöpf um den OP-Tisch herum. Der kaputte Fuß zwang es zu einem schwerfälligen Hinken, bei dem es seitlich in der Hüfte einknickte.

Sie hatte nicht damit gerechnet, dass es schon so bald mobil sein würde. Seine Bewegungen waren noch schwerfällig, eine Schulter höher als die andere. Aber ansonsten entwickelte sich das alles überraschend gut. In Athenas Büchern war überall von einem langsamen, stetigen Prozess die Rede, der Tage oder gar Wochen dauern konnte.

Nach einer Runde sackte es jedoch entkräftet zusammen. Athena half ihm, sich wieder auf den OP-Tisch zu setzen.

»Ruh dich ein bisschen aus«, sagte Athena. »Ich mach mir kurz ein paar Notizen.«

Das Wesen hatte nun auch Erwin entdeckt, der immer noch auf dem Rucksack lag, und beobachtete interessiert, wie der Kater sich putzte.

Hastig füllte Athena Seite um Seite in ihrem Notizbuch, ihre Hand hatte Mühe, mit der Flut ihrer Gedanken Schritt zu halten. So vertieft war sie in ihre Notizen, dass sie gar nicht bemerkte, wie ihr Geschöpf wieder aufstand und sich tastend durch den Raum bewegte.

Erst sein Aufschrei riss sie schließlich aus ihrer Konzentration.

Das Wesen stand vor der geöffneten Kühlschranktür.

»Nnnnhhhngh!«, stieß es hervor, mit vor Entsetzen geweiteten Augen.

»Hey, hey!« Athena lief zu ihm hin. »Schon gut, alles gut.«

Im Kühlschrank lag ein menschliches Bein. Eins, das von ihren ersten Nähversuchen übrig geblieben war. Das Geschöpf konnte den Blick nicht davon abwenden.

»Schsch, ganz ruhig.« Athena löste seine Hand von der Kühlschranktür und schloss sie wieder.

Sie führte es zum Schreibtisch, auf dem diverse Schaltpläne herumlagen. Sofort war es davon gefesselt, sein Kummer anscheinend vergessen, und Athena wandte sich wieder ihren Notizen zu.

Zwischendurch stieß es immer wieder einzelne Silben aus. »Keeehhh. Priii. Kep. Riii.«

Die Zeit verging wie im Flug, denn das Nächste, was Athena bemerkte, war das Brummen ihres Handys. Sie schaltete den Alarm aus. Eine Stunde vor Sonnenaufgang. Sie würde ihr Geschöpf eine Weile allein lassen müssen.

Sanft berührte sie seine Hand. »Ich muss gehen, äh ...«

Erst jetzt wurde ihr klar, dass sie ihm noch gar keinen Namen gegeben hatte.

»Keeehhh. Priii«, sagte er ruhig.

Ah, wie passend! Khepri war der ägyptische Gott der Wiedergeburt.

»Khepri, das ist gut.«

»Keehhh. Pri«, wiederholte er.

»Also, Khepri, ich muss jetzt gehen.«

Khepri legte die Stirn in Falten.

»Heute Abend komme ich wieder, okay? Du bleibst so lange hier.«

Er sah zu, wie sie in ihrem Rucksack kramte.

»Ich lass dir Wasser und ein Sandwich hier«, sagte sie. Erwins nur knapp verhinderter zweiter Tod war nicht vergessen. Auch Geschöpfe mussten essen und trinken.

»Essen, verstehst du?« Sie kaute demonstrativ. »Hm, lecker!«

Khepri musterte das Sandwich auf dem Tisch. Athena warf sich den Rucksack über die Schulter und ging zur Tür. Ihr Geschöpf ließ sie nicht aus den Augen. Als sie die Klinke runterdrückte, stieß es einen verzweifelten Laut aus und wollte ihr folgen.

»Nein, nein«, sagte sie. »Du musst hierbleiben. *Hierbleiben*, okay?«

Sie führte Khepri zu einem Stuhl und half ihm, sich zu setzen. Er entdeckte sein Spiegelbild in einem der Stahlschränke an der Wand. Neugierig betastete er sein Gesicht, öffnete und schloss den Mund.

Athena schlüpfte aus dem Labor, wartete, bis Erwin ihr gefolgt war, und schob dann den Riegel vor die Tür.

Sie wollte sich gerade abwenden, als sie ein leises Quietschen hörte. Sie richtete ihre Handylampe auf die Klinke und sah, wie sie von innen heruntergedrückt wurde. Khepri versuchte, die Tür zu öffnen.

Dann wurde die Klinke wieder losgelassen.

Athena wartete.

Als alles still blieb, machte sie sich auf den Rückweg in ihre Kabine.

ANSCHAUUNGS-UNTERRICHT

Godfrey hatte es beim Anziehen offenbar so eilig gehabt, dass sein Haar jetzt in alle Richtungen abstand, sein Hemd schief geknöpft war und die Schnürsenkel noch offen herunterhingen. Als Majorin Stein den großen Saal betrat, saß er schon ganz allein in der vordersten Reihe, die Bücher vor sich ausgebreitet.

»Godfrey! Du bist heute aber früh dran«, begrüßte sie ihn überrascht.

»Ja, Frau Majorin. Kann's kaum erwarten!«

»Freut mich zu hören.« Sie lächelte. »Dann hoffen wir mal, dass die anderen auch so eifrig dabei sind wie du.«

Waren sie, jedenfalls die meisten. Schon wenige Minuten später schoben sich die ersten Schüler mit ihren orangefarbenen Schärpen in den Raum und nahmen ihre Plätze ein. Statt des üblichen Geschnatters warteten alle schweigend und konzentriert auf den Beginn der Stunde. Sie befanden sich in einer Art Hörsaal, den sie erst ein Mal gesehen hatten, bei der Führung am Anfang des Schuljahrs. Wie in einem Amphitheater stiegen die Sitzreihen halbkreisförmig nach hinten an, um allen einen möglichst guten Blick auf den voll ausgestatteten

Operationstisch zu gewähren, der unten in der Mitte aufgebaut war.

Jetzt kamen auch Drew und Emily durch den unteren Eingang, der sich links neben dem OP-Tisch befand. Drew hatte seine Schärpe wie einen Schal um den Hals geschlungen – offenbar hielt er das für cool. Godfrey sah zu, wie die beiden die Stufen zwischen den Sitzreihen hinaufstiegen und sich irgendwo weiter hinten hinsetzten. Marceline kam wie immer allein, den Kopf gesenkt und die Kapuze übergezogen.

Marceline war Godfrey ein Rätsel. Nicht, dass er sie unsympathisch gefunden hätte – Drew war die ungeschlagene Nummer eins auf seiner Liste der nervigsten Mitschüler, dicht gefolgt von Emily, weil sie ständig mit ihm abhing –, aber er wurde einfach nicht aus ihr schlau. Alle anderen Schüler, ob nett oder nervig, ehrgeizig oder faul, hatten wenigstens eines gemeinsam: Sie fanden es toll, auf der Prometheus-Highschool zu sein. Marceline hingegen machte immer den Eindruck, als sei ihr das völlig egal. Sie war einfach nur ... anwesend. Wie Athena wohl mit so einer Zimmernachbarin zurechtkam?

Apropos Athena – wo bleibt die eigentlich?

In letzter Zeit war sie jeden Morgen später zum Unterricht erschienen. Dabei half sie ihm höchstens zwei Mal pro Woche bei seinen nächtlichen Arbeiten am Hexapod, von daher konnte sie wohl kaum übernächtigt sein. Wenn sie so weitermachte, würde sie noch von der Schule fliegen.

Einige Schüler kicherten aufgeregt, als Majorin Stein jetzt eine Liege hereinschob, die mit einem weißen Laken abgedeckt war.

Darunter zeichnete sich eindeutig ein menschlicher Körper ab.

Gerade als Majorin Stein mit dem Unterricht anfing, tauchte Athena endlich auf. Godfrey hörte, wie sie eine Entschuldigung murmelte, bevor sie sich dann ganz hinten oben in die Sitzreihen setzte. Majorin Stein unterbrach sich nur lange genug, um ihr einen scharfen Blick zuzuwerfen, und fuhr dann fort:

»Erwartet heute aber nicht zu viel. Unser Ziel ist nur eine *kurze kognitive Reaktion*. Rechnet also nicht damit, dass unsere Schöpfung herumläuft und eure Namen lernt. Auch Ausbildung und Arbeitseinsatz sind heute noch kein Thema. Wir werden nur den Reanimations-Prozess beobachten und protokollieren, was gut und was weniger gut gelaufen ist. Am Ende der Stunde ziehe ich dann sozusagen den Stecker und versetze das Geschöpf in seinen vorherigen Zustand zurück.«

Mit einer schwungvollen Bewegung hob sie das Laken an. Beim Anblick der leblosen Gestalt keuchten einige Schüler auf. Sie war kleiner, als Godfrey erwartet hatte, aber ziemlich breit in den Schultern – die Statur eines Türstehers. Ein Türsteher mit einem fehlenden Auge, grünlichen Narben am ganzen Körper und einem beachtlichen Unterbiss.

»Sieht ein bisschen so aus wie Emily«, flüsterte Drew für alle hörbar.

»Gar nicht!« Emily wurde rot und gab ihm einen Klaps auf den Arm.

»Wie ihr seht«, sagte Majorin Stein, ohne die beiden zu beachten, »reanimieren wir hier nicht irgendeinen Koloss. Anfängern sollte klar sein, dass die Wiederbelebung nur der erste Schritt ist. Was dann folgt, ist oft genauso herausfordernd. Ein Geschöpf ist immer sehr viel stärker, als es in seinem früheren Leben war, deshalb sollte man darauf achten, keine allzu kräftigen Körper auszuwählen.«

Sie blickte streng in die Runde, bevor sie fortfuhr: »Die Regel ist ganz einfach: *Keine Schöpfung darf stärker sein als ihr Schöpfer.* Ich kann das gar nicht genug betonen.«

Godfrey schrieb so eifrig mit, dass ihm schon die Hand wehtat. Bei einem zufälligen Blick zu Marceline hinüber, die drei Plätze weiter saß, sah er, dass sie ihren Stift nur dazu nutzte, um die Szene vorne im Hörsaal zu zeichnen. Er konnte eine Schwarz-Weiß-Majorin erkennen, die vor dem Körper auf der Liege stand. Merkwürdig. Marceline hielt Mitschreiben anscheinend für überflüssig.

Majorin Stein machte sich jetzt daran, die Elektroden an dem Toten zu befestigen. »Traditionellerweise werden vor allem das Herz und das Hirn verkabelt. Es gibt aber auch noch andere Bereiche, deren Aktivierung sinnvoll sein kann, zum Beispiel entlang der Chakren und Meridiane. Das werden dann in den nächsten Monaten die anderen Schöpfer mit euch behandeln.«

Godfrey notierte sich die Begriffe, um sie später in der Bibliothek nachzuschlagen.

»Wichtig ist auch, dass die Elektroden tief genug im Muskel stecken«, fuhr die Majorin fort, was einige Schüler zu einem angewiderten Stöhnen veranlasste. »Die Haut selber besitzt naturgemäß eine eher geringe elektrische Leitfähigkeit. Wer dann einfach nur die Stromstärke erhöht, riskiert, seine Schöpfung in Mus zu verwandeln. Die *Dosierung* ist, wie immer, entscheidend!«

Der Blick der Majorin wanderte zu den höheren Rängen, und

ihre Miene veränderte sich. »Halten wir dich vom Schlafen ab, Athena?«

Godfrey sah, wie Athena sich ruckartig aufsetzte. »Nein, nein, tut mir leid«, stammelte sie, »machen Sie ruhig weiter.«

Was war bloß los mit ihr? Das war doch nicht mehr die Athena, die er vor zwei Monaten kennengelernt hatte.

Die Majorin schaltete den tragbaren Generator ein, und zum Surren des Lüfters gesellte sich das Summen des Stroms.

»Drew, Godfrey und Emily, wollt ihr mir vielleicht zur Hand gehen?«

Godfrey war hin und weg. Und ob er das wollte!

Die Majorin wies ihnen ihre Plätze an. »Drew, du behältst den Oszillator im Auge. Das Unwetter ist jetzt fast auf dem Höhepunkt, deshalb wird die Nadel ziemlich oft ausschlagen. Emily, überwachst du bitte den EKG-Monitor? Und du, Godfrey, hast die Ehre, den Schalter umzulegen, sobald Drew dir das Zeichen gibt.«

Godfrey war im siebten Himmel. Nur mit Mühe konnte er das Zittern seiner Hand am Hebel unterdrücken, so aufgeregt war er.

»Wie sieht's aus, Drew?«, fragte Majorin Stein.

»Ein Gigawatt im Mittel«, erwiderte Drew.

Godfrey hörte das Gewitter draußen toben. Der Boden bebte, als eine besonders große Welle gegen den Schiffsrumpf krachte.

»Auf sechs ansteigend!«, meldete Drew.

Gleich ist es so weit …

Godfrey ließ den Blick über die Klasse schweifen. Alle starrten wie gebannt zu ihnen hinunter. Alle außer Athena. Sie hatte das Kinn in die Hand gestützt und ihr Kopf drohte ständig zur Seite zu kippen. War sie etwa schon wieder eingeschlafen?

»Zehn Gigawatt! Jetzt! *Jetzt!*«, schrie Drew.

Godfrey rammte den Hebel nach unten. Es knisterte und knackte, gefolgt von einem lauten Knall, bei dem einige Schüler erschrocken zusammenzuckten.

Vom Körper des Toten stiegen dünne Rauchfäden auf. Godfrey hustete und suchte nach Lebenszeichen.

Majorin Stein kam herüber, um den Generator zu drosseln. Alle schwiegen erwartungsvoll.

»Schon was zu sehen, Emily?«, fragte die Majorin leise.

»Nein, nichts«, erwiderte diese, ohne den Monitor aus den Augen zu lassen.

Soweit Godfrey erkennen konnte, war der Körper immer noch vollkommen leblos.

»Da! Jetzt kommt was!«, rief Emily.

Ein schwaches Blinken war auf dem Bildschirm erschienen.

»Und noch mal!«, rief Emily.

Godfrey bemerkte plötzlich, dass er vor Aufregung die Luft anhielt. Keuchend sog er sie wieder ein, und im selben Moment *tat das auch der Körper auf der Liege.*

»Puls jetzt regelmäßig, aber schwach«, sagte Emily.

Gedämpfte Ausrufe und unruhiges Scharren wurden laut, als die Schüler sich neugierig vorbeugten.

Die Finger an der linken Hand des Geschöpfs zuckten.

»Ruhe, bitte«, sagte die Majorin. »Puls?«

»Immer noch schwach«, sagte Emily.

»Macht nichts. Das können wir als Erfolg verbuchen.«

Daran bestand kein Zweifel. Die Brust hob und senkte sich jetzt regelmäßig.

»Wie ihr seht«, erklärte Majorin Stein, »erhält man, mit etwas Sorgfalt und Vorbereitung, schon durchaus beachtliche Ergebnisse. Das ist aber nur der erste Schritt. Bisher wird unser Geschöpf durch den Strom des Generators am Leben gehalten. Das auch ohne Stromversorgung zu erreichen, ist dann der nächste Schritt und unser Thema für die morgige Stunde.«

Die Majorin trat zum Generator. »Ich werde jetzt also den Strom abstellen und dann alle etwaigen Fragen beantworten.«

Enttäuschte Seufzer wurden laut, als die Majorin den Generator abschaltete.

Die sich in entsetzte Schreie verwandelten, als plötzlich die Tür zum Hörsaal aus den Angeln gerissen wurde und ein Wesen, das aus einem Albtraum zu stammen schien, zwischen den Resten des Türrahmens erschien.

Das riesige Geschöpf war nackt, sein blau gefleckter Körper schien nur aus Klammern und Nähten zu bestehen.

»Nghhhhhg!«, schrie es mit weit aufgerissenen Augen.

Drew reagierte als Erster und stieß einen so durchdringenden Schrei aus, dass Godfrey fast die Ohren abfielen.

Das Geschöpf gab ein entsetztes Gurgeln von sich. Dann entdeckte es die Liege hinter Drew, und sein Blick wurde starr. Drew wich, immer noch schreiend, zurück, stolperte über den Generator und fiel auf den Rücken.

»Halt!«, brüllte Majorin Stein.

Das Geschöpf hinkte los. Godfrey dachte erst, es hätte es auf Drew abgesehen, doch dann blieb es vor der Liege stehen und betrachtete den Toten.

»Ruhe im Saal!«, befahl die Majorin.

Einen Moment lang war es still. Drew lag immer noch am Boden. Viele Schüler waren mitten in der Bewegung erstarrt.

Die blau-lila gefleckte Kreatur stand reglos über den grünlichen Toten gebeugt.

»Keehhh. Prii«, flüsterte es.

Neigte den missgestalteten, haarlosen Kopf zur Seite. Runzelte die Stirn und holte tief Luft.

»Keehhh. Prii«, sagte das Wesen wieder.

Dann beugte es sich plötzlich vor, packte den Arm des Toten und riss ihn ab.

»Keehhh! Prii!«, schrie es, den Arm in die Höhe haltend.

Und die ganze Klasse schrie ebenfalls.

Von Panik erfasst, kletterten Athenas Mitschüler über die Sitze, möglichst weit weg von der grauenvollen Erscheinung. Bücher polterten zu Boden. Eine Schülerin blieb mit ihrer Schärpe an einer Armlehne hängen und zerrte wie besessen daran. Schreie erfüllten den Saal.

Nur Athena stand da wie angewurzelt, während sich die Fragen in ihrem Kopf überschlugen. Wie war Khepri aus dem Labor entkommen? Und warum war er so verstört?

Ihr Geschöpf hielt den abgerissenen Arm weiter in die Luft. Drew, immer noch am Boden, stieß erneut einen markerschütternden Schrei aus, während Godfrey langsam rückwärts auf das Loch in der Wand zurollte, das bis eben noch die Tür gewesen war.

Majorin Stein trat vor. Khepri bemerkte die Bewegung, schleuderte ihr den Arm entgegen und traf sie mitten ins Gesicht. Die Majorin ging zu Boden. Khepri packte ein Bein des Toten, als wollte er das als Nächstes abreißen, doch dann bemerkte er Godfrey, der fast schon die Tür erreicht hatte. Knurrend ging er in die Hocke, wie um zum Sprung anzusetzen …

Ich muss irgendwas tun, dachte Athena verzweifelt.

»Hey«, brüllte sie.

Der Hörsaal war immer noch erfüllt von angstvollen Schreien und Scharren und Trampeln, aber Athenas Stimme schnitt durch den Lärm hindurch.

Khepri sah zu ihr hinauf. Seine Lippen bewegten sich.

»Ahh. Teee. Naa«, sagte er.

Athena ging die Stufen hinunter, während die anderen Schüler an ihr vorbei zum hinteren Ausgang strömten, und streckte beschwörend die Hand aus.

»Alles ist gut«, sagte sie.

Khepri ließ Athena nicht aus den Augen, und wieder liefen ihm Tränen die Wangen hinunter.

Doch in dem Moment stand Drew hinter ihm auf, griff nach einem Stuhl und zertrümmerte ihn auf Khepris Rücken.

Dieser Idiot!, fluchte Majorin Stein innerlich. *Der wird uns noch alle umbringen!*

Reflexhaft fuhr ihre Hand an den Gürtel. Aber sie trug natürlich keine Waffe. Schon seit Jahrzehnten nicht mehr.

Khepri fuhr zu seinem Angreifer herum. Drew hatte nur noch die Rückenlehne des Stuhls in der Hand – mehr war davon nicht übrig geblieben. Kreischend wich er zurück, als das Geschöpf jetzt die Arme nach ihm ausstreckte.

Da ertönte plötzlich ein Summen, gefolgt von einem hellen Blitz. Khepri schrie auf und ließ von Drew ab.

Tesla schwebte in Sicht und sandte einen zweiten Lichtbogen aus. Khepri heulte wieder auf. Das Summen wurde noch lauter, als Edison sich jetzt zu Tesla gesellte.

»Holt ihn euch, ihr zwei!« Doktor Singh tauchte in der zerstörten Türöffnung auf, gab sie aber gleich wieder frei. »Raus mit ihm!«

»Nein, Paras!«, rief die Majorin. »Er darf nicht entkommen!«

Hier hatten sie das Wesen wenigstens im Blick. Das Letzte, was sie brauchten, war ein Monster, das unkontrolliert durchs Schiff stürmte.

Doch die beiden Drohnen hatten schon gehorcht. Tesla versetzte Khepri einen weiteren Stromschlag, während Edison ihn immer wieder von hinten in die Knie stupste, und so trieben sie ihn vor sich her aus dem Saal.

»Alle raus hier!«, rief die Majorin.

Der Befehl war überflüssig – die meisten Schüler waren längst geflohen. Die letzten schoben sich gerade durch den Ausgang hinter der obersten Sitzreihe.

Nur eine Schülerin rührte sich nicht vom Fleck: Athena stand immer noch auf halber Höhe der Stufen. Und jetzt begriff die Majorin auch endlich, warum das Mädchen überhaupt keine Angst hatte.

Athena hörte Khepris Schreie draußen im Gang. Sie musste ihn unbedingt aufhalten, bevor er noch Schlimmeres anstellen konnte. Immer zwei Stufen auf einmal nehmend, sprang sie die Treppe hinunter und schlüpfte an der Majorin vorbei.

»Athena!«, rief die Schöpferin.

»Später!«, rief sie zurück, während sie schon über die Schwelle stürmte. »Erst muss ich hier helfen!«

Sie rannte die Flure entlang, geführt von Khepris Schreien und dem Summen der Drohnen – eine Treppe hinauf und dann durch eine Tür, bis sie sich auf dem Sonnendeck wiederfand.

Der Wind war wie ein Schlag ins Gesicht. Sie glitt auf den nassen Planken aus und wäre fast gefallen. Auf das Geländer gestützt, blickte sie in die wogende See hinunter.

Von weiter vorn ertönte ein Schrei. Athena lief darauf zu. Sie ließ die drei riesigen Schornsteine hinter sich und entdeckte Khepri, der in Verteidigungshaltung am Fuß des Gewittergenerators kauerte. Fauchend beobachtete er, wie Tesla und Edison ihn umkreisten und mit Stromschlägen traktierten. Erfolglos schlug er nach ihnen und jaulte laut auf, als Edison ihn am Ohr erwischte.

»Kannst du ihn beruhigen?«

Athena zuckte zusammen. Die Majorin stand neben ihr, der graue Mantel vom Wind gebläht.

»Was?«

»Kannst du ihn beruhigen? Wieder unter Kontrolle bringen?«

»Ich … ich weiß nicht, was Sie meinen.« Athena wischte sich eine Strähne aus den Augen.

»Lüg mich nicht an, Athena«, sagte die Majorin. »Also, kannst du ihn beruhigen oder nicht?«

Athena biss sich auf die Lippen. »Ich kann's versuchen ...«

»Dann los. Jetzt.«

Athena trat vor. »Khepri!«

Ihr Geschöpf schaute an den kreisenden Drohnen vorbei in ihre Richtung.

»Ich bin's, Athena!«

Khepris Miene veränderte sich. Das Zähnefletschen eines in die Enge getriebenen Tiers wurde von einem Ausdruck der Erleichterung abgelöst.

»Es ist alles gut, Khepri«, rief Athena.

Das Geschöpf heulte auf, als eine der Drohnen ihm einen weiteren Stromschlag verpasste.

»Aufhören, Tesla!«, ertönte die Stimme von Doktor Singh.

Athena entdeckte den Schöpfer ein Stockwerk höher, auf dem Beobachtungsdeck. Ein halbes Dutzend Schüler stand mit großen Augen neben ihm.

»Zurück, Tesla! Und du auch, Edison!«

Die Drohnen gehorchten und gingen ein bisschen auf Abstand.

»Jetzt du, Athena. Rede ihm gut zu«, sagte die Majorin leise.

»Alles ist gut, Khepri. Ich bin ja da. Komm zu mir, dann bringe ich dich in Sicherheit.« Sie streckte die Hand nach ihm aus.

Khepris Blick huschte zwischen Athena und den Drohnen hin und her.

»Alles in Ordnung«, wiederholte sie.

Khepris Schultern entspannten sich.

»Weiter so«, flüsterte die Majorin.

»Tut mir leid, dass ich dich da unten allein gelassen habe«, fuhr Athena fort, während der Wind an ihren Haaren zerrte. »Aber wenn du jetzt mitkommst, kann ich dir helfen.«

Khepri hinkte mit kummervoller Miene auf sie zu. Er war jetzt komplett auf Athena fixiert …

… und konnte deshalb auch nicht sehen, wie Kapitänin Walton oben auf der Brücke ans Geländer trat. Sie hatte eine Waffe im Anschlag, die mindestens hundert Jahre alt sein musste. Der Schaft war aus Holz und darauf saß ein kurzer Messinglauf von solchen Ausmaßen, dass ein Tennisball hineingepasst hätte. Oder irgendetwas Explosives. Eine Granate, zum Beispiel.

»Nein!«, schrie Athena auf.

»Runter von meinem Schiff, du verfluchtes Monster!«, brüllte die Kapitänin.

Mit Donnerhall schoss das Projektil aus dem Lauf, traf Khepri in den Rücken und explodierte. Das Geschöpf schwankte und Rauch stieg von der Wunde in seinem Rücken auf.

»Khepri!« Stolpernd rannte Athena auf ihn zu.

»Bleib hier, Athena!«, brüllte die Majorin hinter ihr.

Khepri entdeckte die Kapitänin im selben Moment, wie Tesla ihm wieder einen Stromschlag versetzte. Khepri heulte auf, sprang vor, und diesmal bekam er die Drohne zu packen.

Doktor Singh keuchte auf.

Khepri holte aus, visierte sein Ziel an und schleuderte Tesla gegen Edison. Scheppernd krachten die beiden Drohnen zusammen und stürzten aufs Deck.

»Warte, Khepri!«, rief Athena.

Aber der hatte sich schon auf die Plattform des Gewittergenerators geschwungen und fing jetzt an, den Mast hinaufzuklettern. Das nasse Metall war rutschig und immer wieder brachen Teile ab, auf denen er nach Halt suchte.

Athena wollte ihm folgen, aber die Majorin war schneller.

»Hiergeblieben«, rief sie und hielt das Mädchen an der Kapuze fest.

»Ich muss ihm helfen!« Athena versuchte verzweifelt, sich aus dem Griff der Majorin zu befreien.

»Athena! Du bringst dich doch nur selbst in Gefahr! Er kehrt bestimmt gleich um, da oben kommt er eh nicht weiter!«

Doch da irrte sich die Majorin. Als Khepri auf Höhe der Brücke war, hielt er an und machte sich zum Sprung bereit.

Athena schnappte nach Luft. Er war also gar nicht in Panik den Mast hinaufgeklettert. Er hatte es auf die Kapitänin abgesehen!

Die *MS Prometheus* glitt jetzt wieder in ein Tal zwischen zwei gigantischen Wellen. Auf dem Beobachtungsdeck hatte Doktor Singh die Schüler hinter sich geschart.

»So weit kann er doch niemals springen ...«, sagte die Majorin hinter Athena.

»Komm ruhig her, du blaues Scheusal!«, forderte ihn die Kapitänin heraus, die Arme ausgebreitet.

»Khepri, nein!«, schrie Athena.

Und ab da geschah alles wie in Zeitlupe.

Khepri drückte sich vom Mast ab und sprang in einem hohen Bogen zur Brücke hinüber ...

... als plötzlich eine rote Gestalt vor Doktor Singh auftauchte: Ged Hollybow, einen silbernen Kelch in der einen und ein goldenes Glöckchen in der anderen Hand.

Ged Hollybow ließ das Glöckchen klingeln.

Aus der gigantischen Welle an Steuerbord löste sich ein gewaltiger Wasserarm, schoss auf Khepri zu und erwischte ihn mitten im Sprung von der Seite, sodass er aus der Flugbahn geworfen wurde. Stumm vor Staunen beobachteten alle, wie das Geschöpf über ihre Köpfe hinweggeschleudert wurde und dann auf der Backbordseite der *Prometheus* ins Meer stürzte.

»Nein!«, schrie Athena und rannte auf das Geländer zu. Im selben Moment gab Ged Hollybow den Wasserbogen frei. Der eisige Schwall ging auf Athena nieder und riss sie von den Füßen, sodass sie, der Neigung des Schiffes folgend, direkt auf das Geländer zurutschte.

Oder, genauer gesagt, auf die Lücke *unter* dem Geländer, durch die sie bequem hindurchpassen würde. Und hinter der ein zehn Meter tiefer Absturz in die wogenden schwarzen Wellen wartete. Athena würde ins Meer gespült werden, ihrer Schöpfung hinterher.

KONSEQUENZEN

Die gute Nachricht war, dass Majorin Stein Athena gerade noch an der Schärpe erwischen konnte. Ihre Beine baumelten schon über dem Abgrund, als sie mit einem scharfen Ruck zurückgerissen wurde.

Die schlechte Nachricht war, dass Athena jetzt unten im Geheimlabor saß, umringt von drei Schöpfern. Die alle gar nicht zufrieden aussahen.

»Wie lange hast du denn schon hier unten gearbeitet, Athena?«, fragte Majorin Stein. Sie hatte ihren durchnässten Mantel ausgezogen und die Ärmel ihrer Bluse hochgekrempelt. Athena sah, wie sich die Muskeln an ihren Unterarmen spannten.

»Ein paar Wochen?«, antwortete sie zögernd.

»Geht es vielleicht etwas genauer?«

»Ich kann mich nicht mehr erinnern. Wir haben doch jetzt September, oder?«

»Oktober.«

»Ah, okay. Ich hab ein bisschen den Überblick verloren.«

»Haben Sie nicht gesagt, dass dieses Labor schon vor Jahren mit Brettern vernagelt wurde, Majorin Stein?«, kam die dröhnende Stimme von Monsieur Renaître. Er war gerade dabei, eine Schublade nach der anderen aufzureißen, ihren Inhalt zu begutachten und sie dann wieder zuzuknallen.

»*Wurde* es auch, Guillaume«, erwiderte Majorin Stein durch zusammengebissene Zähne.

»Und wie kommt es, dass du den Überblick verloren hast, Athena?«, fragte Ged Hollybow, erwartungsgemäß die einzige noch trockene Person im Raum.

»Keine Ahnung. Ich war halt so oft zum Arbeiten hier unten.«

»Hast du etwa auch den Unterricht geschwänzt?«, fragte Monsieur Renaître.

»Nein, du bist immer nur nachts hierhergekommen, stimmt's?«, sagte die Majorin.

Athena nickte, den Blick gesenkt.

»Und hast dann tagsüber noch im Unterricht gesessen. Kein Wunder, dass du öfter mal eingeschlafen bist.«

»Es gibt auch noch etwas anderes, das wir dringend besprechen müssten«, warf Ged Hollybow ein.

»Nicht jetzt, Ged«, sagte die Majorin. »Erst muss ich wissen, wie Athena das geschafft hat. Hier ging es ja nicht nur um die Wiederbelebung der Nachbarskatze. Ohne Hilfe hätte sie das niemals bewerkstelligen können.«

Der Blick der Majorin forderte eine wahrheitsgemäße Antwort.

»Ich hab ein Laborbuch gefunden«, sagte Athena.

»*Was?*«, riefen alle drei Schöpfer einstimmig.

»Was für ein«, die Majorin sprach sehr deutlich, »Laborbuch?«

»Das hab ich hier im Regal gefunden. Wurde offenbar in den 1930er-Jahren geschrieben.«

»Und wo ist es jetzt?«

»In meiner Kabine. Ich …«

»Bei Legbas Pfeife, Majorin Stein!«, fluchte Monsieur Renaître. »Dieser Raum war also nicht nur unverschlossen, hier lag auch noch ein verdammtes Kochbuch herum!«

»Ich habe das Labor damals ordnungsgemäß verriegeln lassen!«, erwiderte die Majorin, ohne Athena aus den Augen zu lassen. »Du bist durchs Kabinenfenster in mein Arbeitszimmer eingebrochen und von dort in dieses Labor gelangt, stimmt's?«

»Nein! Ich meine, doch, ja.«

»Entscheide dich, Mädchen!«, knurrte Monsieur Renaître.

»Es stimmt, dass ich in Ihr Arbeitszimmer eingestiegen bin«, erklärte Athena hastig, »aber das Kabinenfenster war schon offen.«

»Mir kommt allmählich der Verdacht, dass Sie ein Problem mit Schlössern haben, Majorin.«

»Das reicht jetzt, Guillaume!« Die Majorin seufzte und schaute wieder Athena an. »Was hast du dir denn bloß dabei gedacht?«

Athena kaute an ihrer Unterlippe und spürte, wie ihr die Tränen in die Augen stiegen. »Ich wollte allen mal zeigen, was ich drauf hab!« *Ohne auch nur eine Sekunde darüber nachzudenken, was dabei auch schiefgehen kann*, wie sie jetzt begriff.

»Wer hat das Tagebuch geschrieben? Kennst du den Namen des Schöpfers?«, fragte Ged Hollybow.

»Nein, es steht keiner drin.«

»Ich glaube, ich weiß, wer das war«, sagte die Majorin. »Ulysses Dalton III.«

»Nie gehört«, sagte Monsieur Renaître. »Wer ist das?«

»Jemand, der in den 1930er-Jahren mit diesem Schiff unterwegs war«, erklärte die Majorin. »Ein Schöpfer ohne jeden Skrupel, dem die Sicherheit anderer völlig egal war. Entsprechend hat er dann auch beim Aufbau der Prometheus-Highschool jegliche Zusammenarbeit mit uns verweigert. Unsere Ziele ließen sich nicht mit seinen rücksichtslosen Methoden vereinbaren.«

»Ach, Athena.« Ged Hollybow seufzte enttäuscht.

»Ich wollte doch nur von ihm lernen. Dazu sind wir doch hier, oder nicht?« Die Tränen flossen nunmehr ungehindert.

»Und jetzt heulen. Toll!«, schimpfte Monsieur Renaître.

Athena ließ den Kopf hängen. Tränen tropften auf den Boden des Labors.

»Ged, Guillaume, könntet ihr mich wohl einen Moment mit Athena allein lassen?«, bat die Majorin.

»Klar.« Monsieur Renaître zuckte die Achseln. »Aber diesmal würde ich sie nicht aus den Augen lassen, sonst kapert sie am Ende noch das ganze Schiff.«

Er stapfte aus dem Raum. Ged Hollybow legte der Majorin die Hand auf die Schulter, nickte ihr aufmunternd zu und folgte dann Monsieur Renaître.

Majorin Stein zog einen hohen Hocker aus einer Ecke des Labors heran und kletterte hinauf. Athena spürte, wie sich ihr Magen hob, als würde das Schiff gerade wieder in ein Wellental gleiten. Waren das einfach nur Gewissensbisse, oder nahm der Wind wieder zu?

»Athena«, sagte die Schöpferin, »du solltest wissen, dass Leute wie wir dazu neigen, sich in geheime Labore zurückzuziehen. Das liegt in der Natur der Sache. Vermutlich hat es mit unserem

Wunsch zu tun, Neues zu schaffen und Dinge zu vollbringen, zu denen andere nicht in der Lage sind. Aber so etwas geht nie gut aus. Ein Kind kommt ums Leben. Wütende Bürger. Heugabeln. Feuer. Häuser brennen bis auf die Grundmauern ab. Deshalb haben wir diese Schule gegründet.«

Die Majorin wirkte nicht mehr verärgert. Nur noch traurig.

»Aber Sie haben doch selbst gesagt, ich würde hier lernen, den Tod zu überwinden. Und Ungewöhnliches zu vollbringen«, sagte Athena.

»Das schon, aber unausgegorene Experimente bringen niemanden weiter. Das ist ja gerade das Ziel der Prometheus-Highschool: die Schöpfer aus ihrer Isolation zu holen und ihnen eine geschützte Umgebung zu bieten, in der sie zusammenarbeiten und *voneinander lernen* können.«

»Genau das hab ich doch getan! Ich hab von dem Verfasser des Laborbuchs gelernt.«

»Athena. Mir ist klar, dass du es hier anfangs sehr schwer hattest. Du hast weder eine Materialliste bekommen noch sonst irgendeine Unterstützung. Das geht auf meine Kappe. Aber es gibt einen Grund, warum dieses Laborbuch nicht bei uns in der Bibliothek steht. Es wurde vor bald hundert Jahren von einem sehr gefährlichen und verantwortungslosen Menschen verfasst. Vieles hat sich seitdem geändert. Die Wissenschaft ist eine sich ständig verändernde Gleichung, das Ergebnis jahrhundertelanger Forschung, und um eine Schöpfung zum Leben zu erwecken, reicht es nicht, ein paar Anweisungen in einem Buch zu befolgen. Deshalb drücken wir euch ja auch nicht einfach ein Laborbuch zweifelhafter Herkunft in die Hand und lassen euch dann machen. Und aus demselben Grund sind auch einige Bücher in der Bibliothek nur eingeschränkt zugänglich. Und aus demselben Grund findest du Teile unseres Unterrichts vielleicht eher langweilig. Weil ihr alle hier seid, um *gemeinsam* zu lernen. Hast du bisher auch nur mal den Versuch unternommen, deine Mitschüler kennenzulernen?«

»Godfrey und ich arbeiten öfter zusammen«, sagte Athena.

»Das ist schon mal ein sehr guter Anfang. Sonst noch jemand?«

Athena schürzte die Lippen. Es konnte doch wohl keiner erwarten, dass sie sich mit solchen Angebern wie Drew abgab, oder?

Oder mit Radul und seiner seltsamen Faszination für wild zusammengestückelte Tiere?

»Was ist mit Marceline, deiner Mitbewohnerin? Habt ihr euch schon ein bisschen angefreundet?«

Marceline? Die sich offenbar mehr für Erwin interessierte als für Athena?

»Wir passen nicht so gut zusammen«, murmelte sie, merkte aber selbst, dass das alles nur Ausreden waren.

War sie vielleicht einfach nur neidisch? Auf Drews schier unerschöpfliches Wissen? Auf Raduls unbestreitbare Replantations-Fähigkeiten? Auf die Tatsache, dass Erwin bei Marceline sofort zutraulich gewesen war?

»Wir erwarten von allen Schülern, dass sie am Unterricht teilnehmen und unsere Anweisungen befolgen. Aber ihr sollt auch lernen, aufeinander zu achten und zusammenzuarbeiten. Gerade dir täte es gut, dich mehr auf deine Mitschüler einzulassen, statt dich in deinem Labor zu verschanzen.«

Athena ließ die Schultern hängen. Dieser große Junge, Mahari, hatte Erwins Leben gerettet! Hatte sie seitdem auch nur ein Wort mit ihm gewechselt? Erschrocken wurde ihr klar, wie undankbar sie gewesen war.

»Wir setzen großes Vertrauen in unsere Schüler«, fuhr die Majorin fort. »Sehr viel mehr, als an normalen Schulen üblich ist. Aber du hast dieses Vertrauen missbraucht.«

Das tat weh. »Ich wollte nur ... der Unterricht war mir einfach viel zu langsam.«

»Ich weiß, aber glaub mir, es hat durchaus einen Sinn, erst einmal die Wände zu bauen, bevor man mit dem Dach anfängt. Denn tut man das nicht ...«

»... bricht alles zusammen.«

»Genau.«

»Und was passiert jetzt? Rufen Sie meine Mutter an?«

Fliege ich von der Schule?, lautete die Frage dahinter, aber die brachte sie einfach nicht über die Lippen.

»Kann sein, zu gegebener Zeit. Aber vielleicht solltest *du* ihr auf jeden Fall von der Sache erzählen, wenn du sie das nächste Mal anrufst.«

Das nächste Mal. Wieder verspürte Athena ein schlechtes Gewissen. Seit ihrer Abreise hatte sie nicht mehr mit ihrer Mutter gesprochen.

»Aber erst musst du mir jetzt noch erzählen, was genau du während all der Wochen hier unten gemacht hast.«

Athena lieferte der Majorin eine Zusammenfassung. Das Notizbuch, das Labor, die Körperteile aus dem Kühlraum, der aus dem Gewittergenerator abgeleitete Strom. Während ihres Berichts nickte die Schöpferin immer wieder.

»Und daraus ist dann Khepri entstanden, wie du ihn genannt hast, richtig?«

Athena nickte.

»Ein treffender Name. Wann hast du ihn zum Leben erweckt?«

»Gestern Nacht.«

Einen Moment lang blieb der Majorin der Mund offen stehen. Dann schloss sie ihn wieder und rieb sich das Kinn.

»Das ist eine ... sehr kurze Zeit, um eine so starke Bindung zu formen.«

Erneut wurde Athena von einer Woge der Trauer erfasst. Ihre Bindung war wirklich eng gewesen. Sie hatte es in Khepris Verhalten an Deck gesehen. Bei aller Verwirrung und Angst hatte er doch sofort auf den Klang ihrer Stimme reagiert, nur um dann, Sekunden später, von der Kapitänin angeschossen und von Mx Hollybow ins Meer gespült zu werden, tief hinunter in den dunklen Ozean. Ganz allein.

Wieder brach sie in Tränen aus. Richtige Tränen, die ihr schwer über die Wangen rollten.

»Ich bin ein schrecklicher Mensch«, schluchzte sie mit bebender Stimme.

»Athena«, setzte die Majorin an.

»Ich habe ihn *erschaffen* und dann einfach hier unten allein gelassen! Nur mit einem Sandwich!«

Wie hatte sie nur so egoistisch sein können? Und Godfrey hatte sie auch im Stich gelassen. Wenn sie nicht jede Nacht in ihrem Labor gearbeitet hätte, wäre der Hexapod sicher längst fertig.

»Athena!«, wiederholte die Majorin, diesmal etwas lauter. »Ein Geschöpf bringt große Verantwortung mit sich. Das hast du nun wohl gelernt, wenn auch auf die harte Tour. Aber jetzt musst du dich erst mal auf andere Dinge konzentrieren. Das kannst du doch sehr gut, auch wenn es manchmal die falschen Dinge sind. Ich brauche deine Hilfe.«

Athena holte tief Luft. Die Majorin reichte ihr ein akkurat gefaltetes Taschentuch, und Athena trocknete ihre Tränen und putzte sich die Nase. *Keine Ausreden mehr*, dachte sie bei sich. *Ich muss das wieder in Ordnung bringen.* Sie straffte sich und schaute der Schöpferin in die Augen.

»Was kann ich tun?«

»Ich hab ein bisschen Angst vor der Antwort«, sagte die Majorin, »aber ich muss wissen, wie viele Leichen du verbraucht hast.«

»Ich hab nur so viele Teile genommen, wie man für *einen* Körper braucht.«

»Ist das wahr?« Die Majorin wirkte überrascht.

»Also, einen Körper plus ein Bein. Und noch einen extra Arm. Beim ersten Arm sind mir die Nähte misslungen.«

Mit ratloser Miene rutschte die Majorin von ihrem Hocker.

»Ich kann Ihnen das zurückzahlen, falls es darum geht«, fuhr Athena fort, auch wenn sie keine Ahnung hatte, wie sie das schaffen sollte.

Doch die Majorin stand schon an der Tür. »Komm mit. Das musst du mir zeigen.«

Athena folgte Majorin Stein durch die Flure. Als sie an einem Kabinenfenster vorbeikamen, sah sie brausende Wogen unter blauschwarzen Wolkentürmen. Irgendwer schien den Gewittergenerator eingeschaltet zu haben. Im Kühlraum trafen sie Tony beim Saubermachen an. Handfeger und Kehrblech wirkten winzig in seinen überdimensionalen Lehmhänden. Majorin Stein ging zielstrebig auf die Wand mit den Schubladen zu, nahm eines der Vorhängeschlösser und warf es Athena zu. Die fing es auf und musterte den durchgeknipsten Bügel.

»Warst du das?«, fragte die Majorin.

»Ja«, bestätigte Athena.

»Und hast dann den Kopf der Leiche in der Schublade abgetrennt und mitgenommen?«

»Ja.«

Die Majorin zog die nächste Schublade auf, deren Front völlig zerbeult war. Dann die nächste. Und die nächste. Und noch eine.

»Und was ist mit denen hier?«

Athena traute kaum ihren Augen. Die Schubladen waren alle leer. Fünfzehn verschwundene Leichen.

»Die hab ich nie geöffnet, geschweige denn irgendwas rausgenommen«, sagte sie.

Majorin Stein rieb sich das Kinn. »Und das ist noch nicht alles. Erst heute Morgen wurden mehrere Körperteile aus einem der Eisschränke entwendet.«

»Heute Morgen? Das war ich nicht, ich schwör's! Ich hab nur die Teile genommen, die ich Ihnen vorhin genannt habe.«

»Ich glaube dir, Athena. Es geht eher um die Frage, ob dein Geschöpf das vielleicht getan haben könnte.«

»Khepri? Aber wieso?«

»Junge Schöpfungen haben oft Mühe, sich zurechtzufinden. Manchmal suchen sie nach ihren Angehörigen, ihren Liebsten, oder nach der Person, die sie erschaffen hat. Andere wiederum kehren an den Ort ihrer letzten Ruhe zurück, weil sie sich dorthin zurücksehnen.«

»Aber er war doch noch keine acht Stunden alt«, wandte Athena ein.

»Das ist Zeit genug.«

»Zeit genug wofür?«

»Zeit genug, um das ganze Schiff lahmzulegen!«, ertönte eine laute Stimme.

Eine völlig durchnässte Kapitänin Walton stand hinter ihr, das Wasser tropfte ihr vom Dreispitz. »Ich fürchte, dein Monster hat hier so einiges zu verantworten, Mädchen!«

»Roberta, bitte!« Majorin Stein klang verärgert. »Ich hab hier alles im Griff.«

»Ach ja, ist das so, Frankie? Alles im Griff? Unter Kontrolle? Immer eine Handbreit Wasser unterm Kiel? Den Eindruck hatte ich eher nicht, als das Monster den Mast raufgeklettert ist und eine Schülerin fast über Bord gegangen wäre. Im Griff, dass ich nicht lache!« Sie spuckte auf den Boden. Tony nahm sofort ein Tuch und schlurfte hin, um die Spucke aufzuwischen. »Du solltest dich lieber mal um deinen Doktor Singh kümmern. Der verzweifelt gerade an seinem Gewittergenerator. Sieh's ein, Frankie, dein Wunderkind hat es voll vergeigt. Ich hab ja gleich gesagt, das Mädchen ist ein Fluch.«

»Ach, hör auf, Roberta. Sie hat reichlich Dummheiten gemacht, keine Frage, aber sie ist wohl kaum für alles verantwortlich, was auf dieser Reise schiefgeht.«

»Wer weiß, vielleicht hat ihr Monster ja sogar meinen Murdoch auf dem Gewissen!«

»Was? So ein Quatsch!«, rief Athena empört. »Der Angriff auf Murdoch ist doch schon Wochen her!«

»Das reicht jetzt, Athena, Roberta. Streiten bringt uns doch nicht weiter. Jetzt müssen wir erst einmal dieser Sache mit den verschwundenen Leichen auf den Grund gehen.«

»Wer weiß, wie viele andere Schüler auf diesem Schiff noch heimlich irgendwo Monster erschaffen?«, murmelte die Kapitänin. »Hast du schon eine Bestandsaufnahme aller Geheimlabore an Bord gemacht?«

Die Majorin beachtete sie gar nicht, sondern legte Athena die Hand auf die Schulter. »Ich kann verstehen, warum du das alles getan hast, Athena. Aber es war trotzdem nicht richtig.«

»Erst wollte ich nur bei Ihnen Eindruck machen«, erklärte Athena kleinlaut. »Deshalb diese Aktion in der Galvanismus-Stunde. Das war falsch, das weiß ich jetzt. Aber danach musste ich dann *allen* beweisen, dass ich nicht nur Chaos stiften kann.«

»Verstehe. Leider hast du aus der Sache mit den Fröschen nichts gelernt, sondern den gleichen Fehler noch mal gemacht und uns alle in Gefahr gebracht. Hättest du deine Fähigkeiten nicht sehr viel leichter unter Beweis stellen können, indem du mit den anderen *zusammenarbeitest*, statt heimlich dein eigenes Ding zu machen?«

Athena biss sich auf die Lippen. Da hatte die Majorin nicht unrecht.

»Ich habe nie an deinen Fähigkeiten gezweifelt, Athena. Deshalb bist du ja hier. Aber inzwischen ist dir sicher klar geworden, dass es ein großer Unterschied ist, ob man ein totes Kätzchen reanimiert oder ein menschliches Wesen erschafft.«

Die Majorin ließ Athenas Schulter los. »So. Jetzt aber eins nach dem anderen. Zunächst müssen wir …«

»Ich störe nur ungern, aber …«, kam in diesem Moment eine Stimme von der Tür. Doktor Singh stand auf der Schwelle und schien noch verwirrter als sonst.

»Was gibt's, Doktor?«

»Ich habe soeben eine gründliche Untersuchung des Gewittergenerators abgeschlossen.«

Draußen sah man einen Blitz, von sofortigem Donner gefolgt.

»Und wieso ist das Unwetter dann noch in vollem Gang?«, fragte Majorin Stein.

»Das ist es ja gerade.« Doktor Singh rückte die Brille zurecht. »Es ist mir nicht gelungen, die kürzlich aufgetretenen Fehler zu beheben.«

»Und das bedeutet?«, fragte die Majorin.

»Den Generator zum Laufen zu kriegen, war noch nie ein Problem. Seine Leistungsfähigkeit ist schier unglaublich.«

»Ja, und?«

»Sobald er läuft, zieht er seine gesamte Energie aus den Blitzen, die er selber erzeugt.«

»Ja, und?«

»Jetzt lässt er sich offenbar nicht mehr abschalten.«

Athena schlug erschrocken die Hand vor den Mund und blickte zwischen den Schöpfern hin und her.

»Soll heißen, das Unwetter wird weitertoben, bis Sie es schaffen, den Generator abzuschalten?«, fragte die Majorin.

»So ist es. Um genau zu sein, steigt die von ihm erzeugte

Energie sogar exponentiell an, es wird also immer heftiger werden.«

Und nach diesen Worten stürmten alle aus dem Raum.

Alle bis auf Tony. Die Majorin hatte ihm Anweisung erteilt, in ihrer Abwesenheit niemanden in den Kühlraum einzulassen. Und so beendete der Golem erst einmal in Ruhe seine Arbeit: Operationsbestecke reinigen, den Boden wischen, die Gläser mit den anatomischen Präparaten so ausrichten, dass man ihre Etiketten lesen konnte. Diese Arbeiten erledigte er zuverlässig jeden Tag um dieselbe Zeit. Er wusste, dass sie wichtig waren, auch wenn er nicht hätte sagen können, warum.

Ein Klopfen an der Tür unterbrach ihn. Wäre Tony ein Mensch gewesen, wäre ihm vielleicht aufgefallen, dass das Klopfen eher wie ein Hämmern klang, aber er war nun mal aus Lehm gemacht. Und so ging er pflichtbewusst zur Tür und öffnete sie.

»Mehr Leichen?«, fragte eine hohe, brüchige Stimme.

»Niemand einlassen, Anweisung der Maj...«

Weiter kam Tony nicht. Ein Fauchen ertönte, dann ein tönernes Scheppern. Der Golem wankte, seine Sicht war getrübt. Er fuhr sich mit den Händen ins Gesicht.

Und fand nur noch einen Scherbenhaufen.

AUSGANGS-SPERRE

Majorin Stein hatte Athena noch in die Mensa begleitet und war dann mit Doktor Singh weitergeeilt. Viele Schüler hatten schon gegessen, saßen aber noch zusammen und besprachen die jüngsten Ereignisse. Und auch wenn essen gerade das Letzte war, wonach ihr der Sinn stand, hatte sich Athena einen wohlgefüllten Teller abgeholt und mit dem Rücken zum Saal an einen Tisch gesetzt. Sie holte ihr Handy hervor und sah, dass aus den drei verpassten Anrufen inzwischen *acht* geworden waren. Und sie hatte hier zur Abwechslung mal Empfang.

Ihre Mutter nahm schon beim ersten Klingeln ab.

»Athena, Liebes, wie geht es dir? Bist du warm genug angezogen? Ach, du hast mir so gefehlt. Ist alles in Ordnung? Hast du genug warme Sachen dabei? Und kriegt ihr da draußen was Anständiges zu essen? Und bist du auch warm genug angezogen?«

Athena musste ein Lachen unterdrücken, spürte aber gleichzeitig einen Kloß im Hals, der sie überraschte. »Mir geht's gut, Mum. Tut mir leid, dass ich jetzt erst anrufe. Der Empfang ist hier furchtbar schlecht, und ich hatte so viel zu tun, und …«

»Und so, wie wir auseinandergegangen sind, hattest du's auch nicht eilig, dich zu melden«, beendete ihre Mutter den Satz.

»Ja. So ähnlich.«

»Ich hab viel nachgedacht – und mit meiner Therapeutin gesprochen – und es gibt so vieles, was ich …« Sie unterbrach sich.

Athena schaute auf den Bildschirm, um nachzusehen, ob sie noch verbunden waren.

»Entschuldige, ich wollte dich nicht damit überfallen«, sagte ihre Mutter. »Wie ist denn der Unterricht? Ein bisschen spannender als an deiner alten Schule?«

»Ja.« Athena räusperte sich und wischte eine Träne aus dem Augenwinkel. »Kann man so sagen. Ziemlich anspruchsvoll sogar. Ich, ähm, ich hab ein paar Dummheiten gemacht.«

Die Untertreibung des Jahres, dachte sie.

»Aha?«

»Na ja, du weißt schon, ich hab's wohl ein bisschen zu sehr darauf angelegt, den anderen zu imponieren …«

Die Untertreibung des Jahrzehnts.

»Aha?«

Mehr wollte sie lieber nicht erzählen. Noch nicht jedenfalls.

»Aber die Lernkurve ist steil.«

»Aha.«

Es gab eine längere Pause. Das Schiff schlingerte immer heftiger, und Athena musste ihr Glas festhalten, damit es nicht umfiel.

»Mir ist noch mal«, sagte ihre Mutter, »dieser Toaster eingefallen.«

»Welcher Toaster?«

»Na, dieses blöde Retro-Teil aus den 60ern, von dem dein Vater so besessen war. Rot und silbern war der, und öfter kaputt als heil. Aber dein Vater wollte ihn unbedingt behalten. Jedes Mal, wenn das Ding wieder den Geist aufgab, nahm er es auseinander und bastelte daran herum. Er wollte immer ganz genau wissen, wie etwas funktionierte oder woran es gelegen hatte, wenn es dann kaputtging. Ich glaube, das war einer der Gründe, warum ich mich in ihn verliebt habe. Und es war natürlich auch praktisch, wenn das Auto eine neue Kupplung brauchte oder die CD sich im CD-Player verklemmt hatte. Aber es hat mich oft auch *wahnsinnig* gemacht!«

Athena kicherte.

»Bei diesen Basteleien konnte er alles und alle um sich herum vergessen. Ich habe ihn geliebt, aber ich habe mir immer gewünscht, er würde auch nur ansatzweise so viel Interesse für seine Mitmenschen aufbringen wie für das Innenleben seiner Maschinen.«

Sie verstummte. Dann holte sie tief Luft und fuhr fort: »Und ich sehe ihn ständig in dir. Dieselbe Fokussierung, dieselbe Wissbegierde. Dieselbe Art, sich nie geschlagen zu geben. Und beim Nachdenken auf der Unterlippe zu kauen.«

Athena hörte auf, auf ihrer Unterlippe zu kauen.

»Ich verstehe das alles gut. Aber ich glaube, sein Tod hat diese Eigenschaften bei dir noch weiter verstärkt.«

Athena wusste nicht, was sie darauf sagen sollte.

»Was nicht heißen soll, dass mit dir irgendwas nicht stimmt, Liebes. Du bist klug. Und voller Ideen. Das ist wunderbar. Aber es gab damals einen Moment im Krankenhaus – ich weiß nicht, ob du dich noch erinnerst –, da hast du mich gefragt, ob die Ärzte wirklich alles versucht haben. Ich hab deine Hand genommen und geantwortet, sie hätten alles getan, was sie konnten. Aber du hast deine Hand wieder weggezogen und gesagt: ›Wirklich *alles*?‹«

Athena erinnerte sich durchaus noch an dieses Gespräch. An einem guten Tag hätte sie vielleicht sogar zugegeben, dass sie diese Erinnerung ständig wie eine Bürde mit sich herumschleppte. Aber heute war kein guter Tag, deshalb tat sie es nicht.

Ihre Mutter ließ die Stille noch einen Moment lang andauern, bevor sie hinzufügte:

»Ich glaube, du solltest dir einfach ab und zu klarmachen, dass es Dinge gibt, die man nicht mehr in Ordnung bringen kann. Die sind dann einfach so. Manchmal muss man eben doch einen neuen Toaster kaufen.«

»Danke, Mum«, sagte Athena schließlich.

»Alles in Ordnung, Liebes?«

»Ja, alles gut. Ich hab nur …«

Jemand rammte sie so heftig, dass ihr das Handy aus der Hand flog.

»He, pass doch auf! Wegen dir wär mir fast das Tablett runtergefallen!« Drew stand plötzlich viel zu dicht neben ihr.

»Ich hab hier doch nur ganz ruhig …«

Nein, lass es. Genau darauf legt er's ja an.

»'tschuldigung«, sagte sie stattdessen und stand auf, um sich ihr Handy zurückzuholen. Der Anruf war beendet worden.

»Verzeihung«, murmelte sie und wollte sich an Drew vorbeischieben.

Doch er spiegelte ihre Schritte und versperrte ihr den Weg.

»Sei ehrlich, Athena«, sagte er mit einem lauernden Grinsen,

»mit diesem Monster wolltest du dir einen Freund zulegen, stimmt's?«

Von den Tischen ringsum kam hier und da ein Kichern. Athena spürte, wie ihr Gesicht heiß wurde und ihre Augen brannten. Inzwischen war sie von mehreren Mitschülern umzingelt und konnte nirgends mehr hin.

»Hat er dir in den langen kalten Nächten Gesellschaft gelei… *autsch!*« Drew sprang beiseite und rieb sich den Oberschenkel.

»Oh, entschuldige, Drew!«, zwitscherte eine helle Stimme hinter ihm. »Beim Zurücksetzen muss ich dich wohl übersehen haben!«

Godfrey rollte in Sicht, sein Mensatablett auf dem Schoß. »Hey, Athena, setzt du dich zu mir?«, fragte er mit einem Lächeln.

Der Schülerkreis teilte sich, um Godfrey durchzulassen, und Athena folgte ihm zu einem Tisch in der Ecke.

»Danke«, sagte sie und putzte sich mit einer Serviette die Nase.

»Schon okay«, sagte Godfrey und fing an zu essen. Sein Tablett sah aus, als hätte er sich nicht nur eines, sondern sämtliche angebotenen Gerichte aufgeladen. »Das hast du«, sagte er mit vollem Mund, »also die ganze Zeit gemacht: dir ein Geschöpf zusammengebaut?«

»Ja.« Sie nickte.

»Immer nur nachts?«

Sie nickte wieder.

»Wie lange bist du denn schon dran?«

»Seit wir von diesem Bluthund verfolgt worden sind.«

»Wow. Und seitdem *jede* Nacht?«

»So gut wie.«

»Wow. Das sind ja *Wochen*! Kein Wunder, dass du immer so müde warst!« Er senkte den Blick und fügte hinzu: »Das war dann wohl auch der Grund, warum du mir bei dem Hexapod nicht mehr so viel helfen konntest.«

Laut ausgesprochen wirkte diese Tatsache wie ein Schlag in die Magengrube.

»Ja«, sagte Athena. »Und das tut mir auch echt leid.«

»Wir hätten uns doch gegenseitig helfen können«, sagte er leise.

Ihr schlechtes Gewissen wurde noch größer. Sie hatte ja sogar überlegt, Godfrey ins Vertrauen zu ziehen, sich dann aber damit herausgeredet, dass sie ihm diese nächtlichen Ausflüge wegen seiner Angst vor dem Bluthund nicht zumuten wollte.

»Aber warte mal kurz!« Godfrey hob plötzlich den Kopf. »Warst du das etwa, die diese endlosen Verlängerungskabel bis zum Gewittergenerator verlegt hat?«

»Ja, klar«, sagte sie verlegen.

Godfrey brach in schallendes Gelächter aus.

»Was ist denn so lustig daran?«, fragte Athena, als er sogar die Gabel losließ und sich die Seiten hielt.

»Was für eine ... unglaubliche ... Energieverschwendung!«, stieß er keuchend hervor.

Athena grinste. Sein Lachen war zu gutmütig, um sie zu kränken. »Ach, halt die Klappe«, erwiderte sie.

Godfrey wischte sich die Tränen aus den Augenwinkeln. »Nicht, dass die *Prometheus* in irgendeiner Hinsicht energieeffizient wäre. Aber im Ernst, ich muss dir mal die Pläne für meinen Außenbordgenerator zur Nutzung der Wellenenergie zeigen.«

»Deinen was?«

»Stell dir einen ganz normalen Trimaran vor, aber mit hydraulischen Pumpen an den Auslegern. Die dann ...«

Das Schiff legte sich abrupt auf die Seite. Athena musste ihr Tablett festhalten, damit es nicht vom Tisch rutschte. Aus einer anderen Ecke des Speisesaals ertönte ein *RUMMS*. Mehrere Schüler sprangen auf, um dem kastenförmigen Geschirr-Roboter wieder auf die Füße zu helfen. Die anderen warfen Blicke zur Tür und fragten sich, warum eigentlich keiner der Schöpfer im Speisesaal Aufsicht führte.

Und so wurde es dann auch sofort still, als jetzt Ged Hollybow auf der Schwelle erschien – erstmals nicht perfekt gestylt, ein Knopf am Rüschenhemd offen, der Jackenkragen halb hoch- und halb runtergeklappt.

»Vielen Dank für eure Geduld«, sagte Mx Hollybow. »Leider hat es einen Vorfall gegeben, der unsere ganze Aufmerksamkeit verlangt. Deshalb muss ich euch bitten, noch etwas länger im Speisesaal auszuharren.«

Ein Stöhnen lief durch die Schülerschar. Dann fingen alle wieder an zu reden, aber zwei Fragen stachen aus dem Stimmengewirr hervor: »Stimmt irgendwas nicht mit dem Schiff?«, fragte jemand. Und jemand anderes rief: »Wie lange denn noch? Hier gibt's nur eine Toilette und die stinkt, als hätte Athenas Monster sie benutzt.«

»Ruhe!«, brüllte Mx Hollybow.

Sofort wurde es still.

»Kein Grund, ausfallend zu werden, Drew«, sagte Hollybow und warf dem Jungen einen kühlen Blick zu. »Aber es ist verständlich, dass ihr eine Erklärung haben wollt. Zum einen gibt es Probleme mit dem Gewittergenerator. Doktor Singh ist gerade dabei, ihn zu reparieren. Und zum Zweiten wurde Tony überfallen. Deshalb haben wir eine sofortige Ausgangssperre verhängt.«

Wieder erhob sich Stimmengewirr. Einige Schüler schauten zu Athena hinüber, und es war klar, was sie dachten.

»Khepri *kann* es doch gar nicht gewesen sein«, flüsterte Athena Godfrey zu. »Wir haben alle gesehen, wie er über Bord gespült wurde.«

»Vielleicht kann er schwimmen«, gab Godfrey zu bedenken.

Mx Hollybow rief den Saal kein zweites Mal zur Ordnung, sondern zählte jetzt die Schüler durch. Athena stand auf und tat dasselbe.

»Was hast du vor?«, fragte Godfrey.

Athena waren die Worte der Majorin eingefallen: *Ihr sollt auch lernen, aufeinander zu achten.*

»Eine fehlt«, sagte sie und ging zu Mx Hollybow hinüber. »Sie müssen mich gehen lassen.«

»Hab ich mich nicht klar genug ausgedrückt, Athena? Niemand verlässt diesen Raum.«

»Aber es fehlt jemand«, sagte Athena. »Das haben Sie doch sicher auch bemerkt.«

»Allerdings.« Mx Hollybow schnalzte besorgt mit der Zunge. »Ich weiß nur noch nicht, wer.«

»Es ist Marceline. Die war heute noch gar nicht in der Mensa.«

Ged Hollybow ließ den Blick durch den Saal schweifen. »Stimmt, Marceline ist nicht dabei. Trotzdem ...«

»Wahrscheinlich ist sie in unserer Kabine«, sagte Athena. »Irgendwer muss sie holen, und Sie selbst sollen hier doch die Schüler beaufsichtigen.«

»Nein, Athena, das kann ich nicht ...«

»Ich bin ratzfatz wieder zurück, versprochen!«

Mx Hollybow holte tief Luft. »Na gut, dann los. Aber keine Umwege, klar? Und pass auf, dass du nicht über Bord gespült wirst. Einmal reicht für heute.«

»Geht klar!«

Auf ihrem Weg zu den Schülerquartieren sah Athena nur noch tosende Wellen hinter den Fenstern, so heftig war das Unwetter geworden. Immer wieder wurde sie gegen die Wände geworfen, wenn das Schiff in ein besonders tiefes Wellental kippte. Vor der Kabinentür angekommen, klopfte Athena in ihrer Eile gar nicht erst an, sondern riss sie gleich auf. Und erstarrte.

Marceline stand in Unterwäsche vor ihr. Offenbar war sie gerade beim Umziehen.

Normalerweise wäre das halt ein bisschen peinlich gewesen. In diesem Fall war es aber eher schockierend. Nicht wegen Marcelines nackter Haut, sondern wegen der vielen wulstigen Narben, die kreuz und quer darüberliefen.

Wenn Athena zurückdachte, hatte sie Marceline tatsächlich immer nur vollständig bekleidet gesehen. Oder schon fest in ihre Bettdecke gewickelt. Aber nie irgendwo dazwischen. Schon seltsam, wenn man sich seit Wochen das Zimmer teilt ...

Und dann waren da noch die vielen Heftklammern überall an ihrem Körper. Und die stellenweise ganz unterschiedliche Hautfarbe: mal ganz normal, mal aber auch bläulich oder grün gesprenkelt. Wie ein Flickenteppich, als bestünde sie aus lauter Einzelteilen verschiedener Herkunft.

Marceline war ein Geschöpf.

FURCHTLOS UND MÄCHTIG

Athena fiel die Gestalt ein, die vom Rand der Glaskuppel über dem Ballsaal auf sie hinuntergesehen hatte. Ihre Silhouette stimmte in Größe und Statur in etwa mit der von Marceline überein, die jetzt hastig nach ihrem Hoodie griff und ihn überstreifte. War sie diese heimliche Beobachterin gewesen? Durchaus möglich.

Athenas Blick wanderte zu Marcelines nackten Füßen. Eindeutig menschliche Füße, aber die Zehen wirkten unverhältnismäßig lang, ihre Nägel spitzer als normal. Die konnten bestimmt solche Kratzspuren verursachen, wie Athena sie im Ballsaal an der Stelle gesehen hatte, wo Murdoch überfallen worden war.

Hat Marceline den Bootsmann umgebracht? Athenas Herz fing an zu hämmern.

»Warte«, rief Marceline, während sie in ihre Hose schlüpfte.

Doch Athena war schon losgerannt, stürmte blindlings die Gänge entlang, geriet auf der Treppe ins Stolpern und wäre beinahe gefallen. Erst als sie im Eingang des Ballsaals stand, hielt sie inne und lauschte, hörte aber keine Schritte hinter sich. War Marceline ihr gar nicht gefolgt?

Ein Blitz erhellte die riesige Statue im Saal, dann krachte der

Donner. Zögernd machte Athena ein paar Schritte in den Raum, der von der Notbeleuchtung nur schwach erhellt wurde.

Konnte es wirklich sein, dass *ihre Mitbewohnerin* nachts durchs Schiff gestreift war, Murdoch angegriffen und Leichen gestohlen hatte? Zumindest dieser letzte Teil ergab doch überhaupt keinen Sinn ...

Athena trat unter den überhängenden Balkonen hervor und schaute zur Glaskuppel empor, auf die der Regen prasselte. Das Unwetter wurde immer noch stärker, die Blitze gingen jetzt in dichter Folge nieder und Athena zuckte jedes Mal zusammen. Der ganze Saal erbebte unter den Donnerschlägen, und als das Schiff sich wieder auf die Seite legte, wäre Athena fast ausgeglitten.

Moment. Wieso ist es hier so rutschig?

Sie schaute zu Boden und keuchte entsetzt auf. Das bronzene Zitat am Fuß der Prometheus-Statue hatte eine Ergänzung bekommen. In verschmierten roten Druckbuchstaben stand dort:

HÜTET EUCH,
DENN ICH BIN FURCHTLOS
UND DAHER MÄCHTIG.

Athena nahm ihren Fuß von der untersten Zeile, die im trüben Licht noch feucht glitzerte: Die Botschaft war offenbar mit Blut geschrieben worden!

Von Panik erfasst, schaute Athena sich im Saal um. Zu viele dunkle Ecken, zu viele Verstecke. Wieder flammte ein Blitz auf und erhellte den bronzenen Titanen.

Und noch etwas anderes.

Lang und schlaksig kam es hinter der Statue hervor. Klapperdürr, mit spitzen Ellbogen und Knien. Unterhalb seines Knies baumelte eine völlig überdimensionierte Hand, deren Finger, schmal und scharfkantig, eher an Messer erinnerten. Dazu ein vorstehendes Kinn und ein Grinsen, das viel zu breit für den schmalen Schädel schien. In seiner anderen, normal großen Hand hielt es einen Knochen, den es gerade genüsslich abnagte.

Entsetzt wich Athena zurück. Das war ein Ghul. Das musste einer sein.

An seinem Körper hingen die zerfetzten Reste von Kleidungsstücken herab, auf dem Kopf saß ein zerbeulter Zylinder. Haarbüschel ragten aus den Löchern darin hervor, wie Stroh aus einer Vogelscheuche. Die Kreatur gab ein Geräusch von sich, das irgendwo zwischen Husten und Kichern lag.

»Mehr Leichen?«, fragte sie dann mit seiner hohen, heiseren Stimme und hinkte auf Athena zu, wie eine Figur in einem alten Stummfilm.

»Nicht näherkommen, bitte«, flüsterte Athena und hob die Hände zum Zeichen, dass sie nichts Böses im Schilde führte.

Das Wesen warf den abgenagten Knochen in ihre Richtung. Er schlitterte vor Athena über den Boden und sah vage nach einer Pfote mit dem dazugehörigen Unterarmknochen aus.

»Mehr Leichen?«, fragte es wieder und streckte die riesige rechte Hand aus. Die Finger klirrten metallisch gegeneinander, und Athena begriff, dass es *tatsächlich* Klingen waren.

Viele haben ihren Körper auf eine Weise optimiert, dass sie ihre Gier noch leichter befriedigen können, hatte Mx Hollybow in der Zombie-Stunde gesagt.

»Ich … hab … keine Leichen«, stammelte Athena.

Der Ghul bleckte sein schadhaftes Gebiss, stieß ein Kreischen aus und ging auf Athena los. Die hob schützend die Arme vors Gesicht, obwohl sie wusste, dass das nicht viel helfen würde …

Da schoss eine verschwommene Gestalt an ihr vorbei und donnerte frontal in den Ghul hinein. Das Monster flog durch die Luft und landete krachend vor dem Sockel der Statue.

Die Gestalt war klein und trug Jeans und Kapuzenpulli.

»Marceline?«, rief Athena verblüfft.

Der Ghul war schon wieder auf den Füßen und schüttelte sich wie ein nasser Hund. Der Zylinder saß noch an derselben Stelle, als wäre er dort festgetackert. Das Wesen öffnete den Mund, und seine Kiefer knackten ekelerregend.

Marceline nickte kurz zu Athena hinüber. »Hey, Mitbewohnerin. Geh lieber beiseite.« Dann zeigte sie auf den Ghul. »Und du«, sagte sie ruhig, »kommst jetzt schön her.«

Athena blieb kaum Zeit, aus dem Weg zu gehen, so schnell folgte der Ghul der Aufforderung. Mit einem Satz sprang er auf Marceline zu, die sich im selben Moment vom Boden abdrückte, sodass beide mitten in der Luft zusammenprallten. Der Ghul versuchte Marceline zu beißen, die wich jedoch aus und verpasste ihm einen Kinnhaken von unten, der seine Zähne aufeinanderkrachen ließ. Mit einem dumpfen Aufprall landeten sie auf dem Boden, sprangen aber gleich wieder auf.

Marceline bewegte sich unglaublich schnell, wie eine Superheldin, duckte sich unter den Fingerklingen des Ghuls hinweg, versetzte ihm einen Tritt gegen die Knie, und dann, als er wegknickte, einen Hieb in den Magen. Das Monster heulte auf und ließ erneut seine Riesenhand durch die Luft sausen. Athena schrie auf, als die scharfen Klingen ihr Ziel erreichten und die Vorderseite von Marcelines Hoodie aufschlitzten. Mit einer Rückwärtsrolle brachte sich das Mädchen außer Reichweite, befühlte mit der Hand ihren Brustkorb und zog sie blutig zurück.

Ich kann hier nicht bloß rumstehen, dachte Athena, *und Marceline alles allein machen lassen!*

Ihr Blick fiel auf die aufgestapelten Stühle an der Wand und sie rannte darauf zu.

Der Ghul stieß einen Schrei aus.

Marceline erwiderte den Schrei und stürmte auf ihn los. Tauchte ab, als seine Hand durch die Luft fuhr. Rammte ihm die Schulter in den Magen, sodass er nach hinten taumelte. Um seinen Sturz aufzuhalten, hieb der Ghul die Klingenfinger in den Boden und riss die Parkettstreifen wie Dominosteine heraus. Mit der freien Hand packte er Marceline am Nacken und wirbelte sie durch die Luft. Mehrere Meter weiter kam sie, mit der Schulter voran, auf dem Boden auf.

»Hey!«, schrie Athena, um das Monster von ihr abzulenken, und griff nach einem Stuhl.

Der Ghul drehte den Kopf, aber da hatte Athena das Möbel schon mit aller Kraft in seine Richtung geschleudert. Es rutschte über den Boden und schlug dem Ghul von hinten die Beine weg, sodass er auf alle viere fiel.

Marceline, die sich wieder aufgerappelt hatte, stürzte sich auf ihn und bearbeitete ihn mit den Fäusten, doch er packte nur eines ihrer Handgelenke und warf sie in die Luft, als wöge sie nichts.

»Nein!«, brüllte Athena.

Marceline segelte in hohem Bogen auf die Statue zu, griff nach der Kette des Titans und blieb dann baumelnd an ihr hängen.

Der Ghul hinkte auf Athena zu, mit gelb glitzernden Augen und breitem Grinsen. Trotzdem war sein Gesicht immer noch eindeutig menschlich. Athena wich keuchend zurück, als er die Klingenhand hob, stolperte über einen ausgerissenen Parkettstab und fiel. Alle Geräusche verstummten, bis auf das Kichern des Ghuls …

… und das helle Klingeln eines Glöckchens.

Dann gab es ein machtvolles *FFWUUUUUP*, das Athena in den Ohren knackte. Dem Ghul quollen die Augen aus den Höhlen, als würde er von einer riesigen, unsichtbaren Faust zusammengedrückt, dann schoss er senkrecht in die Höhe, durchbrach die Glaskuppel und verschwand.

Mit offenem Mund beobachtete Athena, wie Ged Hollybow auf sie zueilte, Glöckchen und Dreizack in den Händen.

»Alles in Ordnung, Athena?«

»Alles gut«, stieß diese hervor, nachdem sie endlich wieder Luft geholt hatte.

Ged Hollybow blickte zu dem geborstenen Glasdach hinauf. »War das ein *Ghul?*«

Athena stand auf. »Ich glaub schon. Das würde auch die vielen fehlenden Leichen erklären. Sehen Sie mal, was er geschrieben hat.«

Kopfschüttelnd las Ged Hollybow die blutigen Worte auf dem Boden. Jetzt regte sich auch Marceline und kletterte von der Statue herunter.

»Marceline! Wo kommst du denn her?« Ged Hollybow musterte sie besorgt. »Du blutest ja!«

»Nur ein Kratzer«, antwortete Marceline und bedeckte die Risse in ihrem Hoodie mit den Händen.

»Wie bist du bloß da raufgekommen?«, fragte Ged Hollybow mit einem Blick auf die riesige Statue.

Marceline suchte fieberhaft nach Worten: »Ich, ähm …«

»Sie ist raufgeklettert, auf der Flucht vor dem Ghul«, sprang Athena schnell ein.

»Ah, verstehe. Gut, dann los, ihr beide, ich muss die anderen Schöpfer informieren.«

Schweigend fielen Athena und Marceline hinter Ged Hollybow in Trab.

Am Ausgang schlüpfte Marceline rasch in ihre Schuhe und nahm eine kleine Holzkiste vom Boden auf, in deren Deckel mehrere Löcher gebohrt worden waren.

»Was ist denn da drin?«, fragte Athena, als Marceline sie wieder eingeholt hatte.

»Erwin«, sagte Marceline und klappte kurz den Deckel auf. Drinnen lag der missgestaltete kleine Kater zusammengerollt auf einem Stück Stoff. »Ich dachte, den sollten wir lieber nicht allein lassen«, sagte Marceline.

»Oh ja, danke!«, sagte Athena erleichtert, aber auch voller Schuldgefühle. Marceline kümmerte sich viel besser um Erwin als sie selbst. Sie sah, wie Marceline krampfhaft den zerrissenen Hoodie zusammenhielt, um ihre Narben zu verbergen.

»Hier, nimm meinen«, sagte sie und zog sich auch schon den Pulli über den Kopf.

Hastig tauschten sie die Pullover.

»Danke«, flüsterte Marceline.

»Nicht trödeln, ihr zwei«, rief Ged Hollybow und bog schon um die nächste Ecke.

Die Mädchen setzten sich in Trab und erreichten das Schott zum Sonnendeck, wo Ged Hollybow schon das Messingrad drehte und ihnen über das Quietschen hinweg zurief: »Wir nehmen die Außentreppe zum Speisesaal, das geht schneller. Ich musste die anderen Schüler allein lassen, als ich den Aufruhr im Ballsaal spürte.«

Der Sturm erfasste die halb geöffnete Tür und ließ sie krachend aufschlagen.

»Ach herrje«, sagte Ged Hollybow.

Waagerecht schnitt der Regen durch die Luft, und die Wellen waren bald zwanzig Meter hoch.

»Der Gewittergenerator«, sagte Athena.

»Jepp«, erwiderte Ged Hollybow. »Doktor Singh hat ihn offenbar noch nicht unter Kontrolle gebracht. Kommt.«

Vorsichtig, eine Hand am Geländer, liefen sie über das nasse Deck. Eine Welle krachte gegen den Rumpf und hätte alle drei fast umgeworfen. Meterhohe Gischt ging auf sie nieder.

»Lieber Himmel, kann Roberta denn nicht aufpassen? Die Welle hat uns voll von der Seite erwischt!«

»Ähm, ich glaube … die Kapitänin ist gerade anderweitig beschäftigt.« Athena wies in Richtung Bug.

Nicht weit von ihnen stand Kapitänin Walton an der Reling, den Blick auf See gerichtet, eine Öllaterne in der Hand.

»Ist das alles, was du kannst, Lir?«, rief sie herausfordernd.

Aus den Tiefen ihres Wachsmantels zog sie den uralten Granatwerfer hervor.

»Ach du meine Güte«, sagte Ged Hollybow.

»Will sie jetzt *in die Wellen schießen?*«, fragte Athena.

»Wer weiß? Wartet hier.«

Ged Hollybow trat näher und rief: »Roberta! Was machst du denn da? Du solltest oben am Ruder stehen!«

»Hey, Ged! Komm her, das wird lustig!«, brüllte die Kapitänin zurück, klemmte sich den Granatwerfer unter den Arm und zog eine Metallkugel mit einer kurzen Zündschnur aus der Manteltasche.

»Sie ist verrückt geworden«, flüsterte Marceline.

»Komm her, Ged, wir gehen gemeinsam unter!« Die Kapitänin hielt die Laterne an die Zündschnur, die knisternd aufflammte, und schob die Granate in den Lauf.

»Roberta, bitte! Du wirst am Ruder gebraucht ...«

Marceline keuchte plötzlich auf. »Da oben!«

Athena sah zum vorderen der drei Schornsteine hinauf. Er war mit mehreren Drähten abgespannt, und an einem davon hangelte sich gerade der Ghul nach unten. Er war nur noch wenige Meter von der Kapitänin entfernt.

»Achtung, über Ihnen!«, brüllte Athena.

Die Erwachsenen fuhren herum. Blickten nach oben.

»Ein Zombie!«, schrie die Kapitänin und hob die Waffe.

»Roberta, nein!«, rief Ged Hollybow.

Zu spät: Der Granatwerfer krachte, die Granate schoss auf den Ghul zu ...

... und flog einfach durch ihn hindurch, um dann, mit einem

hallenden, fast schon lustig klingenden *DOONNNNNNG*, ein Loch in den Schornstein zu stanzen.

Danach Stille.

Noch mal gut gegangen, dachte Athena und atmete aus. *Keine Explosion, kein Querschläger. Nur ein Loch im Schornstein. Halb so wild.*

Es machte *ZOOOINNG* und der erste Abspanndraht riss. Ged Hollybow und die Kapitänin warfen sich aufs Deck, um seinem peitschenden Ende auszuweichen.

Dann riss der nächste Draht. Und der nächste.

»Oh nein«, sagte Athena.

Mit einem misstönenden Knarren neigte sich der Schornstein zur Seite. Der Ghul sprang im letzten Moment ab und verschwand außer Sicht. Der Schornstein kippte weiter nach Steuerbord, genau auf Ged Hollybow und die Kapitänin zu.

»Weg da!«, schrien Athena und Marceline wie aus einem Mund.

Die beiden Erwachsenen rappelten sich mühsam hoch und liefen in Richtung Heck. Dicht hinter ihnen krachte der Schornstein aufs Deck und wirbelte eine Wolke aus Rauch und Holzsplittern in die Luft.

Ein gewaltiger Knall ertönte, und dann brach das Feuer aus.

DIE PROMETHEUS IN FLAMMEN

Entsetzt betrachtete Athena das Ausmaß der Zerstörung. Der Schornstein blockierte die ganze Steuerbordseite des Decks, ein zerbeulter Haufen Metall. Aus der gewaltigen Öffnung, die er im Deck hinterlassen hatte, loderten Flammen, gegen die selbst der Starkregen wirkungslos war.

»Sie sind davongekommen, oder?«, fragte Marceline besorgt.

»Keine Ahnung«, erwiderte Athena, die ebenfalls in die Wand aus Feuer und Rauch hineinspähte. »Da!«, rief sie, als sie eine Bewegung bemerkte.

Ihre Erleichterung verwandelte sich in Schrecken, als sie den Ghul erkannte.

»Er klettert zur Brücke hinauf«, rief Athena.

»Was machen wir denn jetzt?«, fragte Marceline, in deren Augen sich die Flammen spiegelten. »Wir sind von den Schöpfern abgeschnitten. Die sind alle auf der anderen Seite des Feuers!«

Sie hatte recht. An Steuerbord bildete der umgestürzte Schornstein ein unüberwindliches Hindernis, und an Backbord hatte sich das Feuer schon so weit durch die Decksplanken gefressen, dass ebenfalls kein Durchkommen mehr war.

»Und dem Ghul auf die Brücke zu folgen, hat auch keinen Sinn – zu zweit haben wir kaum eine Chance gegen ihn«, ergänzte Athena. Ratlos schaute sie Marceline an.

So kannte sie sich gar nicht. Sonst hatte sie doch immer einen Plan.

»Ich glaube, wir sollten jetzt erst mal zu den anderen in die Mensa zurückgehen«, entschied sie schließlich.

»Und dann?«, fragte Marceline.

»Weiß ich auch nicht«, musste Athena zugeben. »Aber vielleicht fällt uns allen zusammen was ein.«

Schon von Weitem waren die angstvollen Stimmen aus dem Speisesaal zu hören, aber sobald sie die Tür öffneten, wurde es still. Alle starrten sie an.

Und bombardierten sie dann mit Fragen.

»Was ist passiert?«, »Was war das für ein Knall?«, »Wo kommt ihr jetzt her?«, »Wo ist Mx Hollybow?«, »Ist das Blut auf deinem Pulli?«

»Ruhe!«, brüllte Athena.

Die Fragen verstummten.

Athena öffnete den Mund, wusste aber gar nicht, wo sie anfangen sollte.

»Athena?« Godfrey schob sich mit seinem Rollstuhl zwischen den anderen hindurch.

»Es ist … äh … furchtbar viel passiert«, stammelte sie.

»Am besten der Reihe nach«, schlug er vor.

»Okay.« Sie holte Luft. »Also, erstens ist ein Monster auf dem Schiff unterwegs. Nein, nicht meins, sondern ein Ghul, jedenfalls glaube ich, dass es einer ist. Er sieht aus wie eine Vogelscheuche, und an einer Hand hat er Klingen statt Finger. Der hat vermutlich auch die Leichen aus dem Kühlraum gestohlen, und jetzt, wo keine mehr übrig sind, greift er die Lebenden an.«

Wieder wurde sie mit Fragen bestürmt.

»Es wurden Leichen gestohlen?«, »Woher willst du wissen, dass es nicht doch dein Monster war?«, »Und wo ist der jetzt, dieser Ghul?«

»Schluss jetzt!«, brüllte Godfrey.

Das wirkte.

Athena nickte ihm dankbar zu. »Zweitens ist ein Schornstein umgekippt und hat das Deck in Brand gesetzt, sodass wir vom hinteren Teil des Schiffs abgeschnitten sind. Und damit auch von den Schöpfern. Die sind alle auf der einen Seite, wir auf der anderen.«

»Der Schornstein hat doch bestimmt nur die obersten Decks eingedrückt, sonst würden wir ja sinken«, sagte Godfrey. »Weiter unten kommt man bestimmt noch durch.«

»Wir sinken?«, schrie Emily entsetzt.

»Das hätten wir dann wohl schon gemerkt«, gab Drew zurück.

»Wir sinken nicht«, sagte Athena. »Und du hast recht, Godfrey, die unteren Decks müssten eigentlich noch passierbar sein. Aber es gibt noch ein drittes Problem. Der Gewittergenerator ist weiterhin außer Kontrolle, das Unwetter wird also immer noch stärker, und das Schiff ist ohne Führung. Wir müssen unbedingt auf die Brücke.«

»Kein Problem«, sagte Drew und schlug mit der Faust in die flache Hand. »Dann gehen jetzt halt ein paar von uns rauf.«

»So einfach ist das leider nicht«, widersprach Athena. »Der Ghul ist auch da oben. Gegen den können wir ohne die Hilfe der Schöpfer nicht viel ausrichten.«

Alle Blicke waren auf sie gerichtet, voller Angst und Verwirrung.

»Dann müssen wir uns eben gut vorbereiten«, sagte Godfrey. »Wir sind immerhin dreißig, und er ist ganz allein. So schlecht stehen unsere Chancen gar nicht.«

Athena lächelte, und in ihrem Kopf formte sich ein Plan. »Da hast du recht.«

Ein sehr gefährlicher Plan. Einer, den sie niemals allein würde ausführen können.

»Ich wüsste was, um diese Chancen noch weiter zu erhöhen«, sagte Athena.

»Was denn?«, fragte Godfrey.

»Wir brauchen ein Monster. Nur ein Monster kann ein Monster besiegen. Und ich weiß auch, wo wir eins finden.«

Marceline zog sich der Magen zusammen. Wie in diesem Moment, wo man merkt, dass einem die Achterbahn viel zu schnell ist und man nur noch aussteigen will.

Athena schaute sie an. *Das war's*, dachte Marceline. *Jetzt lässt sie mich auffliegen. Jetzt schickt sie mich los, gegen diesen Ghul zu kämpfen. Für sie bin ich auch bloß ein Monster, das man problemlos opfern kann.*

Stattdessen wandte sich Athena wieder den anderen zu. »Wir

haben doch noch den Toten, mit dem wir heute Morgen bei Majorin Stein gearbeitet haben, oder?«, fragte sie.

Marceline fing wieder an zu atmen. Ihr Geheimnis war sicher – fürs Erste jedenfalls.

»Stimmt«, sagte Godfrey. »Den hat die Majorin, nach dem Vorfall mit Khepri, bestimmt wieder in den kleinen Kühlraum hinten im Hörsaal gebracht.«

»Dann holen wir ihn jetzt da raus und reanimieren ihn.«

»Das würde unsere Chancen tatsächlich um einiges erhöhen«, sagte Godfrey grinsend.

»Soll das ein Witz sein?«, rief jemand höhnisch dazwischen.

Alle schauten Drew an.

»Habt ihr schon vergessen, dass wir Emily Zwei heute Morgen gerade mal ein bisschen zum Zucken gebracht haben?«

»Hey!«, rief Emily. »Du sollst ihn nicht so nennen!« Sie schaute Athena an. »Und hat *dein* Monster ihm nicht einen Arm ausgerissen?«

»Emily Eins hat recht«, sagte Drew. »Wie soll der uns denn helfen?«

Emily boxte ihn gegen den Oberarm.

»Ich könnte auch versuchen, den Bluthund zu wecken«, schlug Hideo vor. »Obwohl man den nur bei Vollmond richtig wach bekommt. Sonst schläft er immer bloß. Seine Erschaffung war wohl irgendwie mit den Gezeiten und Mondphasen gekoppelt, aber so ganz hab ich das noch nicht kapiert …«

Alle starrten ihn an, und er verstummte. So klein er auch schon war, schien er unter ihren Blicken noch weiter zu schrumpfen.

»Den Bluthund gibt's wirklich?«, stieß Mahari hervor.

»Ja klar«, erwiderte Hideo sanft. »Ich helfe der Majorin doch jede Woche beim Füttern.«

»Warum hast du uns das noch nie erzählt?«, wollte Drew wissen.

»Weil keiner gefragt hat?«, gab Hideo achselzuckend zurück.

Marceline war nicht überrascht. Hinter den Kulissen der Prometheus-Highschool ging so einiges vor sich, von dem die Schüler nicht das Geringste ahnten. Was hatte sie auf ihren nächtlichen Ausflügen nicht alles schon erlebt!

»Nein, selbst wenn wir den Bluthund wecken könnten, ist er viel zu unberechenbar«, sagte Athena. »Das können wir nicht riskieren.«

»Und woher willst du das wissen?«, fragte Drew herausfordernd. »Gab's da eine E-Mail, die wir alle verpasst haben? Sind auf diesem Schiff auch noch andere Fabelwesen unterwegs? Der Osterhase zum Beispiel?«

»Das bringt uns doch jetzt nicht weiter«, warf Godfrey ein.

»Ich weiß, dass das Geschöpf heute Morgen nicht gerade in Höchstform war«, sagte Athena, »aber was Besseres haben wir nun mal nicht.«

Sie wirkte jetzt wieder völlig souverän, stellte Marceline mit Erstaunen fest. Offenbar konnte sie innerhalb kürzester Zeit von ratlos zu extrem fokussiert wechseln.

»Wenn der Arm noch im Hörsaal liegt«, sagte Radul und zog sein Näh-Set hervor, »kann ich ihn doch wieder annähen.«

»Glaubt ihr wirklich, wir könnten mal einfach so einen Toten zum Leben erwecken?«, fragte Emily.

»Athena hat das doch sogar schon mal ganz allein geschafft«, gab Godfrey zu bedenken.

»Stimmt, und das war ja auch ein voller Erfolg«, sagte Drew ironisch. »Den Bluthund findet ihr unberechenbar, aber vor einem Monster habt ihr keine Angst? Was, wenn es nicht auf uns hört und den Khepri macht? Dann haben wir *zwei* wild gewordene Monster an Bord.«

»Diesmal bin ich ja nicht allein«, sagte Athena. »Wenn wir alle zusammenarbeiten, kriegen wir das schon hin.«

Mahari hob die Hand, wie im Unterricht, obwohl er ohnehin der Größte im Raum war.

»Ja?« Athena nickte ihm zu.

»Ich hab da was, womit das Geschöpf vielleicht etwas schneller auf die Beine kommt«, sagte er.

»Ephedra sinica?«, vermutete Radul.

»Genau, kombiniert mit *Yohimbin*«, bestätigte Mahari.

»Perfekt«, sagte Athena lächelnd.

»Aber wo kriegen wir den Strom dafür her?«, fragte Drew. »Den Gewittergenerator können wir nicht anzapfen – wer dem zu nahe kommt, wird bestimmt gleich gegrillt.«

Guter Punkt. Das hatte noch niemand bedacht. Marceline sah die enttäuschten Gesichter ihrer Mitschüler. Und hatte einen Geistesblitz, der sie selbst überraschte.

»Ich weiß, wie wir's machen können!«, rief sie. Alle schauten sie überrascht an, als hätten sie vergessen, dass es sie auch noch gab. »Aber dafür müssen wir den Toten in den Ballsaal bringen.«

»In den Ballsaal?«, wiederholte Athena verständnislos.

»Wir brauchen den Gewittergenerator doch gar nicht«, erklärte Marceline. »Ein Gewitter haben wir ja schon, das schlimmste aller Zeiten. Das Einzige, was uns fehlt, ist ein geeigneter Stromableiter, stimmt's?«

»Ja, und?«, fragte Athena, immer noch verwirrt.

»Und im Ballsaal steht ein *gigantischer* Stromableiter.«

»Die Statue!«, rief Godfrey.

Marceline strahlte. »Ganz genau!«

NOCH EIN MONSTER

Wenige Minuten später stand die ganze Klasse schon im Hörsaal. Zum Glück war die Tür zum Kühlraum noch intakt. Der Ghul hatte sie nicht aufgebrochen. Allerdings war der Riegel auch mit einem dicken Vorhängeschloss gesichert.

»Aus dem Weg!«, rief jemand von hinten.

Athena konnte gerade noch beiseitespringen, als Marceline auch schon auf die Tür zustürmte, einen Feuerlöscher in der Hand. Mit aller Kraft ließ sie ihn auf das Schloss hinuntersausen. Der Riegel brach vollständig ab und die Tür zum Kühlraum schwang auf.

»Nicht schlecht«, sagte Drew. »Warst du heimlich im Fitnessraum, Marcie?«

Marceline antwortete nicht, aber Athena glaubte, unter ihren Ponyfransen ein Grinsen zu erkennen. Sie schoben die Leiche aus dem Kühlraum.

»*Yessss!* Der Arm liegt auch dabei!« Begeistert warf sich Radul den abgetrennten Arm des Toten über die Schulter.

Alle machten sich eifrig ans Werk, rollten Geräte herein und stöpselten Stecker ein. Plötzlich stieß Mahari einen Schrei aus und zeigte auf eines der Oberlichter. Ein greller Lichtstrahl fiel in den Saal.

»Was ist das?«, fragte Godfrey.

»Edison?« Athena kniff die Augen zusammen.

»Macht das Fenster auf!«, rief Emily.

Mithilfe einer Räuberleiter hoben zwei Schüler einen dritten so weit hoch, dass er das Oberlicht erreichen konnte. Die hereinschwebende Drohne wurde mit Jubelrufen begrüßt. Edison drehte aufgeregt eine Ehrenrunde und hielt dann vor Athena inne. Er piepte einmal laut, dann wurde eine blechern klingende Aufnahme abgespielt.

»He, warum nimmst du mich auf, Edison?«, hörte man die Stimme von Doktor Singh. »Was? Ah ja! Hallo, Schüler! Wir sind hier irgendwo mittschiffs, also Majorin Stein, Monsieur Renaître, Mx Hollybow und ich. Die Kapitänin ist verletzt. Wir versuchen, euch so schnell wie möglich zu Hilfe zu kommen. Edison hat bei der Kollision nicht viel abbekommen, deshalb schicke ich ihn zu euch. Er soll euch unterstützen, wo er kann. Tesla ist leider immer noch offline. Bleibt am besten, wo ihr seid, verriegelt die Tür und wartet auf uns.«

Die Aufnahme endete mit einem weiteren Piepton.

Athena wandte sich zu den anderen um. »Ich glaube kaum, dass ich hier einfach sitzen und warten kann, wenn ein Ghul dieses Schiff als sein persönliches Buffet betrachtet«, sagte sie. »Aber das muss jeder selbst entscheiden. Mein Plan ist ziemlich riskant. Sehr sogar. Logischerweise.«

Ein paar Sekunden lang waren alle still.

»Ich sag das nicht gern«, meinte Drew schließlich, »aber

Athena hat recht: Wir müssen versuchen, dieses Schiff zu retten.«

Ein Chor der Zustimmung erhob sich.

Athena spürte eine ungewohnte Wärme in sich aufsteigen. So fühlte es sich also an, ein Team zu sein.

»Dann los«, rief sie lächelnd und packte den Rollwagen. »Auf zum Ballsaal!«

Langsam schoben sich alle hinter ihr durch die Tür, fast jeder mit irgendwelchen Messgeräten, Kabeln und sonstigem Zubehör beladen. Im Flur holte Marceline sie ein und fiel neben ihr in Schritt.

»Hey! Guter Plan«, sagte sie.

»Danke«, antwortete Athena.

»Und danke, dass du mich nicht verraten hast«, fügte Marceline leiser hinzu.

»Ist doch selbstverständlich.«

Athena hatte bisher noch gar keine Zeit gehabt, sich über Marcelines Herkunft genauere Gedanken zu machen.

»Eine Sache lässt mir allerdings keine Ruhe«, sagte Marceline.

»Was denn?«

»Der Ghul ist für die fehlenden Leichen verantwortlich, oder?«

»Ziemlich sicher.«

»Und wenn ich richtig informiert bin, ernährt er sich von denen?«

»Sieht ganz so aus«, bestätigte Athena und dachte an den Knochen, den der Zombie im Ballsaal abgenagt hatte.

»Und jetzt hat er keine Leichen mehr?«

»Genau. Wieso?«

»Weil das hier dann die letzte Leiche an Bord ist«, sagte Marceline mit einem Blick auf den Rollwagen.

»Stimmt!«

»Auf die er mit Sicherheit ziemlich scharf ist.«

»Ach du Schande.« Athena überlief ein Schauer, als sie begriff, wie recht Marceline damit hatte.

Im selben Moment wurden Schreie laut. Der Ghul stand in einer Einmündung, nur wenige Meter von den Schülern entfernt. Er hatte seine Klingenhand gespreizt, sodass sie wie die Hälfte eines Windrades aussah.

»Leiche?«, fragte er mit seiner hohen, brüchigen Stimme, während er mit einem Klingenfinger scheinbar geistesabwesend über die Flurwand kratzte.

Er hatte die Gruppe geteilt. Godfrey und drei andere Schüler standen noch jenseits des Monsters, der Rest auf der Seite von Athena und Marceline.

»Edison!«, rief Athena. »Halt ihn auf!«

Die Drohne schoss an ihr vorbei, über die Köpfe der Schüler hinweg, verharrte schwebend vor dem Ghul und sandte eine Reihe extrem schneller Lichtblitze aus, wie das Blinken eines Stroboskops. Das Monster hob schützend die Hände vor die Augen.

»Haut ab, Godfrey, los!«, rief Athena.

Godfrey machte kehrt und sauste mit den drei anderen Schülern in entgegengesetzter Richtung davon.

Weiter vorn entdeckte Athena eine Tür, die ihr bekannt vorkam. »Hier rein!«, rief sie den anderen zu und lenkte den Rollwagen mit einer schwungvollen Bewegung um die Ecke. Der Tote drohte von der Liege zu rollen, kippte dann aber doch wieder zurück.

Marceline wartete an der Tür, um sie hinter dem letzten Schüler zu schließen. Emily geriet auf der Schwelle ins Stolpern, aber Drew machte kehrt, um ihr zu helfen, und zog sie hinter sich her in den Raum.

»Edison, schnell!«, rief er über die Schulter zurück.

Die Drohne kam hereingesaust. Marceline gab der Tür einen Stoß, damit sie von selber zufallen würde, und schlüpfte dann durch den Spalt nach draußen.

»Ich locke ihn weg«, rief sie den anderen zu. »Ihr lauft weiter!«

»Nein, Marceline!«, schrie Athena.

Doch die Tür war schon zugefallen. Marceline war mit dem Ghul allein auf dem Gang.

Die Schüler musterten sich verstört.

Sie wird schon auf sich aufpassen, dachte Athena. *Ich hab ja gesehen, wozu sie fähig ist.*

Auch wenn sie nicht wirklich beruhigt war, wurde es Zeit, dass sie weitergingen.

»Kommt, wir müssen zum Ballsaal.«

Aber ein Großteil der Klasse zögerte.

»Sie ist schnell. Richtig schnell«, erklärte Athena. Was ja auch stimmte.

Viele wirkten immer noch skeptisch.

»An ihrer alten Schule hat sie Dutzende von Leichtathletik-Medaillen gewonnen. Im *Sprint*«, ergänzte sie. Was nicht stimmte. »Sie lockt den Ghul von uns weg und kommt dann zurück. Und jetzt weiter!«

Sie griff nach dem Rollwagen und ging los. Widerstrebend folgten ihr die anderen.

Als sie den Ballsaal betraten, heulte draußen der Sturm, und Regen prasselte durch das Loch im Glasdach. Der ganze Boden war schon mit einer Wasserschicht bedeckt. Athena ignorierte die erschrockenen Gesichter ihrer Mitschüler. »Los, Leute, alles wie heute Morgen im Unterricht! Wir kriegen das hin!«, rief sie und stellte die Kiste mit Erwin darin auf dem Regal unterhalb des Oszillators ab.

Alle machten sich an die Arbeit, Verlängerungskabel wurden abgerollt, Geräte eingestöpselt, Elektroden am Körper des Toten befestigt. Drew und einige andere klemmten Überbrückungskabel an der hoch aufragenden Statue fest, während Radul, ein paar Stecknadeln zwischen den Zähnen, schon dabei war, den abgerissenen Arm wieder anzunähen. Noch vor wenigen Wochen hatte Athena seinen Replantations-Eifer befremdlich gefunden, aber jetzt war sie einfach nur dankbar für seine Geschicklichkeit.

Es blitzte, dicht gefolgt vom Krachen des Donners. Für den Bruchteil einer Sekunde war der ganze Ballsaal erhellt. Athenas Blick huschte von den Türen über die beiden Emporen bis hinauf zur Glaskuppel.

Zu viele Eingänge, dachte sie. Hier waren sie für den Ghul eine leichte Beute. Ihre Hoffnung sank. Das kriegen wir niemals rechtzeitig hin …

»Ich glaube, wir sind so weit!«, rief Drew im selben Moment. »Jetzt müssen wir nur noch einen direkten Einschlag abwarten.«

Athena wandte sich zu dem Toten auf der Liege um. Er war von Schülern umringt: Radul am Generator, Drew am Oszillator und Emily wieder am EKG-Monitor. Alle nickten ihr zu.

Auch wenn draußen ein Jahrhundert-Gewitter tobte, war die Chance auf einen direkten Einschlag ziemlich gering.

Von oben ertönte jetzt ein Ruf. Athena hob den Blick und erwartete eine entsetzliche Sekunde lang, den Ghul am Rand der Glaskuppel zu entdecken.

Stattdessen sah sie mehrere orangefarbene Schärpen – das mussten Godfrey und die drei anderen sein. Offenbar waren sie dem Ghul entkommen! Sie hielten mehrere trapezförmige Gegenstände in den Händen, bei deren Anblick Athena neue Hoffnung schöpfte: Flugdrachen!

»Ich werf jetzt die Schnüre runter«, rief Godfrey und ließ die Rollen eine nach der anderen durch das Loch in der Kuppel fallen. Klappernd landeten sie auf dem Boden des Ballsaals.

»Auf geht's!«, schrie Mahari und machte sich mit ein paar anderen Schülern daran, die Seilrollen einzusammeln und am Fuß der Statue zu befestigen.

Mit einem hochgereckten Daumen bedeutete er Godfrey dann, dass sie die Drachen steigen lassen konnten. Innerhalb einer Minute waren die Schnüre gespannt und die bunten Rauten sausten durch die dunkle Nacht, immer wieder von Blitzen erhellt.

Vielleicht kriegen wir's ja doch noch hin, dachte Athena.

Die Schülerin neben ihr stieß einen Schrei aus.

Der Ghul stand im Saal, nur wenige Meter vom Rollwagen entfernt. Schweißnass, ohne Zylinder und völlig am Ende. Marceline hatte ihn offenbar ordentlich durchs Schiff gescheucht. Sie selbst war allerdings nirgends zu sehen. Hatte der Ghul sie am Ende erwischt?

Jetzt schnaubte er durch die Nase und stieß ein schauriges

Heulen aus. Seine gelben Augen waren auf den Rollwagen hinter Athena gerichtet.

»Leichen?«, rief die schrille, heisere Stimme.

»Er erinnert wirklich an eine Vogelscheuche«, flüsterte Emily.

Es blitzte, und ohrenbetäubender Donner erschütterte das Schiff. Athena wollte den Hebel umlegen, wusste aber, dass es zu spät war.

»Wir haben den Einschlag verpasst«, sagte Radul.

»Konzentriert euch!«, brüllte Drew.

Du hast gut reden, dachte Athena. *Du bist nicht der Erste, den der Ghul sich schnappen wird.*

Der Ghul machte einen lautlosen, hinkenden Schritt nach vorn und legte den Kopf auf die Seite, was ein schreckliches Knirschen in seinem Nacken hervorrief.

»Wir können ihm die Leiche wohl nicht einfach *geben*, oder?«, fragte Emily mit bebender Stimme.

Der Ghul schob sich noch näher heran und leckte sich die Lippen mit einer Zunge, die viel zu lang schien, um in seinen Mund zu passen.

Jetzt kam Edison auf ihn zugesaust und ließ wieder sein Stroboskoplicht flackern. Mit übermenschlicher Geschwindigkeit schlug der Ghul nach der Drohne, erwischte sie mit seinen Klingen und schleuderte sie zu Boden, wo sie scheppernd zerschellte.

»Nein!«, schrie Emily.

Der Ghul grinste Athena an.

»Bleib, wo du bist«, sagte Athena, die Hand immer noch auf dem Hebel.

Der Ghul kam noch näher.

Bitte, Gewitter, lass mich jetzt nicht im Stich ...

»Athena«, flehte Emily, den Tränen nahe.

»Bleib, wo du bist!«, wiederholte Athena.

Der Ghul war jetzt keine zwei Meter mehr entfernt und spreizte die Klingen an seiner Hand. Athena löste trotzdem ihren Blick und schaute kurz in die Glaskuppel hinauf.

Plötzlich wurden die grauen Wolken von zackigem Weiß geteilt. Lichtfinger erfassten jeden der Drachen im Sturm, gefolgt von einer Erschütterung der Bronzestatue.

»Jetzt«, brüllte Drew.

Funken flogen. Blaue Blitze bogen sich knisternd. Das Jaulen des Generators wurde immer höher, bis er schließlich explodierte. Trümmerteile flogen in alle Richtungen. Athena hatte sich zum Glück schon auf den Boden geworfen, als die Lüfterflügel aus dem Generator wie ein Bumerang über sie hinwegwirbelten. Sämtliche Geräte brannten der Reihe nach durch. Der Tote auf dem Rollwagen bebte und zuckte, wie die toten Frösche, nur tausend Mal mehr.

Dann wurde alles still.

Athena nahm die Hände vom Gesicht. Der Ghul lag wenige Meter von ihr entfernt, und ein Rotorblatt des Lüfters steckte tief in seiner Stirn.

Athena stand auf und musterte die Gestalt auf der Liege. Ihre unregelmäßigen Züge ließen keine Regung erkennen. Die Luft roch verbrannt.

»Der EKG-Monitor ist auch durchgeschmort«, sagte Radul. »Der zeigt nichts mehr an.«

Und dann sah Athena etwas: ein winziges Zucken der Wangenmuskulatur.

»Er lebt«, flüsterte sie.

Ein Lächeln ging über ihr Gesicht, während sie beobachtete, wie seine Brust sich hob und senkte. Sie wandte sich ihren Mitschülern zu, blickte in ihre erwartungsvollen Mienen.

»Er lebt!«, rief sie und lachte.

Alle jubelten.

Dann tauchte Mahari neben Athena auf und reichte ihr eine Pipette mit einer grünlich-orangefarbenen Flüssigkeit darin. Vorsichtig zog sie die Lippen des Geschöpfs auseinander und träufelte ihm zwei Tropfen in den Mund.

»Reicht das?«, fragte sie.

Das Geschöpf schlug die Augen auf.

»Sieht so aus«, antwortete Mahari, während er ein Stückchen zurückwich.

»Hey, du«, sagte Athena leise.

Die Augen des Geschöpfs, grün mit braunen Sprenkeln, begegneten ihren.

»Ich bin Athena«, sagte sie ruhig, aber bestimmt. »Freut mich, dich kennenzulernen.«

Das Geschöpf musterte seinen frisch angenähten Arm, öffnete und schloss die Faust. Athena nahm seine große, blau unterlaufene Hand und drückte sie sanft.

»Wir sind Freunde«, sagte sie, während sie den Blickkontakt aufrecht hielt.

Das Geschöpf bewegte die gesprungenen Lippen und wiederholte zaghaft »Freunde?« mit heiserer, verschleimter Stimme.

»Genau.«

So gebannt war sie von dieser ersten Kontaktaufnahme, dass sie gar nicht bemerkte, wie der Ghul sich langsam aufsetzte.

»Athena!«, stieß Emily entsetzt hervor. »Er ist gar nicht tot …«

Der Ghul kam auf die Füße. Das Rotorblatt steckte immer noch in seiner Stirn, wie der Schirm einer Baseballcap. Athena biss die Zähne zusammen und wandte sich zu ihm um.

»Nein«, sagte sie.

Der Ghul knurrte.

»Leiche?«, fragte er krächzend.

»Hier gibt's keine Leichen.« Athena ballte die Fäuste. »Wir sind alle lebendig.«

Einige Schüler schnappten erschrocken nach Luft, denn plötzlich stand das Geschöpf neben Athena. Klein und gedrungen spannte es die Oberarme an, ließ die Muskeln spielen.

Der Ghul bleckte seine Zahnruinen und schlug klackernd die Kiefer aufeinander.

»Freund?«, fragte das Geschöpf, an Athena gewandt.

»Nein, kein Freund«, erwiderte Athena. *»Feind.«*

Im selben Moment, als der Ghul auf Athena losging, hatte sich das Geschöpf auch schon vor sie gestellt. Es tauchte unter den Fingerklingen hinweg und verpasste dem Ghul einen rechten Haken ins Gesicht. Der ächzte laut, trat dem Geschöpf die Beine weg und griff dann in Boxerhaltung an.

Radul konnte gerade noch beiseitespringen, während die Monster über den Boden rollten und die Fingerklingen bei jeder Umdrehung leise klirrten. Das Geschöpf versuchte, nach dem Rotorblatt zu greifen. Der Ghul kreischte und holte weit mit der

Klingenhand aus. Das Geschöpf konnte gerade noch ausweichen, und die Messer bohrten sich neben seinem Ohr ins Parkett. Zu spät bemerkte der Ghul, dass seine Hand jetzt im Holz feststeckte. Das Geschöpf schlüpfte unter ihm hervor, wirbelte über den Boden wie ein Breakdancer und trat dem Ghul gegen das Handgelenk. Drei Klingen brachen ab. Der Ghul kreischte auf und erwischte das Geschöpf mit der freien Hand am Knöchel. Wirbelte es herum wie bei der Weltmeisterschaft im Hammerwerfen und ließ dann los. Meterweit flog es durch die Luft und schlug dann krachend, mit dem Kopf zuerst, auf dem Boden auf.

»Nein!«, schrie Athena.

Das Geschöpf lag reglos da.

»Steh auf«, rief Athena drängend.

Der Ghul wandte sich von seinem Gegner ab und kicherte.

»Und was jetzt?«, fragte Emily.

Athena suchte fieberhaft nach einer Waffe. Nach irgendwas.

Der Ghul kam näher und ließ die gebrochenen Fingerklingen klirren.

Sie waren ihm hilflos ausgeliefert.

»He, du da unten!«, kam eine Stimme von oben.

Alle hoben den Blick, auch der Ghul. Marceline stand auf der Empore. Und neben ihr auf der Brüstung saß eine weiße Gestalt. Athena kniff überrascht die Augen zusammen: Das war doch Ivory, die Bibliothekarin aus Stein!

»Lass meine Schüler in Ruhe!«, rief Ivory.

Der Ghul kreischte herausfordernd.

Ivory stieß sich von der Brüstung ab.

Und fiel.

Wie ein Stein.

Direkt auf den Ghul hinunter.

Ein mächtiger Aufprall, das Splittern von Holz und Metall. Der Ghul wurde von Ivorys Gewicht in den Boden gerammt und riss ein Loch hinein, durch das sie beide verschwanden. Ein weiteres Krachen ertönte, und dann noch eins, als sie die nächsten Decks durchbrachen.

Sobald der Lärm verstummt war, schaute Athena durch die Öffnung im Parkett. Die anderen Schüler scharten sich um sie. Ein Blitz erhellte den zerschmetterten, leblosen Körper des Ghuls, zwei Etagen tiefer. Ivory stand neben ihm, unverletzt.

»Alles gut da oben?«, rief sie.

»Ja«, antwortete Athena und spürte, wie sie lächelte. »Uns geht's super.«

FRAGEN UND ANTWORTEN

Majorin Stein lehnte sich in ihren Sessel zurück, knöpfte ihren Kragen auf und rieb sich die Augen. Noch nie hatte Athena die Schöpferin in einer so nachlässigen Haltung gesehen.

»Wir sind alle erschöpft, Miss Strange, deshalb machen wir's kurz«, sagte Majorin Stein und griff nach einem eckigen Glas, das mit Eis und einer violetten, prickelnden Flüssigkeit gefüllt war.

Athena kaute einen Moment lang auf ihrer Unterlippe, dann sprudelte es förmlich aus ihr heraus: »Es tut mir leid, Majorin Stein. Wir hätten Emily Zwei nicht reanimieren dürfen. Das war meine Idee. Also, die anderen haben zwar dabei geholfen, aber ich hab den Vorschlag gemacht. Und es war viel zu riskant, den Kampf gegen den Ghul ohne die Schöpfer aufzunehmen. Ich hab alle in Gefahr gebracht. Und ich hab große Schäden verursacht. Der Ballsaal sieht aus, als hätte eine Bombe eingeschlagen. Die Renovierung wird ein Vermögen kosten. Ich kann verstehen, wenn Sie mich nicht hier haben wollen. Sie haben mir vertraut, und ich habe Sie enttäuscht. Ich ...«

»Stopp, Athena«, unterbrach sie die Majorin und hob die Hand.

Athena klappte den Mund zu.

Die Majorin seufzte, nippte an ihrem Glas und stellte es wieder ab. »Es ist spät. Sehr spät. Irgendwann werden wir das alles in Ruhe besprechen.«

Athena nickte.

»Für heute sollten wir uns auf ein paar Punkte beschränken. Erstens: Du hast alles richtig gemacht.«

Athena konnte nicht glauben, was sie da hörte. »Äh ... was?«

»Der Ghul hätte euch mit Sicherheit auch in der Mensa aufgespürt, und dort wärt ihr ihm vollkommen schutzlos ausgeliefert gewesen. Stattdessen habt ihr selbst die Initiative ergriffen und ihn ja letztlich auch besiegt.«

»Aha?« Athena traute kaum ihren Ohren.

»Und was noch wichtiger ist: Du hast nicht wieder einen Alleingang versucht, sondern dich mit deinen Mitschülern zusammengetan. Ihr habt gemeinsam überlegt und gemeinsam eine Lösung gefunden. Das war gut.«

Athena spürte, wie sie rot wurde. »Ähm, danke?«

»Du bist Lob wohl nicht so gewohnt, was?«, fragte Majorin Stein.

Athena lächelte. »Ich bin vor allem ... erleichtert. Gut, und vielleicht auch ein bisschen überrascht. Wo ist dieser Ghul denn nun eigentlich hergekommen?«

»Ich nehme an, von dem Schiff, das uns die Leichen geliefert hat. Du hast ja gesagt, dass mein Kabinenfenster schon offen stand, als du bei mir eingestiegen bist. Er muss sich an Bord geschlichen haben, als der Bluthund abgelenkt war.«

Athena presste die Lippen aufeinander. Wären sie und Godfrey in jener Nacht nicht im Schiff unterwegs gewesen ...

Zum Glück verweilte die Majorin nicht lange bei diesem Punkt.

»Vermutlich ist der Ghul einfach seinem Instinkt gefolgt und hat mit den Leichen zusammen das Schiff gewechselt. Und als es dann keine mehr gab, hat er sich an die Lebenden gehalten. Genauer gesagt, an den Bluthund.«

»Der Bluthund ist tot?«

Athena fiel der Knochen ein, den der Ghul bei ihrer Begegnung im Ballsaal abgenagt hatte. Dann war das tatsächlich eine Pfote gewesen, keine menschliche Hand.

»Er hat geschlafen, als der Ghul ihn fand«, fuhr die Majorin fort. »Er war eine meiner ersten Schöpfungen und aufgrund eines Fehlers bei seiner Erschaffung war er immer nur bei Vollmond wach. Es ist meine Schuld. Mein Geschöpf, meine Verantwortung. Ich hätte mich nicht auf einen so unzulänglichen Wachhund verlassen dürfen.«

Bisher hatte Athena immer nur Angst vor dem Bluthund gehabt, aber jetzt tat er ihr plötzlich auch leid. Er hatte keine Chance gegen den Ghul gehabt, war wehrlos von ihm niedergestreckt worden. Das hatte niemand verdient.

Trotzdem empfand sie jetzt vor allem eine ungewohnte Erleichterung. Sie hatte tatsächlich keinen Ärger bekommen, damit hätte sie niemals gerechnet. Ein Gedanke ließ ihr jedoch noch keine Ruhe. *»Hütet euch, denn ich bin furchtlos und daher mächtig«*, sagte sie.

»Wie war das?«, fragte Majorin Stein mit einer Schärfe in der Stimme, die eben noch nicht da gewesen war.

»Das ist ein Zitat. Aus einem Roman von Mary Shelley.«

»Das weiß ich.« Die Majorin wedelte ungeduldig mit der Hand. »Aber warum hast du das gerade zitiert?«

»Das stand am Fuß der Prometheus-Statue. Mit Blut geschrieben.«

»Aha?« Die Schöpferin konnte ihr Interesse kaum verbergen.

Athena begegnete dem Blick der Majorin. »Ich glaube, der Ghul hat es geschrieben.«

Die Majorin schwieg.

»Was bedeuten würde, dass er vielleicht doch nicht nur von Instinkten gesteuert wird.«

Majorin Stein strich sich übers Kinn.

Athena hämmerte das Herz in der Brust, ohne dass sie wusste, warum. Sie schaute nach unten. Dem durchdringenden Blick der Majorin konnte sie nicht standhalten.

Schließlich sagte die Schöpferin: »Interessante Vermutung. Und wo wir schon mal bei ungelösten Rätseln sind, sollte ich vielleicht erwähnen, dass wir immer noch nicht wissen, wer Murdoch angegriffen und außer Betrieb gesetzt hat. Die Untersuchung ist noch nicht abgeschlossen.«

Das schmelzende Eis im Glas der Majorin rutschte klirrend tiefer. Athena saß wie erstarrt, wagte nicht einmal zu atmen.

»Auf jeden Fall«, fuhr die Majorin fort, »muss ich morgen auch noch mal mit Marceline sprechen.«

»Was, wieso?« Athena zog sich der Magen zusammen.

Hatte ihre Miene sie verraten? Hatte die Majorin herausgefunden, dass Marceline erschaffen worden war?

»Galatea zur Hilfe zu holen, war eine ganz ausgezeichnete Idee von ihr«, erklärte die Majorin.

»Wen?«

»Galatea. Die lebende Statue. Du kennst sie als Ivory, die Bibliothekarin. Ohne sie wäre die Geschichte vielleicht ganz anders ausgegangen.«

»Das stimmt.«

»So, und jetzt ab mit dir ins Bett. Morgen müssen wir alle früh raus und das Schiff in Ordnung bringen. Und denk immer daran, dass du den Leuten um dich herum vertrauen kannst. Was wir hier tun, können wir nur gemeinsam schaffen.«

»Ja, das ist mir jetzt klar. Vielen Dank.«

»Hat schon jemand anderes die Leiche untersucht?« Majorin Stein zog mit einem schnappenden Geräusch den zweiten Gummihandschuh über.

»Nein, niemand«, sagte Ivory und richtete die OP-Lampe aus.

Beide standen in dem nicht länger geheimen Labor der Majorin.

»Danke, dass Sie so schnell hier heruntergekommen sind. Ich wollte die Leiche gern als Erste ansehen.«

»Natürlich, Frau Majorin«, sagte Ivory mit undurchdringlicher Miene.

Der Ghul lag auf dem Tisch. Seine Haut war wie Leder, mit Haarbüscheln an den Gelenken. Arme und Beine waren bei seinem Sturz zerschmettert worden, ein Teil des Brustkorbs eingedrückt.

»Ziemlich hager«, stellte die Majorin fest. »Nicht viel Muskelmasse.«

»Trotzdem ziemlich schwer«, sagte Ivory.

Die Majorin warf der Bibliothekarin einen Blick zu. »Wenn *Sie* schon finden, dass er schwer ist, muss er das wohl wirklich sein.« Sie drehte und wendete die überdimensionale Hand, untersuchte die gebrochenen Klingen. »Das ist kein Handschuh.«

»Nein, die Klingen sind mit seinen Fingern verwachsen.«

Die Majorin griff nach Zange und Skalpell.

Sie beugte sich über eine Bruchstelle im Ellbogengelenk, zog die Haut zurück und legte eine glänzende, silbrige Substanz darunter frei.

»Was ist das?«, fragte Ivory.

»Quecksilber. Der hat kein Blut in den Adern, sondern Quecksilber.«

»Quecksilber?«, wiederholte Ivory verblüfft. »Kein Wunder, dass er so schwer ist! Früher wurde Quecksilber verwendet, um Leichen zu konservieren. Es tötet die Keime ab, die nach dem Tod entstehen. Was bedeutet …«

»Dass er gar kein Ghul ist. Sondern ein Geschöpf.«

Hütet euch, denn ich bin furchtlos und daher mächtig.

Vielleicht war das Mädchen ja doch auf der richtigen Spur, dachte die Majorin.

»Wenn es ein Geschöpf war«, sagte Ivory und ihre roten Augen brannten vor Neugier, »wer hat es dann erschaffen?«

»Gute Frage«, sagte Majorin Stein und griff nach einem anderen Instrument. »Und ich bin fest entschlossen, die Antwort darauf zu finden.«

Athena stand mit Marceline auf dem Beobachtungsdeck der *Prometheus*. Ihre orangefarbenen Schärpen flatterten in der sanften Brise. Zum ersten Mal seit mehr als zwei Monaten schien die Sonne, und die See war ruhig und blau. Auch die Luft war wärmer geworden. Fast schon tropisch. Erwin lag vor ihnen auf dem Boden und rekelte sich in der Sonne.

Als Athena das Schiff zum ersten Mal gesehen hatte, war es ein rostiger alter Kahn gewesen. Jetzt, im hellen Tageslicht, mit dem umgestürzten Schornstein und dem halb verbrannten Deck, war es nicht viel mehr als ein schwimmendes Wrack. Seit dem Kampf mit dem Ghul vor zwei Tagen waren sie nur noch mit halber Geschwindigkeit unterwegs.

»Ich wollte Murdoch nicht zerstören«, sagte Marceline unvermittelt.

Seit Athena Marcelines Geheimnis entdeckt hatte, war vieles zwischen ihnen unausgesprochen geblieben, und zwar aus dem einfachen Grund, dass Athena nicht wusste, was sie sagen sollte.

Und so sagte sie auch jetzt nur: »Aha?«

»Ich war fast jede Nacht auf dem Schiff unterwegs, auch da, wo's verboten war. Oft mit Tesla zusammen, weil die bei unliebsamen Begegnungen immer so schön für Ablenkung sorgen konnte. Sie hat dann gepiept und gesurrt und geblinkt, und ich konnte das Durcheinander nutzen, um unbemerkt zu verschwinden. In der Nacht, wo wir Murdoch begegnet sind, hat das leider nicht geklappt.«

Athena ahnte schon, was passiert war.

»Er hat sich nicht ablenken lassen, sondern hat mich bis in den Ballsaal verfolgt. Da bin ich dann gestolpert, und als Murdoch mich gerade packen wollte, hat Tesla, die ja gern mal überreagiert, ihm einen Stromschlag versetzt. Ich weiß nicht, wie Murdoch konstruiert war, aber dieser Elektroschock hat offenbar schon ausgereicht, um ihn durchbrennen zu lassen. Wie ein Schuss aus einer elektromagnetischen Waffe.« Marceline schniefte und umkreiste mit ihrer Schuhspitze eine Niete auf dem Deck. »Murdoch ist erschaffen worden, genau wie ich. Keiner hat ihn gefragt, ob er das wollte oder nicht. Und ich bin jetzt schuld, dass es ihn nicht mehr gibt.«

Athena hatte ein schlechtes Gewissen, als ihr klar wurde, dass Marceline sich offenbar erheblich mehr Gedanken über sich und andere machte, als sie selbst das jemals getan hatte.

»Es war ein Unfall«, sagte sie sanft.

»Klar. Aber trotzdem: Ich bin weggerannt.«

»Und dann hast du deinen Namen im Logbuch ausradiert, damit keiner erfuhr, dass du in jener Nacht mit Tesla unterwegs warst«, sagte Athena.

»Genau. Hätte ich das zugegeben, wären weitere Fragen daraus gefolgt.«

Wieder waren sie eine Weile still, und Athena widerstand dem Drang, das Schweigen zwischen ihnen zu brechen.

Schließlich sagte Marceline: »Ich will wissen, wer mich erschaffen hat. Deshalb bin ich hier.«

Natürlich. Auch Marceline war fast jede Nacht im Schiff herumgeschlichen. Die ganze Zeit über hatte Athena geglaubt, von einer bedrohlichen Schattengestalt verfolgt zu werden – angefangen bei der Glaskuppel oben im Ballsaal bis in die Tiefen des Maschinenraums –, dabei war es nur Marceline gewesen, die nach Antworten suchte. Und *sie* hatte dann wohl auch in der Bibliothek nach dem verbotenen *Buch der Schöpfer* gefragt.

Marceline musterte ihre Mitbewohnerin ängstlich, als bereute sie es schon, ihr die Wahrheit erzählt zu haben. Ihre übermenschliche Kraft konnte nicht verhindern, dass sie Angst hatte. Und einsam war. Auch Khepri war ängstlich und verstört gewesen, nur weil Athena keinen einzigen Gedanken darauf verschwendet hatte, wie ein Geschöpf sich fühlen mochte, nachdem es erschaffen worden war.

»Das kann ich gut verstehen«, sagte Athena.

»Echt?« Marceline wischte sich die Tränen aus den Augenwinkeln.

»Klar.«

Khepri war jetzt nicht mehr zu helfen, aber Marceline brauchte jemanden, der ihr zur Seite stand. Ihr Schöpfer hatte sie ja offenbar im Stich gelassen, aber Athena würde das auf keinen Fall tun.

Marceline holte tief Luft. »Du bist die Erste, der ich das erzählt habe. Ich war nicht sicher, ob eine Schöpferin das verstehen kann.«

»Wieso denn nicht?«

»Es gibt eine ... *Grenze*«, sagte Marceline, »zwischen Schöpfern und Geschöpfen.«

»Finde ich nicht. Oder eher, ich weiß nicht, ob *Grenze* das richtige Wort ist«, stotterte Athena unsicher.

»Wenn ich in der Situation, wo der Ghul uns auf dem Weg zum Ballsaal überrascht hat, der Klasse vorgeschlagen hätte, Ivory zu

Hilfe zu holen, hätte da irgendwer auf mich gehört?«, fragte Marceline. »Ich meine, wenn sie gewusst hätten, wer ich bin?«

Vielleicht hatte sie recht. Und wenn Ivory nicht rechtzeitig gekommen wäre … Athena wollte den Gedanken lieber nicht zu Ende denken.

Als Schöpferin würde sie lernen müssen, diese Grenze, von der Marceline sprach, besser zu verstehen. Oft wurden Geschöpfe ja auch Monster genannt, ohne dass irgendwer genauer darüber nachzudenken schien. Aber welches ›Monster‹ hätte wohl solche Schuldgefühle wegen Murdoch gehabt? Welches ›Monster‹ hätte sein Leben für seine Mitschüler aufs Spiel gesetzt? Offensichtlich wurde es Zeit, den Begriff zu überdenken.

Zu gern hätte sie Marceline nach ihrer Entstehung gefragt, schließlich war ihre Mitbewohnerin sehr viel höher entwickelt als jedes andere Geschöpf, das Athena bisher gesehen hatte – in Sprache, Intelligenz und Geschicklichkeit vielen ›normalen‹ Menschen nicht nur gleich, sondern sogar überlegen. Aber mit solchen Fragen würde sie ihr das Gefühl geben, ein Studienobjekt zu sein statt einer Freundin. Und Athena gefiel der Gedanke, eine Freundin zu haben.

Sie hatte zu lange für ihre Antwort gebraucht. Marceline schaute wieder aufs Meer, das Gesicht von ihrer Kapuze verdeckt.

Athena wechselte das Thema. »Würde es sehr streberhaft klingen, wenn ich jetzt sage, dass die Schule mir fehlt?«

»Aus *deinem* Mund nicht. Aus meinem schon eher«, erwiderte Marceline.

Voller Scham dachte Athena an die Replantations-Stunde zurück, an der Marceline kaum hatte teilnehmen können. »Oh, äh, entschuldige, ich wollte nicht ... schon klar, dass das bei dir ... vielleicht anders ist.«

Marceline lächelte ihr zu, und in der Nachmittagssonne leuchtete ihr grünes Auge wie ein Smaragd. »Schon gut, Athena, entspann dich. Ich bin schließlich *freiwillig* hier.«

Athena stieß die Luft aus. »Entschuldige. Ich ... ich weiß einfach nicht, wo ich anfangen soll.«

»Ich auch nicht. Ist ja auch eine große Sache.«

»Stimmt.«

»Und ziemlich kompliziert.«

»Pfff, immer ist alles kompliziert«, sagte Athena.

Sie brannte darauf zu erfahren, wie Marceline es geschafft hatte, einen Platz an der Prometheus-Highschool zu bekommen, ohne ihre Herkunft zu verraten. Aber all diese Fragen mussten erst einmal warten. Außerdem war Athena nun wirklich die Letzte, die Marceline einen Regelverstoß vorhalten konnte. Erst recht, wo Marceline ihr das Leben gerettet hatte. Zwei Mal.

»Vorsicht!«, brüllte jemand hinter ihnen.

Sie fuhren herum und sahen, wie ein großer Metall-Käfer auf sie zuschoss. Marceline konnte Athena gerade noch am Kragen packen und beiseiteziehen, ehe das Ungetüm genau dort gegen das Geländer krachte, wo sie eben noch gestanden hatten.

»Oje, tut mir echt leid! Habt ihr euch wehgetan?«, rief Godfrey aus einem Knäuel von Roboterbeinen hervor.

Der Hexapod zuckte wild und stolperte über seine eigenen Füße, bevor er sich mühsam wieder aufrichten konnte.

Die letzten beiden Tage waren darauf verwendet worden, die *Prometheus* wieder auf Vordermann zu bringen, aber an den

Abenden hatte Athena Godfrey mit dem Hexapod geholfen. Offensichtlich hatten sie auch noch einiges an Arbeit vor sich.

»Gibt immer noch ein paar kleinere Fehler«, sagte Godfrey, als sich wieder zwei Beine ins Gehege kamen. Er hielt den Kontroller so krampfhaft umklammert wie ein Radfahrer seinen Lenker, wenn er Angst hat, mit dem Vorderrad in die Straßenbahnschienen zu kommen. »Gute Reflexe übrigens, Marceline!«

»Danke«, sagte diese und ließ Athenas Kragen los. Sie wich vor dem Hexapod zurück, als wäre er ihr nicht ganz geheuer.

Erwin hingegen schien ihre Scheu nicht zu teilen. Neugierig kam er hinter ihnen hervor und schnupperte an den dünnen Käfer-Beinen.

»He, seht mal, Doktor Singh hat anscheinend den Gewittergenerator repariert«, rief Godfrey und deutete aufs Sonnendeck hinunter.

Zum ersten Mal seit zwei Tagen war wieder das Summen des Generators zu hören. Doktor Singh stand neben dem Mast, die Hände in die Hüften gestemmt und ein triumphierendes Lächeln auf den Lippen ... bis ein plötzlicher Knall und ein Funkenregen ihn nach hinten stolpern und dann fallen ließen. Qualm stieg von der Schalttafel auf.

»Okay, offenbar noch nicht so ganz«, korrigierte sich Godfrey.

Ein untersetztes Wesen lief die Rampe zur Plattform hinauf, um Doktor Singh auf die Füße zu helfen. Emily Zwei hatte ein paar frische Narben, fügte sich aber schon gut ins Bordleben ein. Doktor Singh bedankte sich, rückte den Brillenhelm zurecht und wedelte hustend den Rauch weg.

Athena ertappte Marceline dabei, wie sie Emily Zwei beobachtete. Sie sagte nichts, aber in ihren verschiedenfarbigen Augen lag ein seltsamer Ausdruck. Etwas wie Trauer vielleicht.

Von oben wurden plötzlich Stimmen laut. Erwin duckte sich und spitzte die Ohren, das eine Auge weit aufgerissen. Sein Schwanz zuckte hin und her. Athena folgte seinem Blick und blinzelte ins Sonnenlicht. Etwas, das sie im ersten Moment für eine Wolke hielt, warf kurz einen Schatten auf die Sonne. Für eine Wolke flog es allerdings viel zu tief.

»Ist das … ein Zeppelin?«, fragte sie ungläubig.

»Schiff ahoi!«, rief jemand.

Kapitänin Walton stand oben auf der Brücke. Auf eine Krücke gestützt, humpelte sie am Geländer entlang, das neue Holzbein frisch poliert.

»Nun kommt mal in Schwung, ihr drei!«, rief sie barsch. »Wir kriegen Besuch!«

Jetzt kam das gesamte Luftschiff in Sicht. Athena konnte die Gondel unterhalb des riesigen, ovalen Rumpfs erkennen.

»Die *Atet*!«, rief die Kapitänin triumphierend. »Pünktlich zum zweiten Halbjahr!«

Athena starrte erst Marceline und dann Godfrey an. »Wir werden von einem Zeppelin gerettet?«

Marceline grinste. »Das ist keine Rettung, Athena. Das ist ein Rendezvous!«

DANKSAGUNG

Zuallererst einmal tausend Dank an meine Agentin Melanie Ostell. Wie eine Alchimistin der Literatur hat sie Träume wahr werden lassen. Mit viel Zuspruch, Lob und Kritik und einem geradezu untrüglichen Gespür für Literatur. (Offensichtlich!)

Dank auch an meine Verlegerin Zoe Walton dafür, dass sie *Prometheus-Highschool* ausgewählt hat. Wo andere vor dem Makabren in meiner Geschichte zurückgeschreckt sind, fand sie gerade das besonders gut. Außerdem gefiel ihr der absurde Schauplatz auf einem rostigen Ozeanriesen. Und ich kann auch gar nicht genug betonen, wie viel Arbeit meine Lektorin, Mary Verney, in dieses Buch gesteckt hat. Meine Geschichte in so kompetenten Händen zu wissen, war einfach toll.

Ein echter Glücksfall ist auch das umwerfende Cover, das ich George Ermos zu verdanken habe. Wir sind uns nie begegnet, aber ich kann versichern, dass ich den Mund kaum noch zubekommen hab, als ich es zum ersten Mal sah.

Ein herzlicher Gruß an Kathryn Hore und Naomi Rose für ihr unschätzbares Feedback bei den allerersten Entwürfen. Auf meinem Regal ist reichlich Platz für eure Bücher reserviert.

Und ich danke meinen Eltern. Das Tippen habe ich auf der elektrischen Schreibmaschine meiner Mutter gelernt, und mein Vater hat mir bis weit ins Teenager-Alter vorgelesen, von daher ist wohl klar, woher mein Hang zum Geschichtenerzählen stammt.

Du wirst zwar schon in der Widmung erwähnt, aber ich sage es hier noch mal: Ohne dich, Caity, hätte ich das nie geschafft. Du hast mir nicht nur Zeit zum Schreiben verschafft, sondern es auch schon als ›Arbeit‹ bezeichnet, als ich noch jahrelang keinen einzigen Cent damit verdient habe. Ich liebe dich für immer.

Und nicht zuletzt danke ich *euch*, liebe Leser*innen. Es gibt ziemlich viele Bücher da draußen, deshalb freut es mich sehr, dass ihr meines ausgewählt habt. Sollten einige von euch selbst angehende Schriftsteller*innen sein, lasst euch nicht entmutigen. *Prometheus-Highschool* ist zwar ziemlich schnell entstanden, war aber der Endpunkt einer mehr als 15-jährigen Reise, die mit den Worten begann: »Irgendwie macht mir Schreiben richtig Spaß. Ich glaube, ich möchte Schriftsteller werden!«

ÜBER DEN AUTOR

Stuart Wilson lebt mit Frau und Sohn in Melbourne, Australien. Als wahrer Allesfresser, was Geschichten angeht, liest er eindeutig zu viele Bücher, schaut zu viele Filme und spielt zu viele Videospiele. Wie Athena kaut er, wenn er nervös ist, auf seiner Unterlippe herum. Allerdings ist er noch nie mitten im Gewitter mit Krokodilklemmen und Blitzableiter aufs Dach geklettert, um die tote Nachbarskatze wiederzubeleben. Hauptsächlich deshalb, weil er zur Miete wohnt und der Vermieter das sicher nicht gutheißen würde. *Prometheus-Highschool – Wie man ein Monster zum Leben erweckt* ist sein erster Roman.

Silberfisch

First published by Penguin Random House Australia Pty Ltd. This edition published by arrangement with Penguin Random House Australia Pty Ltd via Michael Meller Literary Agency GmbH, München.
Originalverlag: Penguin Random House Australia Pty Ltd
Originaltitel: *Prometheus High 1 – How to Make a Monster*
Umschlagillustration: © by George Ermos
Umschlaggestaltung und -typografie: Kerstin Schürmann, formlabor, unter Verwendung des Originaldesigns by © Benjamin Fairclough
© Penguin Random House Australia Pty Ltd
Vignetten: DesignPrax / Shutterstock.com (Blitz); Pavlo S / Shutterstock.com (Stecker)
Aus dem Englischen von Annette von der Weppen
Lektorat: Katja Maatsch
Produktionsmanagement: Derya Yildirim
Satz: Pinkuin Satz und Datentechnik, Berlin
ISBN: 978-3-551-55797-1